Ronnie Bresich • Im trüben Wasser

Ronnie Bresich

Im trüben Wasser

verlags
haus
hernals

Die Handlung, Namen und Personen dieses Romans
sind frei erfunden.
Ähnlichkeiten mit lebenden oder verstorbenen Personen
sind reiner Zufall und keinesfalls beabsichtigt.

www.verlagshaus-hernals.at
Umschlagfoto: Lany Schnabel
Grafik: Walter Kaufmann
Satz: b+R satzstudio, Graz
ISBN 978-3-9502577-0-0

I.
KAPITEL

September 1970

Eleonore war sich der Wirkung ihrer Reize auf die Burschen wohlbewusst, besonders wenn sie ihren kirschroten Bikini trug und ihr von der Sommersonne aufgehelltes honigblondes Haar offen über die Schulter fiel. Fast ebenso sicher war sich die junge Frau der aufrichtigen Zuneigung von Bobbie, dem stattlichen Weinbauernzögling aus der Nachbarortschaft. Schon seit Wochen wollte er sie ausdauernd und unnachgiebig zu einem Rendezvous bewegen, wobei sie ihm die längste Zeit nur die kalte Schulter gezeigt hatte.

Schließlich hatte sie seinem ungestümen Drängen aber doch noch nachgegeben und den ganzen sonnigen Spätnachmittag mit ihm in einem kleinen Ruderboot am Neusiedler See verbracht. Ab und zu hatten sie sogar einen Sprung in das vom ausklingenden Altweibersommer angenehm erwärmte Wasser gewagt. Nun neigte sich der Tag jedoch dem Ende zu und im Westen verbargen die sanften grünen Hügel des Leithagebirges nach und nach die glühende Sonnenscheibe, die mit ihren letzten Strahlen die ruhige Seelandschaft noch in ein stimmungsvolles Abendrot tauchte, bevor endgültig die Nacht über den Tag herfallen würde.

Während das Boot auf der beinahe wellenlosen Wasseroberfläche dahin glitt, zogen ausgedehnte Formationen von halbtransparenten, rot leuchtenden Cirruswolken gemächlich über das Firmament, unter dem mit majestätisch anmutenden Flügelschlägen ein Grüppchen von Weißstörchen auf ihrem Weg in ihr afrikanisches Winterquartier über den dunklen See dahinzog.

Eleonore atmete tief den aromatischen Geruch des wilden Steppensees ein. Die Stille der romantischen Abendstimmung wurde bloß durch vereinzelte ferne Rufe eines Silberreiherpärchens unterbrochen. Dass laut dem Wetterbericht von heute Mittag schon in ein paar Stunden das Wetter umschlagen würde, erschien ihr bei dieser prächtigen Abendszenerie mehr als unwahrscheinlich, ja geradezu absurd. Freilich hatte es sich ihr strenger Vater aus diesem Anlass wieder einmal nicht nehmen lassen, sie vor dem See zu warnen, der launenhaft wie ein altes Weib sei und sein lächelndes Antlitz blitzschnell in eine hässliche Fratze wandeln könne.

Anstatt sich Gedanken über das bald aufziehende Unwetter zu machen, überlegte Eleonore nun, wie sie den Abend ausklingen lassen wollte. Denn bislang, ja bis heute Abend, war sie – trotz zahlloser Verehrer in den vergangenen Jahren – sittsam geblieben, ganz so, wie ihre Eltern es erwartet hatten. Freilich hatte sie auch gefürchtet, den Zorn ihres Vaters auf sich zu ziehen, wenn sie mit Burschen herummachte. Nur allzu gut war ihr die eine oder andere „gesunde Watsche" in Erinnerung, die sie für noch so kleine Unartigkeiten als Kind von ihm kassiert hatte. Diesen Sommer aber war sie siebzehn geworden und fühlte sich damit nicht mehr so sehr an die Regeln des behüteten Elternhauses gebunden. Das ungewöhnlich warme Wetter des Altweibersommers tat sein Übriges und weckte ihre Lust auf mehr als nur Händchenhalten.

Der Geist ist willig, das Fleisch ist schwach, dachte sie mit einem nicht zu unterdrückenden unbeschwerten Lachen und legte sich mit dem Rücken auf die über dem gewölbten Holzboden des Bootes ausgebreitete flauschige Decke.

„Willst du mich nicht küssen?" Kokett blinzelte sie ihren Begleiter an.

„Nein, ich würde lieber mit deiner älteren Schwester schmusen", neckte er sie und drehte sich weg. Sie schlug ihm für diese fiese Bemerkung auf den muskulösen Oberarm. Dann wandte auch sie sich schmollend ab, nur um gleich darauf noch näher an ihn heranzurücken. Eine luftige Brise lies das hellbraune, leicht gelockte Haar des jungen Mannes kurz aufwallen.

„Kann ich dir etwas anvertrauen?" Sie war plötzlich ganz aufgedreht.

„Sicher, ich schweige wie ein Grab", witzelte er.

„Ich träume davon, von hier wegzugehen." Es klang ernsthaft.

„Wohin?"

„Irgendwohin. Vielleicht eine Modelkarriere im Ausland machen."

„Aber sicher", bemerkte er sarkastisch.

„Nein, wirklich! Ich habe Pläne", beharrte sie. „Ich sehe alles schon deutlich vor mir."

Sie malte mit ihren Händen irgendetwas in die Luft, als ob dort eine unsichtbare Leinwand stünde.

„Ein kleines Appartement über den Dächern von Paris, am lebhaften Boulevard Saint-Germain. Mitten im Künstler- und Literatenviertel. Ich könnte nebenbei Kunstgeschichte oder Musik an der Sorbonne studieren. Auch Claude Chabrol, Romy Schneider und Yves Montand leben in der Stadt der Liebe. Vielleicht lerne ich ja sogar Jim Morrison kennen. Er hat angeblich vor Kurzem eine

Wohnung dort angemietet. Das wäre etwas!" Sie geriet ins Schwärmen. „Und im Sommer will ich an die Côte d'Azur, nach Monte Carlo. Oder flanieren am Hafen von St. Tropez und baden in Pampelonne, wo auch Brigitte Bardot sich am Strand sonnt. Zum Schilaufen würde ich im Jänner nach Cortina d'Ampezzo fahren, wie die ganze Hautevolee es tut!"

Sie blickte auf die Weiten des Sees hinaus, als ob dort die große Welt nur auf sie wartete.

„Naja, dann mach das", meinte er. Insgeheim tat er es aber als unrealistische Schwärmerei einer Teenagerin ab. Tatsächlich gab es doch keine Chance diesem Kaff hier zu entfliehen. „Und wann soll es soweit sein?", fragte er, um weiteres Interesse vorzugaukeln.

„Bald schon", sagte sie leise zu sich selbst und widmete sich dann gleich wieder ihrem attraktiven Begleiter.

Lange Schatten zeichneten sich auf seinem naturgebräunten Oberkörper ab, als das kleine Boot gemächlich in den ruhigen Seitenkanal mit auf beiden Seiten mannshohem Schilf trieb, wo rote und gelbe Sumpflilien auf der beinahe glatten Wasseroberfläche friedlich dahin schwammen. Je tiefer das Boot in den Schilfgürtel eindrang, desto mehr verbarg das Zwielicht die beiden Körper vor neugierigen Blicken vom Ufer und anderen Booten. Gleichzeitig schärfte es die Sinne der Verborgenen. Entspannt lauschte Eleonore dem Anklopfen des sanften Wellenschlages an die hölzerne Außenwand und fühlte sich hier an diesem wahrhaft paradiesischen Plätzchen abseits von jeder Menschenseele unendlich behaglich. Dennoch gab sie sich nur kurz dem rhythmischen Auf und Ab des Bootes hin. Dann tastete sie im Halbdunkel nach dem Unterarm ihres Begleiters und zog ihn tief zu sich herunter auf den Boden des Bootes. Das Restlicht des Tages reichte gerade noch aus, um aus der Nähe seine klaren blauen Augen erkennen zu können. Sie schloss ihre Augenlider.

Mit nur ein klein wenig geöffneten Lippen hauchte sie ihm einen Kuss auf seine Schulter, ein weiterer auf seinen Hals folgte. Endlich näherten sich ihre Lippen den seinen und hielten nur einen Fingerbreit davor inne. Sie hatte Bobbie zwar schon einmal geküsst, allerdings eher im Spaß und ohne viel Gefühl. Nun aber zitterte sie am ganzen Leib vor der Erwartung seines ersten richtigen Kusses. Doch eine endlose Sekunde lang geschah nichts. Gar nichts. Die Zeit schien einfach stillzustehen.

Einen flüchtigen Moment lang zog sie sogar in Erwägung, selbst die Initiative zu ergreifen, aber es ziemte sich für eine junge Frau einfach nicht, den ersten Schritt zu machen. Mit fest geschlossenen Augen konzentrierte sie sich nur mehr auf die Spitzen ihrer Lippen und hörte nicht einmal mehr das gemächliche Plätschern des Seewassers. Doch für einen weiteren endlos scheinenden Augenblick geschah nichts und quälende Ungeduld machte sich in ihr breit.

Küss mich doch endlich!

Kaum hatte sie den fordernden Gedanken gefasst, spürte sie schon seine warmen Lippen auf den ihren. Plötzlich kam ihr der süße Geschmack von schweren dunkelroten Weintrauben, die einen Sommer lang an einem sanften Südhang nahe dem Seeufer gereift waren, in den Sinn. Sie griff mit der Hand auf seinen Rücken und konnte seine angespannte Muskulatur fühlen. Stück für Stück zog sie seinen Körper an sich heran, sodass sie auch die Wärme seiner Haut fühlen konnte. Während der Kuss immer intensiver wurde, schmiegte sie sich mit ihrem ganzen weichen Körper eng an ihn. Sie vermochte nicht einzuschätzen, wie lange sie so verharrten.

Die Zeit war nun auch bedeutungslos, denn sie hätte diesen Moment am liebsten stundenlang ausgekostet. Nach dem fast endlosen Kuss trennten sich ihre Lippen nur unwillig, um sich dann aber sogleich wiederzuvereinen.

Eleonore spürte seine Hand auf ihrem flachen Bauch und prickelnde Erregung machte sich in ihr breit. Mit kaum merklichen Berührungen strich er langsam zum Oberteil ihres Bikinis. Gerade als sie ein süßes, prickelndes Gefühl in ihrem Bauch fühlte, pochte es plötzlich laut an die hölzerne Außenwand des kleinen Bootes. Sie dachte zuerst, sie hätte sich das Klopfen nur eingebildet, doch noch während sie darüber nachdachte, hörte sie abermals das seltsame Geräusch. Eleonores berauschte Stimmung war sofort verflogen. Klamme Beunruhigung erfasste sie. *War etwa jemand neben dem Boot und hatte sie beobachtet?* Sofort schossen ihr alle möglichen Warnungen ihres strengen Vaters durch den Kopf.

Da sie noch immer flach auf dem Rücken lag, konnte sie nichts außer einem unendlich weiten und mittlerweile dunklen Abendhimmel sehen. Sie drückte Bobbie sanft zur Seite, hob vorsichtig den Kopf bis über die Holzplanke des Bootes und suchte die Wasseroberfläche nach etwas Ungewöhnlichem ab. Langsam kamen ihre Sinne wieder zurück. Gleich einem schwarzen Schleier hatte sich die Dunkelheit gepaart mit einem leichten Dunst über den See gelegt. Das nahe Schilf erschien ihr nun sogar ein wenig bedrohlich. Nachdem sie sich aus der Deckung des Bootes erhoben hatte, spürte sie auch, dass der Wind stärker geworden war. Sie fröstelte. Das Wasser schlug nun auch deutlich lauter gegen die Wände des Bootes. Sie überlegte, ob sie zuvor nur vom Geräusch der Wellen verschreckt worden war. Ja, genau so musste es gewesen sein. *Dummes Mädel, hast schon Angst vor einer kleinen Welle*, ermunterte sie sich.

Fast hätte sie sich wieder in die ach so wohlig warmen Arme ihres jungen Begleiters begeben, als sie einen seltsamen Gegenstand auf der Wasseroberfläche erspähte. Und gleich darauf, als eben dieser, von den Wellen getrieben, an das Boot stieß, folgt wieder das beunruhigende Klopfen. Sie bückte sich über die Planke, um in der Dunkelheit das rätselhafte Ding näher untersuchen zu können. Schon beim ersten genaueren Hinsehen kam es ihr dann aber doch irgendwie seltsam vertraut vor. Sie konnte nicht sofort sagen, warum. Weiter vorgebeugt stellte sie an der schemenhaften Silhouette fest, dass es sich nur um einen einfachen Stöckelschuh handelte, der mit dem langen, spitzen Absatz nach oben auf der Oberfläche dahinschwamm. *Die Besitzerin wird ihn schon vermissen. Wer weiß, wobei sie ihn wohl verloren hat?* Sie musste bei dem Gedanken an ihre eigene Liebelei etwas verlegen schmunzeln.

Neugierig fasste sie nach dem Stöckel und versuchte ihn aus dem dunklen Wasser zu ziehen, aber es schien ihr, als halte ihn irgendetwas unten fest. Verblüfft zog sie die Hand wieder zurück. Der noble Schuh musste sich mit dem Lederriemen in einer Wasserpflanze verheddert haben. Auch Bobbie beugte sich nun über die Planke und fasste an den Stöckelschuh, um ihn aus dem Wasser zu ziehen. Kaum hatte er einmal fest daran gezogen, riss er jedoch, als ob er einen elektrischen Schlag bekommen hätte, seine Hand panikartig wieder aus dem trüben Wasser. Ungläubig starrte er auf die dunkle Wasseroberfläche.

„Was ist los?“, fragte Eleonore besorgt. Sein Gesicht war kreidebleich geworden.

Er antwortete nicht. Stattdessen saß er nur da und starrte verwirrt auf den Schuh. Eleonore verstand nichts mehr. Um endlich Gewissheit zu erlangen, griff sie zögerlich selbst noch einmal in das trübe Wasser. Sie bückte sich weit über den Rand des Bootes, um den Schuh auch von der im Wasser liegenden Seite umfassen zu können. Die junge Frau rechnete damit, ein glitschiges Gewächs zu spüren. Sie nahm sich fest vor, nicht gleich vor Ekel zu schreien. Ihre Finger tasteten aber über etwas, das einfach nicht hierher zu passen schien. Sie brauchte einen Moment, bis sie begriffen hatte: Ihre Fingerspitzen glitten über vom Seewasser aufgeweichte Zehen. Sie wollte ihre Hand sogleich wieder zurückziehen, stattdessen verharrte sie jedoch wie gelähmt in ihrer Position. Es schien fast so, als habe sie jegliche Kontrolle über ihre Körperfunktionen verloren und statt sich zu lösen, umklammerten ihre Finger immer fester den kalten Fuß. Unterdessen schrie sie so laut sie nur konnte.

2.
KAPITEL

Aus der leichten Sommerbrise vom Vorabend war in der Nacht ein mittelschwerer Sturm geworden. Eine mondlose Dunkelheit hielt den unruhigen Neusiedler See gefangen und wurde nur durch die Suchscheinwerfer von zwei umgebauten Fischerbooten durchbrochen, die beide auf eine Stelle nahe dem Schilfkanal gerichtet waren. Die Kapitäne hatten alle Hände voll zu tun, die Schiffe auf den zunehmend höher werdenden, windgepeitschten Wellen auf Position zu halten. Unter der dunklen Wasseroberfläche waren die stark gedämpften Lichtstrahlen von zwei Tauchern gerade noch zu erkennen. Ab und an tauchte ein greller Lichtblitz aus der Unterwasserkamera die Umgebung in surrealistisch anmutendes Licht.

Bezirksinspektor Gerhard Kauffmann beobachtete die Szene vom Nordufer des Sees aus. In seinem fast fabrikneuen Volkswagen Käfer mit der charakteristischen grünweißen Lackierung der Gendarmerie saß er und überlegte, ob er überhaupt aussteigen sollte. *Wieder eine Wasserleiche.* Der See schnappte sich stets die Leichtsinnigen und spuckte seine bedauernswerten Opfer je nach Belieben wieder aus. Oder aber er verschlang sie bis in alle Ewigkeit in seinem schlammigen Untergrund. Dieses Mal waren die Vorzeichen aber bereits reichlich ungünstig. Gerade Kauffmanns eigene kleine Nichte Eleonore musste den toten Körper finden. Da würde er nun seinem Bruder, dem Vater von Eleonore, erstmal erklären müssen, dass in seinem Gendarmeriebezirk schon wieder jemand ertrunken war, und dann justament die nicht mal ganz volljährige Tochter beim Rummachen mit irgendeinem dahergelaufenen perversen Dodel aus dem Nachbarort die Leiche finden musste. Gut möglich, dass die arme Eleonore von ihrem Vater dafür wieder mal eine ordentliche Ohrfeige bekommen würde. Dieser Kerl war schon von Kindheit an ein unberechenbarer Rohling gewesen. Das wusste Kauffmann nur allzu gut. Selbst er hatte als Kind von seinem älteren Bruder die eine oder andere Watsche kassiert und war ihm seitdem aus dem Weg gegangen. Nun fürchtete er um das Wohl seiner geliebten Nichte.

Ja, das mit dem Auffinden der Toten war echt ein unglücklicher Zufall gewesen. Aber abgesehen davon, dass seine Nichte darauf gestoßen war, waren Wasserleichen im Grunde nichts Seltenes. So was hatte er im Sommer alle paar Wochen, heuer immerhin auch schon vier Mal seit Mitte Mai. Ertrunkene Touristen, von einem Sturm überraschte Fischer und nicht zuletzt diese Wahnsinnigen mit ihren flachen Brettern, die diese neue amerikanische Segelart namens *Surfen* betrieben.

Kauffmann war zwar noch keine fünfzig, aber für so modernes Zeug aus Übersee, wie Surfen, Skaten, Hippiemode oder diese Drogenmusik, hatte er rein gar nichts übrig. Für derartige Dekadenz konnte man in *seiner* verantwortungsvollen Position absolut kein Verständnis haben. Als er noch jung gewesen war, hatte der Krieg ganz Europa fest im Würgegriff gehabt. Nach dem Krieg hatte seine Familie dann nicht einmal genügend Essbares zum Stopfen aller Mäuler, geschweige denn Geld für nutzlose Sportgeräte. Von den Entbehrungen der Nachkriegszeit und dem Aufbau des zerbombten Landes hatte die heutige Jugend ja keine Ahnung mehr. Bei dem Gedanken fielen ihm auch gleich seine beiden, gottlob mittlerweile erwachsenen Töchter ein, die sich bei jedem zweiten Sonntagsbesuch noch immer bitterböse über ihn beschwerten, dass er stocksteif, erzkonservativ und mürrisch obendrein sei, ein dinosaurierähnliches Relikt einer aussterbenden Art von Beamten aus längst vergangenen Kaisertagen. *Die blöden Gfraster sollen aber selber mal schauen, dass etwas aus ihnen wird*, sagte er dann immer zu seiner Frau. Er hätte sie damals als Kinder öfter mal in den Heizkeller einsperren sollen, damit die beiden gute Manieren gelernt hätten. Jetzt war es für solche Erziehungsmaßnahmen aber längst zu spät.

Freilich hätte dem Bezirksinspektor so ein nächtlicher Spaziergang am See auch nicht unbedingt geschadet. Seine Frau lamentierte schon seit Jahren, dass er langsam aber sicher mit seinem wachsenden Übergewicht und seiner übertrieben cholerischen Ader auf dem Weg zum sicheren *Herzkasperl* sei. Kauffmann kümmerten diese regelrecht absurden Drohungen seiner Alten aber herzlich wenig. Für ihn gehörte eine kräftige Figur zu einem Hüter des Gesetzes einfach dazu. Als Gendarm musste man etwas darstellen, damit die Verbrecher Respekt hatten. Immerhin fürchtete sich heutzutage absolut niemand mehr vor einem *Strich in der Landschaft*. Daran änderte weder die blaugraue Uniform noch die deutlich sichtbar getragene Pistole etwas. Außerdem war so ein kleiner Bierbauch für Männer seines Alters ganz adrett, fand Kauffmann.

So beschloss er, erst einmal im Auto zu warten, bis er einen Bericht von seinem Assistenten, dem Hilfsgendarmen Kurt Berger, vom Boot aus bekommen würde. Die Leiche konnte ihm ja nur schwer *davonlaufen*, dachte er bei sich und musste trotz der bedauerlichen Situation schmunzeln, während er sich mit der Außenfläche der Hand über seinen Schnauzbart fuhr.

Um sich die Zeit zu vertreiben, drehte er das Autoradio auf und fand rasch einen der neuen Sender. Mick Jagger von den Rolling Stones sang gerade die letzten Takte von Jumpin' Jack Flash. Nach einer kurzen Pause startete ein neues Lied. Aus dem Monolautsprecher plärrten die Tremeloes *Silence is golden*. Im krassen Gegensatz zum Songtitel sangen sich die jungen Männer die Seele aus dem Leib. Kauffmann konnte solche aktuellen Lieder nicht mehr hören. Für ihn klang der hohe Gesang so, als ob man den Sängern während der Darbietung mit einer großen Zange in die Eier gekniffen hätte. Bis vor wenigen Jahren hörte man allenfalls in einer Kirche einen solchen Eunuchenchor. Heute kam er rund um die Uhr aus dem Lautsprecher. Wo waren die Tage geblieben, wo noch echte Musiker wie Freddy Quinn über Seemänner und St. Pauli gesungen hatten oder Peter Alexander musikalisch täglich seine Sorgen gezählt hat? Naja, wenigstens gab es hin und wieder ein nettes Lied von dem jungen Roy Black oder dem erfolgreichen Udo Jürgens zu hören, aber selbst die hatten diese grässlich bunten Hemden und bizarren weiten Hosen an. Die heutige Jugend war schon richtiggehend entartet, wo sollte das nur hinführen? Abermals war er froh, dass seine beiden Töchter diesem rebellischen Alter nun schon entwachsen waren. Noch einmal hätte er sich den ganzen Schmarren mit den unberechenbaren Launen von pubertierenden Gören sicherlich nicht angetan. Da war ja selbst seine bissige Alte noch ein Engel dagegen. Sichtlich entspannte er sich, als mit einem lauten Gong endlich die Nachrichten der unerträglichen Musik ein Ende bereiteten.

„Es ist 3 Uhr, Montag, der 7. September 1970. Guten Morgen."

Die Nachrichtensprecherin pausierte kurz. Leise raschelte ein Papierblatt im Hintergrund.

„Paris. Nach dem Tod des Österreichers Jochen Rindt am Samstag im Qualifikationstraining für den Grand Prix von Italien in Monza wird jetzt über die Sicherheit der Formel-1 und des Motorsports diskutiert. Der internationale Automobilverband in Paris überlegt, neue Sicherheitsstandards für die Rennwagen festzulegen."

Kurz rauschte es im Lautsprecher.

„Jammerschade um ihn, er hätte sicher noch Weltmeister werden können", murmelte Kauffmann, hob seine Dienstmütze, die er sogar im Auto stets trug, und fuhr sich mit der Hand über sein in den letzten Jahren zunehmend kahler gewordenes Haupt.

Er sah aus dem Fenster hinaus zu den Booten. Zwei Männer zogen eine Leiche an den Füßen aus dem Wasser. *Wozu um Himmelswillen brauchte man zwei Männer zum Herausziehen einer Frauenwasserleiche? Ein Mann alleine hätte doch locker ausgereicht! Das war wieder mal typisch für diese Idioten. Denen konnte man wirklich nur Hilfsarbeiten anvertrauen.* Kauffmann konnte sich diesen Dilettantismus nicht länger ansehen und widmete sich wieder dem Radio. Sogleich ärgerte er sich, dass er durch die albernen Aktivitäten am See von den bedeutsameren Nachrichten abgelenkt worden war.

„Deutschland. Das erste *Love and Peace* Open Air Festival ist heute Nacht nach drei Veranstaltungstagen auf der Ostseeinsel Fehmarn friedlich zu Ende gegangen. Die Veranstaltung war nach dem Vorbild der amerikanischen Musikfestivals von Monterrey und Woodstock ins Leben gerufen worden und forderte zum friedlichen Protest gegen militärische Auseinandersetzungen auf. Unterdessen hat Präsident Richard Nixon nach Protesten von Vietnamkriegsgegnern in Washington D.C. angekündigt, in den nächsten Monaten weitere US-Soldaten aus Vietnam abzuziehen."

Wieder raschelt es kurz im Lautsprecher.

„Nun zum Wetter. Eine Schlechtwetterfront überquert Österreich vom Westen her. Im ganzen Bundesgebiet wird es heute bewölkt und stürmisch."

Unvermittelt nach dem letzten Wort fing wieder die Musik an. Irgendeine Band, die Kauffmann nicht kannte, trällerte fröhlich *Love grows where my Rosemary goes*. Wahrscheinlich schon wieder irgendwelche Musiker, die bis über beide Ohren eingehascht waren. Wenn sie schon unbedingt Lieder mit englischem Text spielen mussten, so sollten sie doch wenigstens ab und zu diesen hüftbeschwingten *Elvis* bringen, der ging zumindest gut ins Ohr. Aber einen derartigen *Variantenreichtum* konnte man vom öffentlich-rechtlichen Rundfunk wohl nicht erwarten. Mit einem entschlossenen Griff drehte Kauffmann das Autoradio ab und griff zum klobigen Funkgerät, das in der Mitte des Armaturenbrettes montiert war.

„Falke 1 an Falke 2. Bitte um Bericht. Ende."

Lautes Rauschen kam aus dem Funkgerät, sonst tat sich jedoch nichts. Kauffmann sah hinaus auf den See. Mit laut tuckernden Motoren näherte sich eines der beiden Fischerboote dem Leuchtturm am Nordufer, wobei es auf den Wellen dramatisch auf und ab schaukelte.

„Falke 1 an Falke 2. Bitte melden! Ende", fauchte er grantig ins Funkgerät. Kauffmann bemühte sich nicht einmal, die Ungeduld in seiner Stimme zu verbergen.

Für einige Sekunden folgte wieder nur Rauschen, bis endlich die erregte, kurzatmige Stimme des Hilfsgendarmen Kurt Berger ertönte.

„Hier Falke 2. Leiche geborgen. Junge Frau.“ Einen Atemzug lang kam kein Laut aus dem Funkgerät, dann wieder die gleiche piepsige Stimme. „Kein natürlicher Tod. Ende.“

„Falke 1 an Falke 2. Verstanden. Leiche umgehend zum Ufer bringen. Warte dort beim Leuchtturm. Ende und aus.“

Woher wollte dieser Trottel von Hilfsgendarm wissen, dass es kein natürlicher Tod war, ärgerte sich der Bezirksinspektor. Kauffmann wollte sich erstmal ansehen, woran die Frau nun tatsächlich gestorben war. Letztes Frühjahr hatten sie einen fünfzigjährigen Schwimmer mausetot aus dem Wasser gefischt. Dem hatte der halbe Hinterkopf gefehlt. *Das war erst eine Sauerei!* Später hatte sich herausgestellt, dass er einfach ertrunken und irgendwann danach wohl in die Schiffsschraube eines Ausflugsbootes gekommen war, was bei Leibe nicht verwunderlich war, weil diese schwachsinnigen Touristen sowieso ständig bis fast zur Besinnungslosigkeit besoffen oder bekifft waren, fand Kauffmann. Aber auch damals hatte dieser unfähige Berger einen *nicht natürlichen* Tod gemeldet und war freilich komplett daneben gelegen.

Längst hätte Kauffmann den jungen Hilfsgendarmen liebend gerne mit einem Tritt in den Hintern aus seinem Dienstposten rausgeschmissen, aber die Entscheidung lag nicht bei ihm, sondern beim Landeskommandanten, und der war dummerweise der Großonkel von diesem Kurt Berger. So musste er wohl oder übel noch länger mit dem Vollidioten auskommen. Aber wenigstens würde er das Fortkommen von Berger solange blockieren, wie es nur ging.

3. KAPITEL

Bezirksinspektor Kauffmann sah zu den Booten hinaus. Auch das zweite Boot setzte sich nun schleppend in Bewegung und steuerte auf den Kai unweit des Leuchtturms zu. Eine Wasserleiche bedeutete nichts Gutes. Zuerst diese überflüssigen Journalistenkanaillen, dann der altväterische Leichenbeschauer und wenn tatsächlich auch nur irgendeine Unsicherheit die Todesart betreffend bestand, kamen auch noch der großgoscherte Staatsanwalt und die überaus präpotenten Kollegen von der Kriminalpolizei aus Eisenstadt oder gar die noch Schlimmeren aus Wien dazu. Nicht zu vergessen auch noch die ständig heulenden Hinterbliebenen. Ob natürlicher Tod oder nicht, einer von der Gendarmerie musste denen so oder so die schlechte Nachricht überbringen. Kauffmann wusste schon jetzt, dass das bei ihm hängen bleiben würde. Alleine beim Gedanken daran war ihm schon zum *Speiben* zumute. Angewidert griff er sich ein unhandliches Handfunkgerät und den Leica M3 Fotoapparat, den er immer unter dem Fahrersitz verstaut dabei hatte, und stieg aus dem Käfer aus, wo ihm gleich der von der Gischt des Sees klatschnasse Wind ins Gesicht blies. Kauffmann sog die Luft ein. Wie immer bei solchen Stürmen roch der schlammige See wie eine aus ihrem Schlund nach Tod und Verwesung stinkende Bestie, brackig und ekelerregend.

Als die Boote hintereinander am Kai beim Leuchtturm anlegten, erwartete Kauffmann sie bereits, um die Leiche in Augenschein zu nehmen. Vorher hatte er schon per Funk einen Leichenwagen angefordert und – wie es das Protokoll in solch unsicheren Fällen vorsah – den alten Leichenbeschauer verständigt. Die allzu neugierigen Journalisten würden auch ohne Verständigung schon bald hier am Seeufer aufkreuzen. Denen entging ja auch rein gar nichts. Kauffmann wollte sich mit dem Abtransport beeilen, bevor die Fotografen von der Presse mit ihren aufgeregt klickenden Spiegelreflexkameras eintrafen. Denn egal, von welchem Hersteller die Kameras gebaut worden waren, das nervöse Klicken nach dem Drücken des Auslösers war immer das gleiche stets nervige Geräusch.

Nachdem das zweite Boot am Kai angelangt war, hievten gleich vier Männer – drei von ihnen waren örtliche Fischer, die Kauffmann gut kannte – die Leiche vom Boot und bahrten sie direkt unter dem Leuchtturm auf. Der Bezirksinspektor trat näher an den toten Körper heran und hakte dabei in Gedanken seine Liste für Wasserleichen ab: Weiblich, Alter etwa sechzehn bis zwanzig Jahre, Größe 1,65 bis 1,70 Meter, Gewicht cirka 50 bis 60 Kilogramm, Statur schlank, schulterlanges brünettes Haar, nur mit Unterwäsche bekleidet, rote Stöckelschuhe mit schätzungsweise sieben Zentimeter Absatz, am Ringfinger der linken Hand ein halbtransparenter Ring aus pink gefärbtem Kunststoff, sonst noch dreieckige ockerfarbene Ohrstecker, ferner am rechten Handgelenk ein Armband aus geschmiedetem Messing, ansonsten kein weiterer Schmuck. Die junge Frau sah für Kauffmann beinahe so aus, als ob sie von der Disco-Tanzfläche weg ermordet worden sei.

Nach seiner Erfahrung mit Wasserleichen vermutete er zudem, dass die Frau nicht mehr als vierundzwanzig Stunden im Wasser gelegen haben konnte. Wahrscheinlich waren es sogar weniger als achtzehn Stunden, sonst wäre ihr Leib sicher noch mehr aufgedunsen gewesen.

Sein nächster Blick fiel auf die Hände der Frau, die mit einem mitteldicken, gewundenen Hanfseil an den zarten Handgelenken fest in der Gebetshaltung zusammengefesselt waren. Zwei Fingernägel an der linken und sogar drei an der rechten Hand waren abgebrochen. Die übrigen Fingernägel waren rot lackiert, wobei der Lack an vielen Stellen bereits abgebröckelt war. Tiefe Kerben und rote Abschürfungen auf der Haut zeigten zudem, dass die Frau sich aus den eng gebundenen Fesseln zu befreien versucht hatte. Sein Blick folgte dem Hanfseil bis zu einem flachen kreisrunden Gegenstand mit etwa siebzig Zentimetern Durchmesser, der vollständig mit bräunlichem Schlamm vom Grund des Sees bedeckt war. Ungeduldig schnappte er sich von einem der Fischer eine Taschenlampe, nahm sie in die linke Hand und entfernte mit der rechten einen Teil des Schlammes, bis er die charakteristische Aufschrift *Canalisation* freigelegt hatte. Er traute seinen Augen nicht. Vor ihm lag ein gusseiserner Kanaldeckel, an dessen ringförmigen Einlässen am Rand das Hanfseil geschickt eingeflochten worden war. Angesichts des immensen Gewichtes und der damit verbundenen beschränkten Transportierbarkeit war der Eisendeckel vermutlich irgendwo aus der näheren Umgebung entfernt worden.

Kauffmann montierte das externe Blitzgerät am Fotoapparat, stellte die Belichtung mit dem Drehschalter ein und trat zwei Schritte zurück. Wie immer schoss er zunächst ein Foto der Leiche in Gesamtaufnahme. Grelles Licht beleuchtete die nächtliche Umgebung für den Bruchteil einer Sekunde. Aufgewühlt trabte er um die Leiche herum und drückte mit dem Fotoapparat noch zweimal aus verschiedenen Blickwinkeln für Detailfotos ab. Jedes

Mal zog er danach den Film mit einem lauten Ratschen weiter. Er fragte sich, wie der tote Frauenkörper auf den Schwarz-Weiß-Fotos aussehen würde. Das würden definitiv keine Fotos werden, die sich die Eltern der Kleinen zur Erinnerung auf ihren Nachttisch stellen werden. Der Anblick einer Toten auf einem Foto erschien oft fast noch grausiger als die reale Szene, wobei in diesem konkreten Fall hier eine Steigerung kaum mehr möglich erschien.

Nachdem er sicher war, endlich ganz brauchbare Fotos für den Polizeiakt geschossen zu haben, ließ er die Szene auf sich wirken. Offensichtlich war es kein natürlicher Tod. Wie auch sollte eine junge Frau einen schätzungsweise hundert Kilo schweren Kanaldeckel entfernen, eine halbe Seemeile auf den See hinaus schleppen und sich dann selbst damit versenken? Nein, das war *definitiv* auch kein Suizid und schon gar kein Unfall. Jemand hatte diese junge Frau an einen Kanaldeckel gebunden und sie vorsätzlich mit dem Kopf nach unten im See versenkt. Kauffmann hoffte inständig, dass ihr Peiniger sie schon vorher kurz und schmerzlos getötet hatte, denn in dem trüben Wasser zu ertrinken, war sicher kein angenehm schneller Tod. Vorsichtig suchte er nach Verletzungen am Hinterkopf oder Hinweisen auf ein gebrochenes Genick. Aber alles schien in Ordnung. Nur an den Unterarmen und Oberschenkeln fand er etwas, das wie Bissspuren aussah. Zwar gab es im Wasser des flachen Steppensees keine für *lebende* Menschen wirklich gefährliche Raubfische, aber ein wehrloser Körper wurde von einem hungrigen Hecht sicher auch nicht verachtet.

Bei der Untersuchung des Oberkörpers der jungen Frau fiel Kauffmann ein breiter ausgefranster Schnitt zwei Fingerbreit oberhalb des Nabels auf. Der Bezirksinspektor wies zwei Fischer an, die Leiche umzudrehen. Auch auf dem Rücken unmittelbar unter dem Schulterblatt fand sich eine schnittförmige Wunde, die in etwa die gleiche Breite und Gestalt wie der Einstich auf der Vorderseite hatte. Kauffmann war kein Arzt, aber diese Verletzungen konnten kaum von einem Fischbiss stammen. So wie die Wunde am Rücken aussah, war sie zudem wohl tödlich, wenngleich auch nicht sofort. Ob sie nun ertrunken oder doch durch eine Außeneinwirkung vorher getötet worden war, müsste der Leichenbeschauer feststellen, aber dass die junge Frau einem Kapitalverbrechen zum Opfer gefallen war, stand für Bezirksinspektor Kauffmann bereits jetzt außer Zweifel.

Das alleine hätte Kauffmann jedoch nicht derart erschüttert. Morde kamen schon immer wieder mal vor, wenngleich sie in dieser friedlichen ländlichen Gegend echten Seltenheitswert hatten. In diesem Fall konnte er sich gegen die aufkommende Übelkeit jedoch kaum erwehren, denn nachdem er das Gesicht der toten Frau vom Schlamm befreit hatte, erkannte er trotz des verwischten Make-ups und der schwachen Lippenstiftrückstände dieses früher so liebliche Gesicht, das nicht nur ihm, sondern wohl praktisch jedem im Ort ein tagtäglicher Anblick und Grund zur Freude gewesen war.

4.
KAPITEL

Bezirksinspektor Gerhard Kauffmann war weder aufgefallen, dass die stürmische Nacht äußerst widerwillig und zäh einem mit schwarzgrauen Wolken verhangenen Tag Platz gemacht hatte, noch dass bereits die ersten sensationslüsternen Journalisten und Fotografen vor dem Haupteingang zum Gendarmeriegebäude Posten bezogen hatten. So schwerfällig und düster wie der Morgen war auch die Laune des Gendarmen. Er hatte Stunden um Stunden seiner kostbaren Nachtruhe damit vertan, einen halbwegs sinnvollen Bericht über die Ereignisse der vergangenen Nacht im Zwei-Finger-Adlersystem auf der alten Schreibmaschine zu Papier zu bringen. Gerade als er glaubte, fertig zu sein, fiel ihm auch noch ein Zeitungsbericht von vorgestern ein. Zwar enthielt dieser, zumindest soweit er sich entsinnen konnte, inhaltlich nichts wirklich Elementares, aber er wollte ihn dennoch, wenn auch bloß aus Aktualitätsgründen, seinem Akt beilegen. Zwischen unerledigten Aktenstößen, von denen die eine Hälfte kaum erwähnenswerte Delikte häuslicher Gewalt und die andere noch weniger aufregendere Ehrverletzungen betraf, suchte er vergeblich nach der Tageszeitung. Nach mehreren lauthals ausgestoßenen Flüchen, die besonders in jenem Zeitpunkt, als ihm ein ganzer Aktenstapel vom Schreibtisch gerutscht war und sich die losen Blätter über den Parkettboden verteilt hatten, mehr zu einem profanen Bierkutscher als einem aufrechten Staatsdiener passten, fand er die Ausgabe schließlich – zu seiner eigenen Verwunderung – zerknüllt im Papierkorb. Sorgfältig strich er sie halbwegs wieder glatt und breitete sie zwischen den herumliegenden Akten am Schreibtisch aus. Sein Interesse galt dabei einem ganzseitigen, mit Schwarz-Weiß-Fotos unterlegten Artikel im Lokalteil. Von einem dieser Fotos lächelte ihm ein lebenslustiges Mädchen mit Sommersprossen im Gesicht, einem neckischen Grinsen auf den Lippen und einem halb vollen Weinglas in der Hand vor dem halbrunden, aus rohen Ziegeln geformten Eingang eines Weinkellers entgegen. Der ausgelassene Gesichtsausdruck des Mädchens in der blau-weißen Tracht hatte nicht mehr viel mit dem schmerzverzerrten aufgedunsenen Antlitz von heute Nacht gemeinsam. Je länger er das Abbild in sich hineinsog, desto utopischer erschien es ihm, dass Marie-Christin Aigner mit gerade mal siebzehn Jahren nun von einem Unbekannten getötet und vom See gezeichnet zur Obduktion im Leichenschauhaus lag. Dennoch war es ein unbestreitbares Faktum, das er trotz aller Anstrengung nicht zu leugnen vermochte.

Kauffmann hatte das Mädchen als einen beispiellos fröhlichen, dabei jedoch stets höflich zuvorkommenden Menschen in Erinnerung. Es schien fast so, als sei sie von einer positiven Aura umgeben, denn egal, ob als begabtes Mitglied im örtlichen Kirchenchor oder als begeisterte Sportlerin, die sich durch Bodenturnen im Bezirk schon einen Namen gemacht hatte, konnte sie bei allem, was sie tat, ihre Mitmenschen begeistern und mitreißen. Angesichts dessen musste auch nicht zusätzlich erwähnt werden, dass sie eine ausgezeichnete, unter Schülern wie Lehrern gleichermaßen beliebte Gymnasialschülerin gewesen war. Wirklich populär war sie jedoch erst im vergangenen Juni geworden, als sie vom Bezirkswinzerverband zur

Weinprinzessin Marie-Christin I. gewählt und im Zuge einer Prozession zum alljährlichen Gladiolenfest einer staunenden Dorföffentlichkeit vorgestellt worden war. Ein wahrlich alberner *Adelstitel*, der vor etwa einem Jahrzehnt primär für die von rückläufigen Verkäufen gepeinigte Weinwirtschaft ins Leben gerufen worden war. Verantwortungsbewusst wie sie nun mal war, hatte Marie-Christin aber dennoch bei zahllosen öffentlichen Auftritten mit einem unbeschwerten Lächeln auf den Lippen und einer albernen Krone aus billigem Aluminium auf dem Haupt mit unzähligen Lokalpolitikern, Winzern, Touristen, Prominenten sowie solchen, die es gerne wären, und überhaupt mit allen, die sich mit ihrem jugendlichen Gesicht schmücken wollten, für ein gemeinsames Foto posiert. Lokalzeitungen, mitunter sogar das eine oder andere überregionale Blatt, hatten im Sommer Berichte über das neue Aushängeschild des Weines gebracht. Ja, zweifelsohne war Marie-Christin die beste Werbung für die hiesige Weingegend seit Langem, dachte Kauffmann bei sich. Trotz der zahllosen öffentlichen Auftritte konnte man ihr aber nicht einmal einen übertriebenen Selbstdarstellungsdrang zum Vorwurf machen. Nahezu jeder hier wusste, dass sie sich bloß ihrem Vater zuliebe, der sonst – so ging das Gerücht im Dorf um – von seiner Tochter nicht unbedingt viel hielt und als Winzer vordergründig seinen eigenen Wein propagieren wollte, als Weinprinzessin beworben hatte. Tatsächlich hätte sie dieses ganze Tamtam auch nicht notwendig gehabt, denn Marie-Christin war auch so eine Persönlichkeit, die aus der Masse all dieser farblosen Gestalten herausstach. Wohl hätte sie auch abseits der Popularität eine glanzvolle Zukunft vor sich gehabt, mit einem aufrechten Mann eine Familie gegründet und jede Menge bezaubernde Kinder bekommen oder vielleicht auch in der Stadt studiert und Karriere gemacht. Freilich war aber auch Marie-Christin nicht perfekt und schon gar keine Heilige gewesen. Ihr einziges Laster schienen aber stets die Männer zu sein, denn sie galt mitunter als etwas zu leichtfertig im Umgang mit dem starken Geschlecht.

Kauffmann konnte nur schwer seinen müden Blick von dem unbekümmerten Mädchen auf dem Foto lösen und legte es schließlich fast widerwillig zum Polizeibericht in eine graue Papiermappe. Wenngleich er für seine cholerischen Anfälle alles andere als beliebt im Ort war, ja manche ihn sicher mehr als einmal am liebsten zum Teufel geschickt hätten, schlummerte tief in ihm drinnen, vor seinen Mitmenschen verborgen, ein durchaus warmherziger Mensch, der sich seiner Verantwortung der Bevölkerung gegenüber wohl bewusst war und gleich einem Hirten seine Schäfchen vor den hungrigen Wölfen schützen musste. Umso mehr plagten ihn nun Schuldgefühle. Eines seiner wertvollsten Schäfchen war gerissen worden und er war nicht imstande gewesen, diese Schandtat von vornherein zu verhindern. Angesichts seines Unvermögens ertappte er sich sogar dabei, wie er in einer fast schon triebhaften Weise nach Vergeltung an dem Täter gierte. *Schon bald würde dieser verdammte Mistkerl seine Zeche hinter schwedischen Gardinen zahlen*, dafür würde er persönlich sorgen.

Schuld und Sühne waren jedoch schon immer die Zutaten für ein friedloses Leben gewesen, das war Kauffmann selbst in diesen Stunden des befremdlichen Selbstzweifels bewusst. Freilich wäre er auch nicht der allseits berüchtigte Bezirksinspektor gewesen, wenn er die Schuld nicht auch bei anderen suchen würde. Ganz oben auf seiner Liste stand hierbei der nicht unbedingt als Gutmensch bekannte Vater der Kleinen, der seine abgängige Tochter erst jetzt am frühen Montagmorgen vermisst gemeldet hatte. Seinen Angaben nach hatte Marie-Christin vorgehabt, sich – wie beinahe jeden Samstagabend – mit ihrer Clique in einer beliebten Diskothek einige Ortschaften weiter weg zu treffen. Oft blieb sie über Nacht bei einer ihrer Freundinnen, ging mit ihr am folgenden Tag im See schwimmen und kam erst am Sonnabend wieder zurück ins Elternhaus. Kauffmann hätte seinen umtriebigen Töchtern solche Freiheiten nie und nimmer erlaubt. Dies schon deshalb, weil er nicht wollte, dass irgendein dahergelaufener Dodel die Chance haben sollte, eine seiner Töchter zu schwängern. Entweder waren die Eltern von Marie-Christin wesentlich liberaler, oder aber es kümmerte sie herzlich wenig, was mit ihrer Tochter geschah. Kauffmann tippte auf Letzteres.

Wie sonst war es zu erklären, dass beide Elternteile den ganzen lieben Sonntag über sich nicht zumindest mit einem kurzen Telefonanruf bei der Freundin nach Marie-Christin erkundigt hatten? Erst heute kurz vor dem Morgengrauen, so gab der Vater glaubhaft an, wäre seine Frau so besorgt gewesen, dass er sich auf die Suche nach ihrer gemeinsamen Tochter gemacht und in der Folge *gerüchteweise* von einem toten Mädchen gehört hatte, weshalb er schlussendlich doch auf den Gendarmerieposten gekommen war. Kauffmann fragte sich, wie viele Tage der Vater sonst noch mit der Vermisstenmeldung zugewartet hätte. In diesen Gedanken versunken, wäre dem Bezirksinspektor der Termin zu der – seiner Ansicht nach in diesem sonnenklaren Fall ohnehin überflüssigen – Identifikation des Opfers im Leichenschauhaus beinahe entgangen.

Obduzierte Leichen waren jedoch allgemein nichts für schwache Nerven. Angesichts der zu erwartenden Emotionsausbrüche der Mutter setzte er lustlos seine steife weiße Dienstkappe auf, erhob seinen massigen Körper behäbig aus dem Holzsessel und trottete widerwillig zur Tür seines Büros hinaus.

5.
KAPITEL

Unter normalen Umständen war Dr. Otto Müllner ein gewöhnlicher Hausarzt mit einer pro forma Spezialisierung auf mehr oder weniger harmlose Kinderkrankheiten, von denen er jedoch genau genommen nicht viel mehr Ahnung als ein frischer Studienabgänger hatte. Ebenso wenig ambitioniert hatte sich der hart auf die sechzig zugehende Arzt in den letzten Jahren der Feststellung von ungeklärten Todesursachen gewidmet. Dazu hätte es de facto eines professionellen Leichenbeschauers bedurft, aber nachdem sich auch kein anderer Arzt in der Umgebung darum riss, aus dem Schlamm des Sees geborgene Leichen obduzieren zu müssen, hinterfragte niemand seine mangelnde Qualifikation. *Ja, einen starken Magen müsse man dabei schon haben*, das gab der alte Mediziner beim sonntäglichen Frühschoppen in der Wirtshausrunde nur allzu gerne zu, aber selbst als einfacher Dorfarzt sei er mit dem organischen Aufbau des Menschen, gleich ob tot oder lebendig, bestens vertraut. Aus diesem Grund gäbe es selbst bei einer Obduktion nichts zum *Grausen.*

Tatsächlich aber überspielte er mit solchen unbeschwerten Aussagen nur seine eigene tiefgründige Furcht vor der Leichenöffnung. Dementsprechend wenig begeistert war er, als er heute mitten in der Nacht von diesem misanthropischen Bezirksinspektor zur dringlichen Vornahme der Autopsie an einer Frauenleiche geweckt worden war. Kauffmann war ihm, spätestens seit er vor mittlerweile auch schon zwei Jahren seinen Schäferrüden – angeblich im Diensteinsatz – direkt vor seiner Praxis angefahren hatte, ein Dorn im Auge. Nur durch eine sofortige Notoperation und sündteure Medikamentengaben hatte der Hund überlebt. Dennoch blieb er unter Verlust eines Hinterbeines für sein ganzes restliches Hundeleben gekennzeichnet. Auf eine entsprechende Entschuldigung des Inspektors wartete der Mediziner bis heute vergeblich. Aber auch sonst hatte Müllner seine liebe Not mit den Ordnungshütern, nachdem er mehrfach schon sternhagelvoll am Steuer seiner pechschwarzen Mercedes-Benz Limousine erwischt worden war. An sich war es ja auch ein Witz, dass die Kiberer zwar genügend Geld für Verkehrskontrollen hatten, ihm aber partout kein eigenes Laboratorium für die Leichenbeschau zur Verfügung stellen konnten oder wollten, sondern ihm dazu der winzige Nebenraum der örtlichen Leichenhalle ausreichen musste.

Als Bezirksinspektor Kauffmann am späten Vormittag mit seinem gewohnt ruppigen Auftreten in die bis auf ein paar billige Holzstühle kahle Leichenhalle eintrat, warteten schon Marie-Christins Eltern auf ihn. An der gebückten Körperhaltung von Paul Aigner, dem groß gewachsenen Vater des Opfers, konnte der Gendarm zwar durchaus eine gewisse Anspannung bemerken, seine Frau Marlies, die ihr Gesicht zumeist hinter einem von Tränen völlig durchnässten Taschentuch verbarg, schien angesichts der bevorstehenden Schreckensmeldung jedoch sogar einem kapitalen Nervenzusammenbruch nahe zu sein. Kauffmann deutete ihnen daher, vorerst draußen zu warten, und betrat durch eine unscheinbare, im Muster der Holztäfelung der Wände furnierte Tür den Raum nebenan.

Am Waschbecken gelehnt stand dort Dr. Müllner und war gerade dabei, sorgfältig sein an mittelalterliche Folterinstrumente erinnerndes Chirurgenbesteck zu reinigen. Zwischen einigen bereits gewaschenen und abgetrockneten Skalpellen in unterschiedlichen Größen erkannte Kauffmann eine gefährlich aussehende Knochensäge und einen unappetitlich anmutenden Rippenspreizer. An Letzterem klebte noch eine glänzende hellrote Flüssigkeit. Angewidert wandte er den Blick ab und sah stattdessen dem Gerichtsmediziner ins Gesicht.

Jedes Mal wenn Kauffmann ihn traf, wunderte er sich, wie Müllner mit seinen Brillen, bei deren Anblick sich ihm stets der dicke Glasboden von Limonadenflaschen aufdrängte, ein Automobil steuern konnte, geschweige denn überhaupt mit der von einem Gerichtsmediziner geforderten Genauigkeit arbeiten konnte. Als der Inspektor näher an den Arzt herantrat, war das Allererste, was ihm in den Sinn kam, der unangenehm strenge Geruch nach hochprozentigem Alkohol, der nicht nur auf das aggressive Desinfektionsmittel, sondern vor allem auf den aus dem Mund und den Poren des Mediziners ausdünstenden Gestank von Schnaps zurückzuführen war. Obwohl Kauffmann jegliches Verständnis für Alkoholgenuss im Dienst fehlte, so musste er doch eingestehen, dass er sich jetzt in diesem Augenblick auch einen festen Schluck aus einer Obstlerflasche wünschte, damit die Realität, die in ihrer ungeschönten Brutalität hier völlig nackt und – so gut es ging – gesäubert vom Schlamm vor ihm auf dem eiskalten silbernen Blech des Untersuchungstisches lag, zumindest etwas leichter zu ertragen war.

Der Leichenbeschauer hatte an Marie-Christin ganze Arbeit geleistet: Vom Brustkorb bis zum Schambein prangte ein nur mit rohem Zwirn provisorisch genähter, nichtsdestotrotz jedoch chirurgisch sauber ausgeführter Schnitt. Die Wunde oberhalb vom Nabel, deren Ausmaße Inspektor Kauffmann im schwachen Licht der Taschenlampe heute Nacht am Kai nur erahnen hatte können, hob sich nun nur allzu deutlich sichtbar von der alabasterfarbenen, mit feinen roten Äderchen zart unterlegten Haut ab. Ein unerwartetes Geräusch, als ob es nicht hierher zu gehören schien, durchbrach die bleierne Stille und verwirrte gleichzeitig die Sinne des Gendarmen. Es klang fast wie einer dieser letzten harmlosen Regentropfen, die nach einem ausgedehnten Sommerregen in eine seichte Wasserlacke platschen. Mit einem unguten Gefühl bückte sich der Gendarm unter den Untersuchungstisch und entdeckte zu seinem Entsetzen im Halbdunkel einen einfachen blauen Plastikkübel, in den aus einer herabgelassenen Öffnung des Untersuchungstisches das beinahe schwarze Blut der Leiche langsam hineintropfte. Mühsam musste er gegen die plötzlich aufkommende Übelkeit ankämpfen, die sich von der Magengegend aus unaufhaltsam in jede Zelle seines Körpers auszubreiten schien, und er war fast froh, als Dr. Müllner von sich aus zur Tat schritt und die Leiche mit einem weißen Baumwolltuch vollständig zudeckte. Auch geschah dies im einzig richtigen Moment, da gerade die Tür aufging und ein ungeduldig hereinstürmender Paul Aigner darauf bestand, jetzt endlich den Körper seiner Tochter zu sehen.

Er identifizierte sie alleine, während Marlies Aigner in der Leichenhalle nebenan leise schluchzend immer und immer wieder den Rosenkranz runter betete und dazwischen mehrmals in hemmungsloses Weinen ausbrach. Paul Aigner hatte nur kurz genickt, nachdem Dr. Müllner das weiße Baumwollleichentuch über dem auf dem kalten, sauber glänzenden Metalltisch liegenden Körper etwas angehoben und ihm das bleiche, aufgedunsene Gesicht seiner Tochter präsentiert hatte. Wenigstens hatte der Leichenbeschauer zuvor die in Panik aufgerissenen Augen der Toten geschlossen. Dennoch hatte sich der Vater vor Schreck zunächst abrupt abgewandt, um sich dann aber doch noch dazu zu zwingen, seiner toten Tochter über das nasse, vom Schlamm klebrige Haar zu streichen. Dann brach der sonst so stolze Winzer in Tränen aus, weinte wie ein hilfloses kleines Kind und brauchte Minuten, bis er sich wieder gefangen hatte. Zum Abschied gab er Marie-Christin einen innigen Kuss auf die feuchte Stirn, was selbst Kauffmann, der den Auftritt des Vaters mit einigem Abstand verfolgte, verwunderte, da er diese Emotionalität von Paul Aigner, diesem publicitygeilen Weinbauern, bei Gott nicht erwartet hätte. Vielleicht hatte er sich nun doch mit seinen Vorurteilen gegenüber dem Vater getäuscht, aber es war keinesfalls auszuschließen, dass der Vater die ganze Szene nur vorspielte, um vom ambivalenten Verhältnis zu seiner Tochter und nicht zuletzt auch seinen Pflichtverletzungen bei der Aufsicht abzulenken.

Nachdem Marlies Aigner von ihrem Ehemann erfahren hatte, dass das tote Mädchen tatsächlich ihre eigene Tochter war, wollte sie es nicht wahrhaben. Sie bestand darauf, die Leiche selbst mit ihren eigenen Augen zu sehen, in der Hoffnung, dass alle irrten oder ihre Sinne ihnen nur einen Streich gespielt hatten. Kauffmann wusste sogleich, dass es keine gute Idee wäre, der Mutter die Tote zu zeigen. Doch sie ließ sich partout nicht mehr davon abbringen und erschien nun sogar wesentlich gefasster als zuvor. Dies hielt sogar bis zu dem Moment an, als sie dann vor dem auf dem Metalltisch aufgebahrten Leichnam stand und erkannte, dass ihre Tochter tatsächlich tot war. Kauffmann konnte sich nicht erinnern, einen Menschen jemals derart herzzerreißend schreien gehört zu haben, als ob der Mutter der Anblick ihres toten Mädchens unvorstellbare körperliche Qualen bereiten würde. Schließlich erlöste Dr. Müllner sie von der unerträglichen Realität und injizierte ihr intravenös ein starkes Sedativum. Dann rief er den Dechanten der Pfarre, mit dem er ohnehin von seinen Wirtshausrunden mehr als nur ein wenig befreundet war, aus dem Pfarrheim in die benachbarte Leichenhalle, um den niedergeschlagenen Eltern etwas Trost zu spenden.

Nicht, dass Kauffmann besonders religiös war, aber ein wenig geistiger Beistand konnte den geschockten Eltern nun auch wieder nicht schaden, selbst wenn er von einem trotz seines inzwischen fortgeschritten Alters voller Elan steckenden Geistlichen kam, der als perverser Lustmolch verschrien war und bereits das eine oder andere hübsche weibliche Schäfchen seiner Herde mit weit mehr als nur seelischem Beistand beglückt hatte. Zwar mochte Kauffmann den altväterischen Leichenbeschauer genauso wenig wie den triebhaften Dechanten, aber wenigstens sah Ersterer nicht gleich jedem Rock hinterher. Kauffmann hielt es sogar nicht einmal für undenkbar, dass der Geistliche auch schon seinen Samen auf fruchtbaren Boden gesät hatte und damit für das eine oder andere vermeintlich vaterlose Kind verantwortlich war. *Ja, manchmal war der Schäfer sogar noch schlimmer als der Wolf.*

6. KAPITEL

Nach der Rückkehr in sein Büro hatte Kauffmann gerade einmal noch eine Viertelstunde, bis er vom Gendarmerieposten nach Hause zum Mittagessen aufbrechen musste. Sein Magen signalisierte ihm, dass er sich so schnell nicht dazu bewegen lassen würde, die frischen Eindrücke der Autopsie so einfach ad acta zu legen und zum kulinarischen Alltagsbrei überzugehen. Zunehmend zweifelte er, ob er überhaupt einen Bissen runterbringen würde. Ein wenig Ablenkung konnte daher nicht schaden, und so widmete sich der Inspektor der Tagespresse, zumal er Meldungen über *seinen* Mordfall in den heutigen Ausgaben ohnehin noch nicht zu erwarten hatte, schon gar nicht im Sportteil. Er steckte sich ein scharfes Pfefferminzbonbon in den Mund, damit seine Frau beim Mittagessen die drei schnell gepafften Zigaretten, die er nach der Autopsie dringend notwendig gehabt hatte, nicht riechen würde und begann im hintersten Teil des Blattes nach Kurzweil versprechenden Artikeln zu suchen. Beruhigt las er etwa, dass der österreichische Boxeuropameister *Hans Orsolic* nach dem verheerenden k.o. in der vergangenen Woche nun doch wieder wohl auf war. Kauffmann hatte die Gerüchte, wonach der Boxer aufgrund einer im Boxring erlittenen Gehirnblutung verstorben sei, ohnehin für blanken Unsinn der Zeitungsfritzen gehalten. Gerade eben, als er umblättern wollte, klopfte es an der Tür. Eigentlich erwartete er niemanden. Mit kritischem Blick auf seine

Armbanduhr stellte er zerknirscht fest, dass er noch knapp fünf Minuten Dienstzeit hatte, er konnte daher schlecht so tun, als ob er nicht da wäre. Grantig brüllte er ein trockenes „Herein!“.

Im Türrahmen erschien ein schlaksiger, dunkelblonder Hüne mit feinen, fast schon sanften Gesichtszügen. Er sah ganz und gar nicht so aus, als ob er aus der Gegend, geschweige denn hier aus dem Dorf stammte. Das war dem etwa Dreißigjährigen nicht zuletzt auch an seiner auffallend legeren Garderobe anzusehen. Welches erwachsene, heterosexuelle Mannsbild trug hier im Bezirk schon eine extravagante hüftlange Jacke aus schwarzem Leder mit einem von der rechten Schulter bis zum Bund verlaufenden blau-weiß-roten Streifen und dazu – für Kauffmanns Geschmack – viel zu eng anliegende, kräftig ausgewaschene Blue Denim Jeans am Leib? Abgesehen davon waren die dunkelbraunen Lederclarks, freilich mit Ausnahme der abartig riesigen Schuhgröße, geradezu dezent. Stattdessen stach Kauffmann die Armbanduhr, eine blaue Heuer Monaco mit Stahlgehäuse und Lederarmband, ins Auge. Dies freilich auch nur, da ihm erst neulich beim Überfliegen einer dieser praktisch inhaltslosen, dafür aber mit farbigen Hochglanzfotos vollgestopften Zeitschriften seiner Frau, eine Werbung von Steve McQueen, angelehnt an einen Ford Mustang, mit einem eben solchen übergroßen Chronometer aufgefallen war. Entsetzt hatte er dabei feststellen müssen, dass die Anschaffung dieses *Weckers* weit mehr als ein Monatsgehalt verschlingen würde. Aber selbst wenn man über die Unzulänglichkeiten der Kleidung des Fremden hinwegsah, so empfand Kauffmann zumindest das Tragen einer Pilotensonnenbrille mit spiegelnden Gläsern gegenüber einem Staatsdiener – und das, obgleich hier drinnen kaum jemals natürliches Licht hineinschien – regelrecht beleidigend. *Fehlte nur noch, dass er einen von diesen widerlichen rosa Kaugummis aufblies.*

In der Gestalt des Fremden konnte Kauffmann aber auch etwas Vertrautes erblicken. Letztes Jahr hatte er mit Kollegen im Kino diesen Easy-Rider-Film gesehen, freilich nur, um sich gegen eventuell einfallende Motorradgangs zu wappnen. Wenn er den schlanken Typen in seinem Büro nun so ansah, glaubte er sogar eine entfernte Ähnlichkeit zu diesem Schauspieler Peter Fonda zu erkennen, was den Gendarmen nun endgültig zu dem Schluss kommen ließ, dass ein begüterter, aber manierenloser Tourist vor ihm stand, der einen einfachen Diebstahl oder sonst eine Bagatelle zu melden hatte. Für solche Lappalien hatte Kauffmann heute keine Zeit.

„Sie haben sich in der Tür geirrt. Die Anzeigenaufnahme ist zwei Türen weiter. Auf Wiedersehen."

Kauffmann sah wieder in seine Zeitung, aber als er einige Sekunden später wieder aufblickte, stand der Fremde noch immer am gleichen Fleck. *Verstand er kein Deutsch? Wahrscheinlich wieder einer von diesen Salatfressern von den Britischen Inseln.* Kauffmann merkte, wie die Wut auf den Eindringling in ihm hochkam. Schon wollte er diesen am Oberarm packen und auf den Gang hinaus bugsieren, da zückte der Fremde ein schickes Lederetui und hielt den Inhalt Kauffmann unter die Nase.

„Gestatten, Kommissar Peterson."

Misstrauisch prüfte Bezirksinspektor Kauffmann den Lichtbildausweis des Bundeskriminalamtes und befand, dass er – freilich nur soweit man das auf den ersten Blick überhaupt beurteilen konnte – zumindest nicht offensichtlich gefälscht war. Langsam schien Kauffmann das heruntergekommene Erscheinungsbild nun auch schlüssiger zu werden. *Eventuell ermittelte der Kollege ja verdeckt, oder undercover, wie der neumoderne Ausdruck hieß, und daher auch diese für einen Polizisten unschickliche Kleidung.* Irgendwo musste freilich eine Grenze gezogen werden, denn wenn das so weiterging, würden Polizisten bald Ohrringerl wie Frauenzimmer oder gar Nasenringe von afrikanischen Buschbewohnern tragen und damit aussehen wie um Almosen bettelnde Sandler, fürchtete der Bezirksinspektor. Tiefe Sorgenfalten bildeten sich auf seiner Stirn. Dennoch zwang er sich zu einem müden, augenfällig gezwungenem Lächeln und gab Peterson zur Begrüßung die Hand. Er wies dem Kollegen aus Wien einen Stuhl zu, während er selbst wieder in seinem Schreibtischsessel Platz nahm, der unter dem Gewicht des Bezirksinspektors erbärmlich ächzte, ja förmlich zu jammern schien.

„Was führt Sie zu uns, Herr Kollege?" Man konnte Kauffmann ein gewisses Bemühen um einen freundlichen Umgangston nicht absprechen.

„Sie haben heute Nacht eine Frauenleiche aus dem Neusiedler See geborgen", stellte Peterson mit emotionsloser Stimme fest.

Kauffmann wartete verdutzt einen Augenblick, ob noch eine brauchbare Antwort auf seine höflich formulierte Frage kommen würde, aber sein Gegenüber fand es offenbar nicht wert, darauf einzugehen. Obwohl er den locker gekleideten Kollegen nun kaum fünf Minuten kannte, kam er nicht umhin, in bereits jetzt unsagbar unsympathisch zu finden. Um das Gespräch abzukürzen, ergriff er schließlich selbst das Wort.

„Nun ja, das haben wir, ich wüsste aber nicht, warum das das Bundeskriminalamt interessieren sollte? Wenn ich mich nicht sehr irre, ist das nicht Ihr Zuständigkeitsbereich."

Mit einem flinken Griff in die Innentasche brachte Peterson ein Blatt Papier zum Vorschein, faltete es auf und übergab es dem Gendarmen. Das allererste, was Kauffmann ins Auge stach, war das Hoheitszeichen der Republik am Briefkopf und der Schriftzug des Innenministeriums gleich darunter. Widerwillig überflog er den kurz gehaltenen Inhalt, der vom Minister eigenhändig unterfertigt worden war.

Kauffmann strich sich mit der Außenseite der Hand über seinen Schnauzer, eine Geste, die er immer dann an den Tag legte, wenn ihm etwas ordentlich gegen den Strich ging. „Sie werden uns also zur Unterstützung in diesem speziellen Fall *empfohlen*."

Den Anflug von Entrüstung in seiner brummigen Stimme vermochte Kauffmann kaum zu überspielen, war doch eine *Empfehlung* des Innenministers mehr zwingende *Order* als bloße *Bitte*. Vor einigen Monaten hatte er dem fülligen Politiker selbst bei einer Enquete über die Verbrechensbekämpfung die Hand geschüttelt und ihn – wenngleich er der *falschen* Partei angehörte – soweit auch recht positiv in Erinnerung behalten. Diese Sympathie hatte er jetzt aber verspielt. *Glaubte der ausgefressene Sack denn wirklich, ein Bezirksinspektor sei nicht fähig, den Mord an einer Einheimischen selbst klären zu können? Zweifelsohne fiel dieses Verbrechen in die internen Angelegenheiten seines Reviers. Jede Einmischung von außen würde hier nur kontraproduktiv sein, besonders wenn sie von einem politischen Günstling kam. Nein, so einfach, wie sich das der Jungsporn von einem Kommissar vorstellte, würde er es ihm nun wirklich nicht machen*, nahm Kauffmann sich vor.

„Und Sie sind der Meinung, *wir* benötigen *Ihre* Unterstützung hier?" Der sarkastische Unterton war nicht zu überhören.

Als Reaktion darauf rückte Peterson mit seinem Stuhl näher an den Bezirksinspektor heran und nahm fast schon theatralisch seine Spiegelsonnenbrille ab. „Sehen Sie, vielleicht wissen Sie es noch nicht, aber die Ermittlungen in diesem Mordfall werden kein Honiglecken. Die Medien werden Ihren winzigen Gendarmerieposten belagern und die Politiker werden Druck auf Sie ausüben. Außerdem haben Sie keine einschlägigen Erfahrungen mit Kapitalverbrechen. Nach meinem Wissensstand liegt der letzte Mord hier im Bezirk schon ein halbes Jahrzehnt zurück."

Mit Grauen erinnerte sich Kauffmann an den Bauern, der vor sechs Jahren seine Frau mit einer Heugabel am Feld erstochen hatte, nachdem sie mehrmals zuvor vergeblich versucht hatte, ihn mit dem Traktor zu überfahren. Obschon Kauffmann hierbei mehr von so was wie *verzögerter Notwehr* ausgegangen war, hatte der Richter dies freilich anders gesehen und den Angeklagten, der in der Verhandlung nicht einen Anflug von Reue gezeigt hatte, für vorsätzliche Tötung zu zehn Jahren schwerem Kerker verurteilt.

Peterson riss den Bezirksinspektor wieder aus seinen Gedanken. „Wegen der zu erwartenden Schwierigkeiten habe ich daher ausdrücklich um die Zuteilung zu diesem Fall ersucht, bevor hier kapitale Fehler begangen werden."

Freilich sagte der Jungsporn damit durch die Blume, dass Kauffmann selbst hier Ermittlungsfehler unterlaufen würden. Dieser Seitenhieb war auch dem Bezirksinspektor, dem langsam der Kragen platzte, nicht entgangen.

Vor seinen weiteren Ausführungen ging Kommissar Peterson daher wieder etwas mehr auf Abstand. „Wenn Sie den Tathergang zu rekonstruieren versuchen, werden Sie mehr über das Täter-Opfer-Verhältnis erfahren und erkennen, dass der Täter die Art und Weise der Tat geradezu minutiös geplant und sehr überlegt ausgeführt hat. Es gibt ja wahrlich schnellere und weit weniger Aufmerksamkeit erregendere Tötungsmethoden, als jemanden an einen Kanaldeckel geknebelt im See zu ertränken. So hätte er sein Opfer etwa auch leichter am Land strangulieren und die Leiche dann vergraben können. Wenn überhaupt, hätten Sie die Überreste nicht vor dem nächsten Frühjahr entdeckt. Aber nein, auch das hat er nicht getan. Was war also der Grund für so ein unnötig kompliziertes Vorgehen?"

Peterson rechnete gar nicht mit einer Antwort und setzte ohne Pause fort. „Vielleicht wollte der Täter gerade eben eine reinigende Tötungsmethode im Wasser, weil er etwas, das das Mädchen in der Vergangenheit getan hatte, für schmutzig hielt. Gleichzeitig hat er sie Ihnen dann mehr oder weniger auf dem Silbertablett serviert. Es kann nur eine Erklärung dafür geben."

„Was Sie nicht sagen", kommentierte Kauffmann.

Die spöttische Bemerkung des Bezirksinspektors überhörend, fuhr der Kriminalist unbeirrt fort. „Der Täter wollte, dass das von ihm entstellte Opfer schleunigst gefunden wird, aber freilich nicht von irgendwem. Aus diesem Grunde hat er die Leiche an einer Stelle platziert, die de facto nur Einheimischen bekannt ist. Das alles sagt uns zwei wichtige Dinge über den Täter aus: Erstens, er lebt hier in Ihrem Dorf und zweitens, er hat das Opfer persönlich gekannt und über längere Zeit hinweg beobachtet. Sie sollten den Täter unter den Ihren suchen und bedenken, dass er jeden Ihrer Schritte akribisch aus nächster Nähe beobachten wird. Deshalb können Sie sich in diesem speziellen Fall das hier am Land übliche dilettantische Vorgehen einfach nicht leisten."

„Diese Behauptung ist ungeheuerlich! Wie können Sie es sich anmaßen, meine Vorgangsweise bei Ermittlungen als *dilettantisch* zu bezeichnen? Was für eine Frechheit!" Kauffmann war nun endgültig aufgebracht. „Ihnen fehlt völlig der Einblick in den Fall, es gibt ja noch nicht einmal einen Autopsiebericht!", fügte er wütend hinzu.

Wieder fasste der Hüne in seine Jackentasche und holte einige Bögen penibel zusammengefalteten Papiers heraus. Auf der ersten Seite erkannte Kauffmann den Stempel des Leichenbeschauers.

„Woher haben Sie den verfluchten Autopsiebericht?" Der Bezirksinspektor war voll in Rage. Vor Zorn lief er im ganzen Gesicht knallrot an.

Peterson schien den Wutanfall des Inspektors auszukosten und blieb die Ruhe in Person. „Das ist gänzlich ohne Belang für Sie", meinte er nüchtern, „aber ich kann Ihnen soviel mitteilen, dass wir in solchen *besonders gelegenen* Fällen grundsätzlich sofort den Autopsiebericht vom Leichenbeschauer anfordern. Dr. Otto Müllner war so freundlich und hat uns einen vorläufigen Bericht umgehend heute Vormittag per Fernkopierer zugesandt."

Kauffmann war bereits drauf und dran loszuposaunen, dass nicht einmal er – als höchster Ordnungshüter im Ort – den Autopsiebericht bekommen hatte, aber nachdem er diesem Peterson jetzt nicht auch noch die Chance geben wollte, eben dies als erstes Anzeichen eines *dilettantischen* Ermittlungsfehlers interpretieren zu können, biss er sich sprichwörtlich auf die Zunge. Abrupt kippte er mit seinem Stuhl zurück, der die Gewichtsverschiebung mit einem flehenden Ächzen quittierte, und kratzte sich scharf überlegend am fast kahlen Kopf. Der alte Hund von einem Mediziner hätte ihm das aber auch persönlich sagen können, unter Umständen war er von der Bundespolizeidirektion aber auch zum Schweigen angewiesen worden. Kauffmanns Erregung flaute etwas ab.

„Na gut, dann wissen Sie halt schon ein wenig Bescheid“, gestand der Bezirksinspektor nüchtern ein, „aber Ihre Annahme bezüglich eines von langer Hand geplanten Mordes ist schlichtweg absurd. Mit an Sicherheit grenzender Wahrscheinlichkeit war es ein versetzter Verehrer oder irgendein Trottel, der die Kleine im Delirium vergewaltigt und danach beseitigt hat. Keinesfalls ist es einer hier vom Ort gewesen, ich kenne unsere Leute und keiner von denen ist zu so einer Schandtat, auch noch dazu an einer Einheimischen, nur annähernd imstande!“

„Wissen Sie, Kauffmann, das sagen sie alle, wenn ich ihnen das erste Mal begegne“, holte Peterson aus, „aber gerade in diesen kleinen Nestern, wie Ihrem hier, sind die Geheimnisse stets am größten und werden penibel gehütet wie der eigene Augapfel. Wenn Sie mir schon sonst nicht folgen wollen, so glauben Sie mir wenigstens eines: Sie als oberster Gendarm erfahren *immer* als Letzter davon.“

7.
KAPITEL

Ausgesprochen gut gelaunt lenkte Kommissar Peterson seinen azurblauen Alfa Romeo Spider durch verwinkelte, von Weinkellern und Wirtschaftsgebäuden gesäumte Gässchen auf eine Anhöhe am Ortsrand. Mit dem Ergebnis der kurzen Besprechung in Kauffmanns Büro konnte er mehr als nur ein wenig zufrieden sein, immerhin hatte ihm der Bezirksinspektor, wenn auch nur reichlich zerknirscht, schlussendlich doch zugestanden, auf eigene Faust ermitteln zu dürfen. Kauffmann war ihm sozusagen voll auf den Leim gegangen. So war dem Gendarmen nicht aufgefallen, dass Peterson nicht eine einzige Seite des Autopsieberichtes erhalten, sondern nur mit einer Kopie jenes Berichtes geblufft hatte, den er über den alten Feldgabelmord, mit dem auffälligen Stempel des Leichenbeschauers versehen, in den Akten gefunden hatte. Darüber hinaus – und das schien Peterson vorrangig zu sein – hatte Kauffmann den wahren Grund seiner Anwesenheit ebenfalls nicht durchschaut. Unter den vorgetäuschten Prämissen würde er nun einige Zeit lang ermitteln können, jedenfalls so lange bis der Gendarm überrissen hatte, was hier tatsächlich ablief, doch dann würde es längst zu spät sein, um noch etwas ändern zu können.

Am Plateau der Anhöhe angelangt, erhob sich vor dem Kriminalisten das weitläufige Gehöft der Weinbauernfamilie Aigner. Inmitten von mehreren Wirtschaftsgebäuden thronte, von einer weiß getünchten Mauer und einer Doppelreihe haushoher Säulenpappeln umgeben, das feudale, zweigeschossige Wohngebäude, in welchem bis zu ihrem Ableben auch Marie-Christin gelebt hatte. Durch das sperrangelweit offen stehende, gusseiserne Einfahrtstor rollte das italienische Sportcabriolet im Schritttempo den zwischen saftig grünen Grasflächen dahinschlängelnden Kiesweg entlang, vorbei an einer von zartrosa blühenden Oleandersträuchern umgebenen, kunstvoll gestalteten Figur einer Seenixe, zwischen deren übertrieben ausgeprägten Lippen ein munterer Wasserstrahl hinab in ein gemauertes Becken sprudelte, bis hin zu dem von zwei hüfthohen Terrakottavasen flankierten und mit Ornamenten geschmückten Hauseingang. Nicht genug, dass das gesamte Anwesen prächtig und grandios war, hatte der staunende Besucher auch noch einen unvergleichlich traumhaften Ausblick hinab über das Nordufer des Sees mit seinen weiten Buchten und den unzähligen weißen Segelbooten bis hin zum Horizont.

„He, Sie sind hier auf Privatbesitz! Wenn Sie nicht sofort verschwinden, rufe ich die Polizei!“

Erstaunt über den rüden Empfang, drehte sich der gerade seinem Wagen entstiegene Kommissar in jene Richtung, aus der die Stimme gekommen war und erblickte eine weiß beschürzte, kräftige Frau mit dunkelbraunen, fein säuberlich im Nacken zu einem Knoten zusammengebundenen Haaren, die sich im Türrahmen der massiven Eingangstür breit gemacht hatte. Peterson hielt ihr seinen Dienstausweis hin, worauf die korpulente Dame sogleich verneinend den Kopf schüttelte.

„Frau Aigner fühlt sich überhaupt nicht gut und kann bis auf Weiteres auf gar keinen Fall Ihre Fragen …“

„Ist schon gut, Hedi“, unterbrach sie eine tonlose Stimme aus dem Hintergrund, „ich bin Marlies Aigner, die Mutter von Marie-Christin.“

Nur zögerlich trat die Zofe etwas zur Seite und gab damit den Blick auf eine schwarz gekleidete, in gebückter Haltung an der Wand lehnende Frauenperson frei.

„Frau Aigner, ich will Sie gar nicht lange aufhalten, ich müsste zu Dokumentationszwecken aber einen kurzen Blick in das Zimmer Ihrer Tochter werfen."

„Nun, ich weiß nicht, was das bringen soll", erwiderte Marlies Aigner zögerlich und seufzte hörbar, „aber wenn Sie darauf bestehen."

Durch den Vorraum und über eine gewundene Treppe folgte Peterson der trauernden Frau hinauf in den ersten Stock. Währenddessen schallten aus dem Erdgeschoß die düsteren, jenseitigen Klänge von Beethovens letzter Klaviersonate Nr. 32 in c-Moll, op. 111, hinaus in das gesamte Haus. Deutlich hörbar war es bereits eine recht alte Aufnahme, da die Schallplatte an manchen Stellen grauenvoll kratzte. Darüber hinaus zweifelte Peterson, dass diese depressive Musik für die Stimmung der trauernden Hinterbliebenen wirklich förderlich war. Im Obergeschoß blieb Marlies Aigner am Ende des Korridors vor einer unscheinbaren Holztür stehen.

„Bitte gehen Sie alleine hinein. Sie müssen verstehen, ich könnte es nicht ertragen."

Behutsam öffnete Peterson die Tür und trat in einen von hellem Licht durchfluteten und mit einem kaum wahrnehmbaren aromatischen Lavendelduft erfüllten Raum. Es schien fast so, als wollten die Eltern noch rasch das Odeur der verstorbenen Tochter für die Ewigkeit konservieren, dementsprechend fühlte sich Peterson vom ersten Schritt an wie ein Störenfried, der gerade dabei war, mit seiner bloßen Anwesenheit ein Heiligtum zu entweihen. Optisch sah der Raum jedoch genauso aus, wie es von einer Siebzehnjährigen zu erwarten war: Auf der einen

Wandseite waren nahezu alle freien Flächen zugeklebt mit Farbpostern von einem in eine schwarze Lederkluft gepressten Jim Morrison, dem Frontmann der psychedelisch angehauchten Doors sowie von Brian Jones in einer weißen Lammfelljacke mit einer Gitarre um den Hals. Weitere Fotos bildeten Cat Stevens, Paul McCartney und einzelne Bandmitglieder der Bee Gees ab. Dazwischen hing auch ein Filmplakat von Romy Schneider mit Alain Delon aus dem Film *La Piscine* und gleich darunter ein gestochen scharfes Schwarz-Weiß-Foto von Uschi Glas als Halbblutindianerin.

In einem unter den geschlossenen Doppelflügelfenstern platzierten Bücherregal fand Peterson neben sauber geordneter Schulliteratur zu Mathematik, Geografie und Geschichte, einige schon deutlich abgegriffene Kinderbücher und eine alte Ausgabe von Friedrich Torbergs *Der Schüler Gerber hat absolviert* ebenso wie George Orwells *1984* in englischer Originalfassung und sogar einige Werke von Hermann Hesse, die allesamt Petersons eigene Erinnerungen an die Schulzeit weckten. Bloß deswegen war er aber freilich nicht hierher gekommen. Der Blick des Kommissars schweifte aufmerksam auf der Suche nach etwas Ungewöhnlichem durch das Jugendzimmer, wobei er sich jedoch eingestehen musste, dass er nicht den Schimmer einer Ahnung hatte, was er genau zu finden hoffte.

Auf einem Nachttischchen lagen einige Schmuckstücke, darunter mehrere gelbe und violette, jeweils halbtransparente Kunststoffringe, eine Halskette mit kunstvoll verzierten Metallplättchen und einem massigen Anhänger in der Form einer flachen schwarz-orangen Scheibe sowie ein Paar Creolenohrringe. Gründlich kontrollierte Peterson, ob sich in der Lade des Nachttischchens etwas Relevantes befand, aber außer einer alten, abgegriffenen Bibel war sie leer. Vor dem Bett ging der Kriminalkommissar auf die Knie, und als er selbst dann noch nicht unter das Bett sehen konnte, legte er sich sogar flach auf den Boden. Außer einem flexiblen, in rosa gehaltenen Hula-Hoop Reifen, einem verstaubten Federball und ein paar kleineren Gegenständen, die wohl versehentlich irgendwann einmal unters Bett gerutscht waren, fand er aber auch dort nichts von Interesse.

Als Nächstes nahm er sich eine an der Wand stehende weiße Kommode vor, auf der, flankiert von zig Familienfotos in Silber- und Glasrahmen, ein Plattenspieler mit einer kleinen Sammlung von Langspiel- und einigen 45er-Schallplatten sowie ein Stapel an Bravo-Zeitschriften feinsäuberlich aufgereiht waren. Der Vollständigkeit halber warf der Polizist auch noch einen flüchtigen Blick in die Laden der Kommode, schloss sie aber sofort wieder, als er merkte, dass Marie-Christin hier ihre Unterwäsche aufbewahrt hatte.

Mehr aus Neugier als aus kriminalistischem Spürsinn sah sich Peterson die aufgestellten Familienfotos näher an, darunter mehrere von Marie-Christin als Kind und später als Mädchen, zumeist gemeinsam mit ihrer Mutter. Keine Abbildungen fand Peterson hingegen vom Marie-Christins Vater. Den Fotos nach zu schließen, schien es sogar fast so, als ob Marie-Christin eine Halbwaise gewesen wäre. Peterson hatte genug gesehen, außerdem wartete Marlies Aigner draußen am Korridor bereits ungeduldig auf ihn.

„Sagen Sie, Frau Aigner, Sie wollen mir wohl nicht verraten, wer der leibliche Vater von Marie-Christin ist?"

Augenblicklich wurde Marlies Aigner leichenblass, als sei sie bei einem Verbrechen ertappt worden.

„Nun, ich denke, es bringt nichts, jetzt, wo Marie-Christin uns verlassen hat, noch zu lügen. Ich verlange auch kein Verständnis von Ihnen, aber mein Mann“, sie kam ins Stocken, „er ist seit einem lange zurückliegenden Unfall im Weingarten zeugungsunfähig. Sie können mir glauben, wir haben alles medizinisch Mögliche versucht.“

Sie wischte sich den kalten Schweiß von der Stirn. „Wir haben die Entscheidung damals, vor bald achtzehn Jahren, gemeinsam getroffen und ich würde es heute nicht anders machen. Sie müssen verstehen, wir sind sehr gläubig, aber ich wollte ein Kind und was hätten wir sonst tun sollen?“ Eine dicke Träne kullerte über die Wange zu ihrem Kinn, von wo aus sie zu Boden tropfte. Um ihre Fassung kämpfend, trocknete sie ihr Gesicht mit einem Stofftaschentuch ab. Nach einem Augenblick der Stille räusperte sie sich und fand wieder zu einer festen Stimme zurück.

„Ich werde niemanden, auch nicht der Polizei, jemals die Person des leiblichen Vaters verraten und damit meine Tochter und meine ganze Familie mit Schande beflecken. Sie können mich verhören, foltern oder was weiß ich, aber dieses Geheimnis nehme ich mit in mein Grab.“

Daran zweifelt Peterson keinen Moment.

„Außerdem habe ich bereits Ihrer Kollegin vor zwei Stunden viel zu viele Fragen beantwortet. Ich denke, es ist besser, Sie gehen jetzt und lassen mich angemessen trauern.“

„Frau Aigner, darf ich Sie noch fragen, wie der Name dieser werten Kollegin war?“

Marlies Aigner fing sich wieder ein wenig. „Julia Maier oder so ähnlich. Ich weiß es wirklich nicht mehr. Sie war jedenfalls in zivil, so wie Sie hier. Genau genommen sah sie mit ihrer“, sie suchte nach einem passenden Ausdruck und fand ihn schließlich, „nun etwas *zu offenherzigen* Kleidung nicht unbedingt wie jemand von der Polizei aus. Zudem fuhr sie statt eines Dienstautos nur einen dieser grässlich gelben englischen Kleinwagen. Nachdem sie aber einen Dienstausweis dabei hatte, habe ich nicht weiter nachgefragt. Wieso, ist etwas nicht in Ordnung?", fügte sie etwas beunruhigt hinzu.

„Nein, nein", beschwichtigte Peterson. „Das war sicher nur eine Kollegin, die hier den Vorschriften entsprechend die ersten Vorerhebungen gemacht hat."

Insgeheim war es ganz und gar nicht in Ordnung. Peterson wusste sofort, dass hier etwas faul war. Der Polizeidienst war, anders als etwa in Deutschland, wo es schon seit den zwanziger Jahren Polizistinnen gab, ausschließlich den Männern vorbehalten. Offenbar war das Marlies Aigner im Schockzustand nach dem Tod ihrer Tochter auch nicht weiter aufgefallen. Je mehr Peterson darüber nachdachte, umso eher hielt er es sogar für möglich, dass Kauffmann eine seiner weiblichen Sekretariatskräfte schnell mal vorausgeschickt hatte. Freilich würden selbst die keinen gültigen Dienstausweis haben können.

„Sie wissen nicht zufälligerweise, wohin die Kollegin von hier aus aufgebrochen ist."

„Nun, sie hat nach den besten Freundinnen von Marie-Christin gefragt und mir sind dazu die Namen von zwei Schülerinnen aus der Klosterschule eingefallen, mit denen meine Tochter öfters –."

Mitten im Satz wurde sie von Peterson unterbrochen, der sich gleich darauf hastig und formlos verabschiedete. Währenddessen fand Beethovens Klaviersonate endlich das dramatische Ende des zweiten Satzes, woraufhin sich der Schallplattenspieler mit einem metallischen *Klack* abschaltete und sich wohlklingende Ruhe über das Anwesen ausbreitete.

8. KAPITEL

Ohne anzuklopfen, stürmte Hilfsgendarm Kurt Berger wie von Sinnen in das Büro seines Vorgesetzten.

„Wir haben das Boot!“, jubilierte er aufgeregt.

Kauffmann hob nicht einmal den Kopf von der vor ihm liegenden Zeitung.

„Was habe ich Ihnen schon zigmal über das Eintreten in meine *Amtsräumlichkeiten* gesagt?“, fuhr ihn der Bezirksinspektor an. „Sie werden es wohl niemals lernen! Raus aus meinem Büro und dann klopfen Sie erst mal an.“

Mit gesenktem Haupt trat Berger wieder auf den gekachelten Gang hinaus und schloss nahezu lautlos die Tür hinter sich. Es lag weniger an dem ungestümen Verhalten des jungen Hilfsgendarmen, dass Kauffmann grottenschlechte Laune hatte. Vielmehr hatte er eben einen Anruf von Bürgermeister Greindl erhalten, der ihm in unmissverständlicher Art und Weise klar vor Augen geführt hat, dass in zwei Wochen Gemeinderatswahlen anstanden, und er zu seinem eigenen und dem Wohl des Ortes besser heute als morgen einen Schuldigen für den Mord an *unserer* Weinkönigin auftreiben sollte. Die Bürger des Ortes seien verunsichert, ja noch mehr, regelrecht geschockt. Derart beunruhigte Wähler seien niemals gut für einen ambitionierten, betont jugendlichen Bürgermeister.

Konrad Greindl sah sich selbst wohl schon als neuen *John F. Kennedy.* In den Augen des Bezirksinspektors war er aber eher ein auswechselbarer Lakai, der von der wohlbegüterten Weinbauern-Lobby als Strohmann zur Durchsetzung ihrer Angelegenheiten an die politische Spitze des Ortes gehievt worden war. Wäre die Ehefrau des Bürgermeisters nicht zufällig auch die Tochter des Obmanns des Winzerverbandes, hätte der Gemeinderat diesen schmierigen Politiker schon längst in die Wüste geschickt und durch den nächsten gesichtslosen Idioten ersetzt.

Trotzdem konnte selbst ein Bezirksinspektor nicht so einfach darüber hinwegsehen, dass die Leute im Ort sich in Aufruhr befanden und dies zweifelsohne auch solange so bleiben würden, bis der Täter hinter Schloss und Riegel war. Ja, vielleicht würden sie sogar von Tag zu Tag noch wütender werden, wenn er ihnen nicht bald den Mörder am Silbertablett präsentierte. Einen Moment lang sah er vor seinem geistigen Auge das Schreckensbild einer protestierenden Meute von erbosten Mitbürgern, die mit Fakkeln bewaffnet seinen Gendarmerieposten nächtens belagerten, tat dies aber sogleich wieder als paranoide Wahnvorstellung ab.

Ein nerviges Klopfen ließ die Bürotür erzittern. Es konnte nur Kurt Berger sein. *Soll sich dieser Einfaltspinsel doch mal in Geduld üben*, ärgerte sich Kauffmann und reagierte vorerst gar nicht. Ganz so, als ob nichts passiert wäre, schmökerte er in der vor ihm ausgebreiteten Tageszeitung und fand einen Kurzartikel über das Pariser Frauengefängnis *La Roquette*, in dem vor einigen Tagen mehr als zwanzig Häftlinge in den Hungerstreik getreten waren, um damit erträglichere Haftbedingungen für politische Häftlinge zu erzwingen. Kauffmann waren die Zustände selbst in heimischen Zuchthäusern völlig schnurz. In welchem Kerker diese Verbrecher den Rest ihres tristen Lebens verbrachten, interessierte in Wirklichkeit doch rein gar niemanden. Genervt blätterte er zum Sportteil. Eine kurze Kolumne berichtete über griechisch-römisches Ringen. Kauffmann hatte von den Regeln dieses Sports nicht den Schimmer einer Ahnung, aber er fand es zumindest unterhaltsam, dass nun sogar Frauen zu den Wettkämpfen zugelassen wurden. Nur einen flüchtigen Augenblick lang schweifte er in Gedanken ab und stellte sich vor, wie es wohl wäre, gegen ein Frauenzimmer, etwa diese großgoscherte Journalistin Isabella Wagner, zu ringen. Kaum hatte er diesen Gedanken gefasst, tat er ihn gleich wieder als einfältigen Unsinn ab. Unterdessen klopfte es wieder an der Tür, diesmal wesentlich erregter.

Brummig brüllte er ein schroffes „Herein!", worauf Kurt Berger in das Amtszimmer trat und prompt in militärisch stramme Haltung verfiel, was zumindest den Anschein von Respekt für den Inspektor vermitteln sollte.

„Schon besser." Aus dem Mund des griesgrämigen Bezirksinspektors klang das Lob jedoch mehr nach Spott.

„Rühren!", befahl er in scharfem Ton. „Erstatten Sie mir Bericht, Berger!"

„Ich berichte, wir haben das Boot gefunden, in dem Marie-Christin entführt worden ist."

Welches verdammte Boot, lag Kauffmann schon auf den Lippen, aber immerhin noch einen Lidschlag bevor er die nächste zermürbende Attacke gegen seinen ungeliebten Hilfsgendarmen reiten wollte, fiel es ihm wie Schuppen von den Augen, dass die an einen Kanaldeckel gefesselte Marie-Christin vom Täter freilich nur mit einem geeigneten Boot auf den See hinausgebracht worden sein konnte. Zum Gehen oder gar Schwimmen wäre die Entfernung zum Ufer jedenfalls zu weit gewesen. Erregt ergriff Kurt Berger wieder das Wort.

„Wir haben das Elektroboot am Grund des alten Fischerhafens gefunden, nur knapp zweieinhalb Seemeilen vom Tatort entfernt. Der Täter wollte es wohl so schnell wie möglich loswerden."

Elektroboote waren seit den dreißiger Jahren nicht mehr in Mode, aber hier und da gab es noch einige Ausflugsboote am See und je mehr Kauffmann darüber nachdachte, desto mehr fand er, dass solche lautlosen Boote geradezu ideal für ein Verbrechen waren.

„Klären Sie, wem das Boot gehört!", ordnete der Inspektor im Befehlston an.

Die Antwort kam von Kurt Berger wie aus der Pistole geschossen. „Das habe ich bereits. Es wurde vor etwa einer Woche gestohlen gemeldet. Der Besitzer hat nicht die geringste Ahnung, wer der Täter sein könnte. Die Nacht vor dem Diebstahl hat er jedoch einen am Bootssteg herumschleichenden, schlanken Mann mit einer Schreckschusspistole verjagt, sich dabei aber auch nichts weiter gedacht."

Männer, auf die diese Darstellung passte, gab es hier zuhauf. Die Beschreibung passte ja sogar so ziemlich auf jeden Zweiten hier. Es sah für Kauffmann definitiv nach einer Sackgasse aus, außerdem musste das versenkte Elektroboot nicht unbedingt etwas mit dem Mordfall zu tun haben. *Typisch, wieder einmal ein voreiliger Schluss von Berger! Der würde ja sogar schon das Ei verkaufen, bevor er noch die Henne hatte.*

„Zum Teufel, Berger, woher wollen Sie wissen, dass das Boot vom Mörder versenkt worden ist. Es könnte genauso gut beim letzten Sturm einfach untergegangen sein oder der liebe Herrgott könnte es mit einem seiner feurigen Blitze versenkt haben", ätzte der Bezirksinspektor in Brülllautstärke, worauf Berger erschrocken einen Schritt zurückwich.

„Einen Moment noch, das wird sich gleich aufklären! Raten Sie mal, Herr Inspektor, was ich hier habe", konterte er in der Hoffnung, damit einer weiteren Attacke zu entgehen.

„Ich bin nicht Ihr Rateonkel, Berger! Entweder Sie sagen mir *sofort*, was Sie gefunden haben, oder es gibt ein saftiges Disziplinarverfahren.“ Für solche albernen Spielchen hatte der humorlose Bezirksinspektor rein gar nichts übrig, die Lage war zu ernst und dieser Berger ohnehin schwach von Begriff.

Eingeschüchtert trottete der Hilfsgendarm auf den Gang hinaus und kam gleich darauf mit einer gut eineinhalb Meter lange Lanze wieder in das Arbeitszimmer seines Chefs zurück. „Das hier haben wir im versenkten Boot gefunden.“

Kauffmann fiel vor Überraschung die Zeitung aus der Hand. „Heilige Maria Mutter Gottes, was soll denn das sein?“

Schwerfällig erhob er sich, fasste an den abgegriffenen, vom Seewasser genässten Holzschaft und stellt fest, dass die massige Waffe trotz, oder gerade wegen des beträchtlichen Gewichtes, ausgezeichnet in der Hand lag. Von der Spitze des Stiels blitzte ihm eine doppelt geschliffene Eisenklinge mit je zwei scharfen Widerhaken an der Seite entgegen. Man musste kein studierter Archäologe sein, um zu erkennen, dass die Metallklinge ein Produkt mittelalterlichen Waffenhandwerks und möglicherweise sogar von historischem Wert war. Blutspuren waren darauf aber freilich keine mehr zu erkennen. *Wieder einmal hatte der See ein Geheimnis in seine braunen Fluten mitgenommen.* Nur der Autopsiebericht könnte klären, ob diese Waffe zu den Verletzungen von Marie-Christin passte. Während Kauffmann innerlich bereits den Leichenbeschauer, der ihm noch immer keinen Autopsiebericht übermittelt hatte, zum Teufel wünschte, war sein junger Hilfsgendarm wieder auf den Gang geeilt und mit einem durchnässten Jutesack zurückgekehrt.

„Auch das haben wir im Elektroboot gefunden", führte Berger aus, fischte mehrere schlammige Kleidungsstücke aus dem Sack und breitete sie unmittelbar vor dem staunenden Bezirksinspektor auf dem Boden aus.

Unter normalen Umständen wäre Kauffmann angesichts der zu erwartenden Wasserflecken auf dem aus Monarchiezeiten stammenden Parkettboden regelrecht explodiert, stattdessen staunte er nur über den Fund, denn die vor ihm liegenden Kleidungsstücke passten exakt zu der Beschreibung von Marie-Christin.

Freilich rückte dieser Fund die im gleichen Boot gefundene Lanze in ein gänzlich anderes Licht, denn zweifelsohne gehörte diese damit dem Täter. Außerdem konnte man so etwas ja schwerlich beim Greißler um die Ecke kaufen. Ein seltenes Lächeln huschte über seine Lippen, denn mit dieser mediävalen Stichwaffe hatte er eine unverwischbare Spur zum Täter in der Hand. In ihm wuchs die Zuversicht, der aufgewühlten Bevölkerung rasch den Täter präsentieren zu können. Der Mörder hatte einen kapitalen Fehler gemacht, den er schon bald bitter bereuen würde.

9. KAPITEL

Nach längerem Umherirren im Ort fand Peterson endlich die in einem gänzlich unscheinbaren und schlichten Ziegelbau untergebrachte Klosterschule. Marlies Aigners Ausführungen hatten seine Neugierde auf die wahre Identität der vermeintlichen Polizistin geweckt. Der Kriminalist brauchte auch nicht lange, bis er den zitronengelben Mini Cooper entdeckt hatte, von der Besitzerin war jedoch weit und breit nichts zu sehen. Peterson parkte seinen Sportwagen direkt neben dem Kleinwagen. Interessiert sah er sich den Mini genauer an. Der heruntergekommene Innenraum ließ nicht unbedingt auf ein Liebhaberfahrzeug schließen. Aus dem winzigen Aschenbecher quollen Zigarettenstummel heraus. Einige waren sogar herausgefallen und auf dem Teppichboden gelandet. Passend dazu hatte die Besitzerin des Wagens eine schwarze *John Player Special*-Zigarettenschachtel zusammengeknüllt zwischen Musikkassetten, die meisten davon ohne Hülle, am Beifahrersitz hinterlassen. Der Rücksitz wurde zum größten Teil von einem schlampig verschlossenen Pappkarton und einer zusammengerollten Lederjacke besetzt. Irgendwo im letzten freien Eck fristet zudem eine zerfledderte Ausgabe von Jean-Paul Sartres *Le Mots* ihr tristes Dasein.

Kaum hatte Peterson den Mini genauer unter die Lupe genommen, hörte er schon aufgeregtes Geschrei aus der Klosterschule. Nur einen Lidschlag später flog die Eingangstür auf und zwei kräftig gebaute Ordensschwestern in von Kordeln zusammengehaltenen schwarzen Kutten zerrten eine aufgeregt gestikulierende Frau mit pechschwarzem Haar aus dem geweihten Gebäude heraus. Mit Verwunderung stellte Peterson fest, dass die Nonnen nicht gerade zimperlich, wenn nicht sogar roh, mit der Person in ihrer Mitte umgingen. Diese konnte sich aber aus dem festen Griff befreien und auf ihren glänzenden, schwarzen Stöckelschuhen einige Meter Distanz zwischen sich und die Klosterfrauen bringen. Vor Temperament strotzend, drehte sie sich aber noch einmal am Absatz um und deckte die Ordensschwester mit Schimpfwörtern ein, die Peterson wohl kaum jemals im Zusammenhang mit einer Geistlichen eingefallen wären. Davon unbeeindruckt verschwanden die Nonnen jedoch wieder in der Schule, nicht ohne sogleich die Tür felsenfest hinter sich zu schließen. So wie die rassige Schwarzhaarige in ihrem zu knappen gelben Minirock und der gewagten Bluse aussah, mussten die Klosterfrauen sie wohl eher für eine Dirne als eine Polizistin gehalten haben. Insgeheim wunderte sich Peterson, wie Marlies Aigner auch nur in Betracht hatte ziehen können, es hier mit einer richtigen Polizistin zu tun zu haben. Was auch immer die durchaus nicht unattraktive Frau jetzt von den Ordensschwestern gewollt hatte, sie hatte es augenscheinlich nicht bekommen. Mit flotten Schritten überquerte die emotionsgeladene Schwarzhaarige schnurstracks die Straße und hielt auf den zitronengelben Mini Cooper zu. Unmittelbar vor der Fahrertür fing Peterson sie ab.

„Darf ich fragen, was Sie in der Klosterschule wollten?"

„Nein, das dürfen Sie nicht. Lassen Sie mich zu meinem Auto. Sie behindern eine Polizeiaktion!", erwiderte sie aggressiv.

Nachdem Peterson sich keinen Zentimeter bewegt hatte, griff sie in ihre übergroße Jeanshandtasche und holte geschwind einen Dienstausweis hervor, mit dem sie dem Kommissar auch gleich – viel zu nahe zum Lesen – vor dem Gesicht herumwedelte. Gerade als sie den Ausweis genauso flink, wie sie ihn rausgeholt hatte, wieder in der Tasche verschwinden lassen wollte, umfasste Peterson ihr zartes Handgelenk.

„He, nicht so schnell! Lassen Sie mich den Ausweis mal genauer ansehen!"

Sie wehrte sich geschickt und versuchte sich gelenkig aus dem festen Griff zu befreien. Im Zuge des wilden Gerangels lockerte sich der Verschluss der Armbanduhr an ihrem Handgelenk, worauf diese zu Boden fiel und das Glas mit einem lauten Klirren zerbrach. Nur mit roher Gewalt gelang es Peterson in der Folge dann doch noch, der Frau den Dienstausweis aus der Hand zu reißen.

Misstrauisch begutachtete er das Lichtbild und verglich es mit dem Gesicht der Frau. Eine dunkle Wolke schob sich vor die Sonne. Um den Ausweis besser sehen zu können, nahm der Kriminalist die Sonnenbrille ab.

„Ich muss schon sagen, Fräulein Julia Maier, das Foto hier wird Ihnen in keiner Weise gerecht. Vor allem nicht Ihren dunkelbraunen Augen. Interessant ist auch, dass Sie auf dem Foto graue Augen haben. Dummerweise ist der Ausweis zudem vor knapp fünf Jahren abgelaufen." Er kratzte mit dem Fingernagel über einen weißen Fleck am Polizeiausweis und enthüllte damit einen weiteren Buchstaben im Vornamen. Trocken stellte er fest, „nebenbei gehört dieser Ausweis hier einem Julia*n* Maier."

Aus ihren funkelnden Augen sprach die pure Wut. „Das geht Sie rein gar nichts an. Lassen Sie mich *sofort* gehen, sonst rufe ich, so laut ich kann, um Hilfe."

Darauf würde ich nicht wetten, folgerte Peterson und fasste in die Innentasche seiner Lederjacke. „Und so sieht übrigens der echte Dienstausweis der Polizei aus!"

Er hielt ihr seine Bescheinigung als Kriminalpolizist unter die Nase, sodass sie nicht umhin kam, sie zu lesen.

„Offenbar ist Ihnen entgangen, dass wir wohl ein wenig rückständig sind und weiterhin keine Frauen bei der Polizei aufnehmen. Außerdem ist mir kein einziger Kollege bei der Polizei bekannt, der autobiografische Kindheitserinnerungen von französischen Philosophen liest", er deutete mit dem Kopf auf den zerfledderten Jean-Paul Sartre am Rücksitz des Minis.

„Mist!", fluchte sie.

„Na, na, wir werden nicht gleich so ausfällig werden", wies Peterson sie zurecht. Um zu verhindern, dass sie ihm gleich wieder abhaute, umfasste er sicherheitshalber ihren Oberarm. Ihre Haut fühlte sich angenehm warm an.

„*Ihren* Dienstausweis werde ich erst einmal behalten und Sie sagen mir jetzt, wer Sie wirklich sind, und vor allem was Sie bei Marlies Aigner und hier in der Klosterschule gesucht haben, ansonsten nehme ich Sie sofort wegen Dokumentenfälschung fest."

Ihre Anspannung ließ sichtlich ein wenig nach. „Mein Name ist Isabella Wagner. Ich arbeite für eine lokale Tageszeitung, das *Burgenländische Tagblatt*. Sie können gerne bei meinem Chefredakteur anrufen."

„Das werde ich auch sicher tun", kommentiert Peterson wenig beeindruckt.

Eine Journalistin also, das hätte mir aber auch gleich einfallen können, ärgerte sich der Kriminalkommissar, der in der Vergangenheit auch nicht immer die besten Erfahrungen mit Journalistinnen gemacht hatte. Die koketten Damen von der Presse versuchten nur allzu gerne, mit aufreizender Kleidung und gekonntem Make-up die in einem Kriminalfall diensthabenden Polizisten zu voreiligen oder einfach dummen Aussagen zu verleiten, die man nach dem Erscheinen des Blattes nur allzu oft bitter bereute. Isabella Wagner war genau so eine Frau, der ein Mann nur schwer einen Gefallen abschlagen konnte. Heute konnte Peterson jedoch den Spieß umdrehen und ausnahmsweise mal selbst einer Journalistin fiese Fragen stellen.

„Was haben Sie heute Mittag bei Frau Aigner und jetzt hier bei den Ordensschwestern gesucht?"

„Na, was wohl, ich habe für eine Story recherchiert! Das Recht auf freie journalistische Meinungsäußerung ist einem Kiberer wohl nicht so geläufig, oder?", erwiderte sie frech.

„Ich würde sagen, Sie kommen jetzt mit auf den Posten, damit wir ein Protokoll über den Vorfall schreiben können."

Sie riss ihre Augen weit auf. „Zu Kauffmann?"

„Schon möglich."

„Nein, ich werde Kauffmann sicher kein einziges Wort sagen. Dieses *chauvinistische Dreckschwein* hat mich letztes Jahr eine Nacht lang in der Ausnüchterungszelle eingeschlossen, weil ich angeblich eine Polizeiaktion behindert haben soll."

„Was natürlich vollkommener Unsinn war", fügte Peterson sarkastisch an. Nach alledem, was er von der vor Emotionen nur so strotzenden Frau bislang gesehen und gehört hatte, war die Möglichkeit der Behinderung einer Polizeiaktion nun ganz und gar nicht abwegig.

„Wissen Sie was, ich schlage Ihnen einen Deal vor", setzte sie mit verführerisch lockender Stimme fort, „Sie lassen mich laufen und ich sage Ihnen dafür etwas zum

Mordfall von Marie-Christin, das Sie bestimmt noch nicht wissen."

Eine Windböe ließ ihr glattes schwarzes Haar kurz aufwallen und blähte ihre weite Rüschenbluse kräftig auf. Eine unendliche Sekunde lang erhaschte der Kriminalist durch den Ausschnitt einen Blick tief in ihr Dekolleté und ertappte sich sogleich bei dem flüchtigen Gedanken daran, ob sie überhaupt einen Büstenhalter trug. Ja, er musste sich sogar regelrecht dazu zwingen, die Augen von ihren attraktiven Rundungen zu lösen, um seine Konzentration wieder auf die Lösung des Mordfalles zu lenken.

Sollte er dieser Isabella nun tatsächlich abkaufen, dass sie Informationen zum Mordfall hatte? Was konnte eine einfache Journalistin schon Besonderes dazu wissen? Peterson sah ihr direkt in die kolossal dunklen Augen. Höchstwahrscheinlich *bluffte* sie nur, da war er *beinahe* sicher. Dennoch konnte er es nicht verantworten, dass ihm Hinweise zu diesem bedeutsamen Fall angeboten wurden und er diese einfach in den Wind schlug. Außerdem konnte er sich schon ausmalen, was passieren würde, wenn er die Journalistin auf den Gendarmerieposten schleppte: *Ganz plötzlich* würde sie dann unter fürchterlichem Gedächtnisschwund leiden. So schnell könnte sich der Spieß dann auch wieder umdrehen. Eigentlich blieb ihm ja gar nichts anderes übrig, als mit der rassigen Dame einen *Deal* zu machen.

„Ok, also sagen Sie schon, was Sie dazu wissen?"

Lächelnd strich sie sich in aller Ruhe eine lange Strähne ihrer Mähne aus dem Gesicht und ging näher auf ihn zu, bis sie sich beinahe schon berührten. Offensichtlich hatte sie keine Eile und genoss es sichtlich, die Zügel in der Hand zu haben.

Eine Gänsehaut lief Peterson über den Rücken, als er ihren warmen Atem an seinem Ohr spürte. Sie flüsterte, „wenn Sie glauben, dass Marie-Christin bisher das *einzige* Opfer war, dann irren Sie sich gewaltig."

10. KAPITEL

Kauffmann zerbrach sich den Kopf, ob er nicht schon mal so eine Lanze gesehen hatte, denn irgendwie kam ihm der Anblick bekannt vor. Eine derartige Waffe befand sich wohl kaum jemals im herkömmlichen Privatbesitz. Außerdem, da war sich der Gendarm nicht ganz, aber doch ziemlich sicher, würde man für so eine gemeingefährliche Stichwaffe auch schon einen Waffenschein benötigen. An diesem Exemplar konnte man wieder mal sehen, dass Hieb- und Stichwaffen in den Händen von Zivilisten absolut nichts zu suchen hatten. Trotzdem musste der Täter die Lanze von irgendwo her haben.

„Berger, beschaffen Sie mir sofort die Telefonnummern von allen Museen, Burgen und Schlössern im Umkreis von einhundert Kilometern! Aber dieses Mal nicht wieder im Schneckentempo, sonst gibt's was!"

Kurt Berger, der noch immer von der Androhung eines Disziplinarverfahrens geschockt schien, deponierte wortlos einen dünnen Akt auf dem Tisch seines Chefs.

„Was soll ich damit? *Wir* haben jetzt bei Gott wichtigere Angelegenheiten als Aktenschlichten zu erledigen. Finden Sie den verdammten Eigentümer der Lanze!", schnauzte Kauffmann seinen Adlatus an.

Der Hilfsgendarm hüstelte. „Äh, ich glaube, *wir* haben das bereits erledigt. Wenn Sie einen Blick in den Akt werfen, dann werden Sie sehen, dass hier im Heimatkundemuseum vor etwa zwei Wochen eine *Hellebarde* gestohlen worden ist."

Berger wartete auf einen sarkastischen Kommentar von Kauffmann, stattdessen glotzte ihn dieser aber nur ungläubig an.

„Wir haben davon erfahren, weil der Besitzer des Museums bei uns Anzeige erstattet hat“, erklärte er, wenngleich diese Information fast schon überflüssig war.

Ohne ein Wort der Anerkennung öffnete Kauffmann den Akt und sog gierig die Fakten in sich auf. Schlussendlich fand er sogar ein großes Schwarz-Weiß-Foto, das er vergleichend zu der an der Wand lehnenden Lanze hinhielt. Kein Zweifel, das ist exakt diese Stichwaffe, murmelte er in Gedanken versunken vor sich hin. Angesichts der sich langsam abzeichnenden Lösung des Falles grunzte er zufrieden, während Berger zu einer weiterführenden Erklärung ansetzte.

„Nun der Besitzer der Hellebarde ist der Museumsinhaber selbst, ein gewisser Herr Mantler. Ich habe damals seine Anzeige aufgenommen und ich kann Ihnen sagen, das ist ein komischer alter Kauz! Besonders seltsam war aber, dass er nach einigen Tagen die Anzeige wieder zurückgezogen hat und damals nur meinte, dass die Sache mit dem Diebstahl ein für alle Mal erledigt sei, da er ohnehin für den Schaden entschädigt worden sei.“

Dem Inspektor war der Museumsdirektor nicht unbekannt. Noch gut war ihm die Affäre von vor zwei oder drei Jahren in Erinnerung, als Mantler schon mal den Diebstahl des halben Heimatkundemuseums vorgetäuscht hatte, nur um damit die Versicherungssumme zu kassieren. Tatsächlich fand ein Versicherungsangestellter dann aber bei einer Routineüberprüfung *alle* angeblich gestohlenen Gegenstände im Museumskeller wieder, denn Mantler hatte sich nicht die Mühe gemacht, die Stücke außer Haus zu bringen. Eigentlich hätte es ein ordentliches Gerichtsverfahren und eine Haftstrafe wegen vorsätzlichen Versicherungsbetrugs geben müssen, wenn nicht ein Wiener Psychiater Mantler zuvor per Privatgutachten bestätigt hätte, dass er nicht ganz dicht sei. Um den Seelendoktor von seiner pathogenen *Verrücktheit* zu überzeugen, hatte sich der alte Kauz einen flatternden roten Gockel auf die eine und Hammer und Sichel auf die andere Pobacke tätowieren lassen. Kauffmann selbst hatte – wie nun fast jeder im Ort – mit eigenen Augen von der Tätowierung Kenntnis erlangt, als der irre Museumsinhaber mit splitternacktem Hintern die Hauptstraße auf und abgelaufen war und dabei lauthals Comandante Fidel Castros Revolutionsleitsatz „*La historia me absolverá!*“ geschrien hatte. Nun hatte zwar *die Geschichtsschreibung* den irren Mantler *nicht freigesprochen*, aber auf eine gewisse Art wenigstens der erkennende Richter, nachdem dieser den Beschuldigten anno dazumal aufgrund eben dieses psychiatrischen Gutachtens für verhandlungsunfähig erklärt hatte. Damit war der Irre zumindest einer Haftstrafe entgangen. Nichtsdestoweniger hielt Kauffmann ihn aber seitdem für einen linken Unruhestifter, auf dessen Aussage er normalerweise keinen Pfifferling geben würde. Dennoch war es im Augenblick die einzige heiße Spur, die er hatte.

Ungestüm schnappte sich Kauffmann das abgegriffene, knallgelbe Posttelefonbuch und blättert ohne Rücksicht auf Beschädigungen wild durch die hauchdünnen Seiten, bis er eine Telefonnummer fand, die er mit der Fingerspitze markierte.

„Ha! Da haben wir es!“ Er drückte die Freigabetaste des Vierteltelefons. Nachdem er den anhaltenden Signalton für eine offene Leitung wahrgenommen hatte, wählte er sogleich mit der Telefonscheibe eine vierstellige Nummer. Einige Sekunden später tutete es im Hörer. Er wartete ungeduldig, bis endlich jemand das Telefon am anderen Ende abhob.

„Bezirksinspektor Kauffmann am Apparat. Herr Mantler, ich rufe wegen Ihrer Anzeige vom August dieses Jahres …"

Der Bezirksinspektor wurde mitten im Satz vom Museumsdirektor unterbrochen. Es gab nicht viele Leute, die sich trauten, ein derart rüdes Verhalten gegenüber Kauffmann an den Tag zu legen. *Der Kerl musste tatsächlich nicht mehr alle Tassen im Schrank haben.*

„Ja, ich weiß bereits, dass Sie die Anzeige zurückgezogen haben, aber wir haben heute Ihr Ausstellungsstück wieder gefunden. Sie können die Hellebarde nach dem Abschluss des laufenden Verfahrens auch wieder retour haben", log Kauffmann. Tatsächlich hatte er vor, das unsägliche Ding so lange in der Asservatenkammer des Gendarmeriepostens verstauben zu lassen, bis er in Pension ging. Bis dahin waren es noch gut und gern zehn Dienstjahre.

Der Museumsdirektor war dank der in Aussicht gestellten Rückübermittlung der entwendeten Hellebarde jedoch ungewöhnlich kooperativ. Irgendwas war faul an der ganzen Sache, das konnte Kauffmann einen Kilometer gegen den Wind riechen. Seine Neugierde war nun endgültig geweckt.

„Warum haben Sie die Anzeige gegen unbekannt zurückgezogen, wenn Sie nicht einmal das Diebesgut zurückerhalten haben?"

„Ah, und von wem wurden Sie für den Diebstahl entschädigt?"

„Ich verstehe Sie schon, aber Sie werden mir jetzt trotzdem *sofort* sagen, wer der Dieb war, sonst lasse ich Sie von zwei Kollegen auf der Stelle hierher auf den Posten zum

Verhör bringen. Ich kann mir vorstellen, dass das sicher nicht lustig für Sie werden wird. Oder wollen Sie vielleicht gleich eine Einlieferung nach Gugging in die Klapsmühle?"

Das war in Kauffmanns Augen genau der richtige Ton, um mit hirnverbrannten Kommunisten umzugehen. Ohne eine solche deftige autoritäre Drohung rührten diese *Stalinisten* ja nicht einmal ein Ohrwaschel. Sein Vorsatz, nicht gleich bei jeder Kleinigkeit die Ruhe zu verlieren, war beinahe schon wieder beim Teufel, demgemäß mahnte er sich zur Geduld.

„Sie können mir ruhig glauben, wir werden ihm den Diebstahl der Hellebarde *keinesfalls* zur Last legen!"

Tatsächlich war dem Bezirksinspektor der Diebstahl der Hellebarde schnurz egal. Stattdessen würde er den Dieb für den Mord an der kleinen Marie-Christin drankriegen. Kauffmann hoffte, dass dem Museumsdirektor sein kleiner verbaler Trick nicht auffallen würde.

„Und Sie sind sicher, dass sein Vater für ihn den Schaden beglichen hat?" Ein Anflug von leichter Ungläubigkeit war auf einmal in der Stimme des Bezirksinspektors zu hören, dieser verfolg aber genau so schnell, wie er gekommen war.

„Ja, ja, ich kenne den Jungen", sagte Kauffmann freudig.

Eiligst kritzelte er einige unleserliche Buchstaben auf das vor ihm liegende Papier.

Ohne ein Wort des Abschieds oder Dankes knallte er den wuchtigen schwarzen Hörer auf die Gabel und wedelte mit dem Blatt, auf dem nur ein einzelner Name vermerkt war. Berger konnte sich nicht erinnern, diesen übellaunigen Choleriker in den zwei Jahren, die er ihn nun bereits kannte, jemals so gelöst gesehen zu haben.

„Wir haben den Mörder", frohlockte Kauffmann.

II.
KAPITEL

Aus dem mit orangefarbenen und obendrein verstaubten Vorhängen umrahmten Panoramafenster bot sich den wenigen Besuchern des Seerestaurants nur eine triste Aussicht hinaus auf die aufgewühlte Seelandschaft. Seit letzter Nacht peitschte ein unbarmherziger Sturm unablässig eine finstere Wolke nach der anderen dicht über die Wasseroberfläche hinweg. Dort, wo bei Schönwetter der See eine scharfe Grenze zum Horizont zog, vermochte man in diesen Minuten knapp vor Sonnenuntergang nicht mehr zu sagen, wo das Wasser aufhörte und der Himmel anfing, so unendlich grau floss das eine ins andere über.

Weit und breit war bei dem Unwetter draußen keine Menschenseele zu sehen. Selbst die Ausflugsboote waren heute Morgen nach einer Sturmwarnung von der Seewache hastig in den geschützten Hafen geholt worden, denn es war hinlänglich bekannt, dass der vermeintlich ruhige Steppensee – trotz seiner im Schnitt nur geringen Tiefe und den überschaubaren Abmessungen – bei entsprechenden Windverhältnissen ein launisches Biest sein konnte.

Außer Kommissar Peterson und Isabella Wagner hatten sich an diesem verregneten Frühabend nur zwei ältere Touristenpärchen, eingehüllt in gelbe Regenmäntel, in das Restaurant verirrt. Das war für die Wintersaison insgesamt schon eine ordentliche Auslastung. Denn in den Monaten zwischen Oktober und März war das Lokal kaum besucht. Auch das Personal schien in dieser wahrhaft toten Zeit auf eine absolute Notbesetzung gekürzt worden zu sein, denn es dauerte eine halbe Ewigkeit, bis sich überhaupt einmal ein Kellner blicken ließ. Dieser war dann noch dazu alles andere als motiviert, seine Gäste halbwegs freundlich zu bedienen.

Isabella gönnte sich einen kräftigen Schluck von ihrem dampfenden Früchtetee und wärmte gleichzeitig ihre Hände an der heißen Schale. Im fahlen Licht der altmodischen Tischlampen sah der ihr gegenüber sitzende Peterson angespannt, vielleicht sogar ein wenig besorgt aus. Die kleinen Fältchen in seinen Augenwinkeln und auf der Stirn kamen ihr nun markanter vor, fast so als hätten sie sich mit der Abenddämmerung sichtbar vertieft. Er war ein attraktiver Mann, das musste sie eingestehen, selbst wenn er zumindest fünf Jahre älter als sie sein musste. Natürlich war ihr auch bei ihrem ersten Zusammentreffen vor knapp einer Stunde auf der Stelle aufgefallen, dass er keinen goldenen Ehering trug. Das hatte aber nicht viel zu bedeuten. Denn heutzutage waren die Männer – wie jede Frau früher oder später feststellen musste – nur selten treu und bedienten sich aller Mittel um das vermeintlich schwache Geschlecht von vorn bis hinten zu hintergehen. Insgeheim war Isabella froh, diese schmerzvolle Lektion bereits gelernt zu haben.

Während sie angestrengt darüber nachdachte, wo sie zu erzählen beginnen sollte, zündete sich Peterson eine Marlboro an und verlangte beim missmutigen Kellner nach einem Aschenbecher.

„Wissen Sie, die Redaktion der Zeitung, für die ich arbeite, hat eine überschaubare Größe." Mit diesen unverfänglichen Worten begann Isabella ihren Bericht und setzte auch gleich damit fort.

„Wir sind gerade mal zu fünft und halten uns deshalb nur an lokale Themen hier im Bundesland. So komme ich halt mit recht vielen Menschen in Kontakt und fahre auch ganz schön viel umher. Hin und wieder kann da schon mal was Interessantes dabei sein. Aber meistens ist es nur die stinknormale Story á la *Hund beißt Postbote*. Zum Ausgleich schreibe ich dann für eine Wochenendkolumne Kritiken über neue Musikalben und aktuelle Konzerte."

Ohne zu fragen, schnappte sich Isabella die locker zwischen den Lippen des Kommissars dahinglimmende Zigarette, führte sie elegant von Zeige- und Mittelfinger gehalten zu ihrem Mund und nahm mit halbgeschlossenen Augen genüsslich seufzend einen tiefen Zug davon. Ebenso geschickt, wie sie die Marlboro geholt hatte, beförderte sie die Zigarette wieder zwischen die Lippen des Kommissars und hauchte ihm beim Ausatmen den Rauch ins Gesicht. Peterson schmeckte noch ihren fruchtigen Lippenstift auf dem Zigarettenfilter. Davon verwirrt schüttete er zu viel Zucker in seine Melange und rührte die zähe braune Masse mit dem Löffel so lange kräftig um, bis sie zumindest halbwegs genießbar wirkte. Als er aufsah, hatte Isabella ihren Kopf schon etwas zur Seite geneigt und lies gerade ihre Hand unter die glatten schwarzen Haare direkt zum Nacken streifen.

„Irgendwie bin ich heute etwas verspannt. Könnten Sie mich ein wenig massieren", lockte sie.

„Ich denke nicht, dass das jetzt notwendig ist", entgegnete er trocken und abweisend. Immerhin musste er sich als Kommissar im Dienst auf den Fall konzentrieren, er schuldete es den Opfern ebenso wie den Hinterbliebenen.

„Hmmm, ich denke, ich könnte mich wesentlich besser erinnern, wenn Sie etwas netter zu mir wären", flüsterte sie kess.

Missmutig vom Spiel, das sie mit ihm trieb, dämpfte Peterson seine erst halb gerauchte Zigarette im Aschenbecher aus und stellte sich hinter die junge Schwarzhaarige, die einladend ihr Kinn auf die Brust drückte. Vor ihm präsentierte sich ihr aufregend gestreckter Nacken, dessen Sehnen und Muskeln markant hervortraten. Zögerlich begann Peterson mit den Daumen beider Hände die angespannte Muskulatur zu massieren.

„Ja, machen Sie genau so weiter", seufzte sie schnurrend wie eine Katze, bevor sie endlich mit ihrem Bericht fortsetzte.

„Also es ist etwa zwei Monate her, da habe ich auch angefangen, die eher ungeliebte Gerichtsseite zu betreuen. Weil es aber nicht genügend interessante Gerichtsprozesse hier im Land gibt, berichten wir an dieser Stelle auch von den – normalerweise kleinen – Vergehen, die halt so geschehen. Eine Wasserleiche, wie jene von gestern Abend, ist da an sich schon ein außerordentliches Ereignis. Wenn aber auch noch die amtierende Weinprinzessin einem Verbrechen zum Opfer fällt, reicht das locker für den Aufhänger auf der Titelseite. Mein Chefredakteur hat mich daher exklusiv auf die Story angesetzt."

„Und dann haben Sie ausgiebig recherchiert?"

„Ja sicher, ich brauchte eine richtige Story und nicht nur bloße Vermutungen, sonst reißt mir mein Chefredakteur irgendwann den Schädel ab, wenn ich ihm die Spesenkosten für Übernachtungen und Benzin präsentiere."

Für einen Moment hielt Peterson mit seiner Nackenmassage inne. Isabella sah stumm hinaus auf die wild schäumende Wasseroberfläche. Erst als der Kommissar die Massage wieder aufnahm, sprach sie weiter.

„Nun, eigentlich bin ich schon gestern hierher in den Ort gekommen, aber freilich nicht wegen Marie-Christin, die erst heute Nacht aus dem See geborgen worden ist. Vielmehr hatte mein Chefredakteur das Gerücht aufgeschnappt, dass ein allzu neugieriger Köter eines alten Försters nur unweit des Seeufers in einem eher abgelegenen Waldstück angeschlagen und unter Laub und Ästen versteckt angeblich ein blutverschmiertes T-Shirt gefunden hätte. Nachdem der Förster aber sternhagelvoll gewesen war und mit Inspektor Kauffmann wegen ein paar läppischer Abschüsse in der Schonzeit schon in der Vergangenheit keine guten Erfahrungen gemacht hatte, ist dieser nicht zur Gendarmerie, sondern mit den blutigen Fundstücken schnurstracks zum Angeben in sein Stammbeisl gezogen. Dort hatte sich zum sonntäglichen Frühschoppen schon eine kleine Gruppe Ortsansässiger zum Krisenstab versammelt. Nachdem Marie-Christin von ihren Eltern überhaupt erst in der folgenden Nacht vermisst werden würde, galt sie dabei gar nicht mal als Grund für das Zusammenrotten der Bürger. Vielmehr waren zwei andere Mädchen Samstagnacht nicht mehr heimgekehrt. Was dann genau passiert ist, weiß ich nicht, möglicherweise hat aber einer der anwesenden Männer das blutverschmierte T-Shirt als das seiner vermissten Tochter wiedererkannt, denn die aufgescheuchten Einwohner stellten sogleich selbst Suchtrupps zusammen und durchkämmten den Wald, in dem das Kleidungsstück gefunden worden war. Allerdings fanden sie keine weiteren Hinweise auf die beiden Abgängigen."

Angestrengt überlegte Peterson, ob die vermissten Mädchen mit dem Mord an Marie-Christin im Konnex stehen konnten. Logisch betrachtet, erschien dies für ihn aufgrund der zeitlichen und örtlichen Nähe mehr als nur wahrscheinlich. An den letzten Strohhalm geklammert, formulierte er wohlüberlegt seine nächste Frage.

„Wie kommen Sie überhaupt darauf, dass die beiden Mädchen auch nur in irgendeinem Zusammenhang mit dem Mordfall stehen?"

Ihren Nacken massierend, stand Peterson noch immer hinter ihr. Theatralisch wandte sie sich nun jedoch zu ihm um und sah ihn direkt an.

„Das kann ich Ihnen ganz einfach sagen." Sie flüsterte, als ob sie Angst hätte, belauscht zu werden. „Auch diese beiden waren einmal Weinprinzessinnen und damit Vorgängerinnen von Marie-Christin."

Peterson musste diese Hiobsbotschaft erstmal hinunterschlucken. Dieser Zusammenhang war geradezu lehrbuchmäßig. Zerknirscht musste er sich zudem eingestehen, dass er völlig unterschätzt hatte, wie sehr die Ortsansässigen bereits selbst die Sache in die Hand genommen hatten. Bevor die Bürger diesem cholerischen Inspektor Kauffmann den Fall anvertrauen würden, schritten sie lieber zur Selbstjustiz. Außerdem waren die Dimensionen dieses Falles nun wohl wesentlich weiter, als seine eigene Dienstbehörde ursprünglich angenommen hatte. Inzwischen fragte er sich sogar, warum hier solange sehenden Auges zugewartet worden war. Abermals war er froh, dass sein dienstlicher Auftrag hier im Ort noch niemandem bekannt geworden war. Eine weitere Marlboro lang grübelte Peterson darüber nach, welche Maßnahmen bei diesem neuen Szenario nun zu treffen wären.

„Wir müssen alle ehemaligen Weinprinzessinnen der vergangenen Jahre sofort aus dem Ort wegbringen. Hier sind die Mädchen nicht mehr sicher", stellte er trocken fest.

„Ich denke, das wird nicht mehr notwendig sein. Kein einziges von den Mädchen lebt noch hier im Ort. Die meisten haben ihr Amt dazu genutzt, bei der erstbesten Gelegenheit dieser schnöden Gegend den Rücken zu kehren. Sie sollten sich eher um jenes Mädchen kümmern, dem dieses offenbar lebensgefährliche Amt als Nächstes zufällt."

„Wann wird feststehen, wer die Nächste sein wird?", erkundigte er sich mit der angeborenen Neugier eines Ermittlers.

„Für die richtigen Leute steht das schon seit Langem fest."

Verblüfft sah Peterson sein Gegenüber an. „Ich dachte, es gibt eine Wahl?"

Isabella lachte so laut auf, dass die beiden etwas weiter weg sitzenden Pärchen sich pikiert für einen Moment umdrehten.

„Das ist nicht ganz einfach zu erklären, aber lassen Sie mich ein wenig ausholen, Herr Kommissar", fügte sie lehrerinnenhaft hinzu. „Praktisch jede Weinregion hat einen eigenen Winzerverband, dem alle dort ansässigen Weinbauern angehören. Offiziell *wählt* jeder dieser Verbände seine eigene Weinprinzessin für ein, manchmal auch gleich zwei Jahre, die sich sodann um die Vermarktung ihres regionalen Rebensaftes kümmert. Schlussendlich sollten dann auch noch alle Winzerverbände gemeinsam eine Weinkönigin wählen, was aber wegen anhaltender Streitigkeiten seit Jahren nicht mehr erfolgt ist."

Nach einem weiteren Schluck von ihrem mittlerweile nur mehr lauwarmen Tee fuhr die redselige Journalistin fort.

„Soweit die offizielle Version. In Wirklichkeit kann von einer regulären *Wahl* jedoch keine Rede sein: Hartnäckigen Gerüchten zufolge existiert sogar eine geheime Liste, auf der die Reihenfolge der zukünftigen Auserwählten, die stets Töchter der einflussreichsten Weinbauern sind, für viele Jahre im Vorhinein bereits bestimmt ist. Dies nicht zuletzt deshalb, um den eigenen Familienwein dann in ein ganz besonders gutes Licht rücken zu können."

Peterson dachte laut nach. „Somit würde die Winzerfamilie der nun nachfolgenden Weinprinzessin durch das Ableben von Marie-Christin nicht unwesentliche wirtschaftliche Vorteile genießen. Rational betrachtet, könnte das sogar das Motiv für den Mord sein."

Isabella blinzelte ihn kess mit ihren langen Wimpern an. „Das glauben Sie doch nicht wirklich, oder? Kein vernünftiger Weinbauer würde wegen interner Querelen etwas machen, was dem Weintourismus als Ganzes schaden könnte, schon gar nicht einen Mord begehen. Damit würde er sich doch nur ins eigene Fleisch schneiden. Nein, der Täter müsste wohl eher das Ziel haben, der gesamten Weinwirtschaft hier zu schaden."

Das war ein logisches Argument, das musste sogar Peterson bewundernd anerkennen. Zudem würde es auch ausgezeichnet zum bisher bekannten Vorgehen des Täters passen, der es geradewegs darauf angelegt hatte, der Gendarmerie und nicht zuletzt auch den Journalisten sein unnötig brutal hingerichtetes Opfer im See zu präsentieren. Sorgen bereiteten ihm im Moment jedoch vorrangig die beiden abgängigen Mädchen, denn solange es keine eindeutigen Beweise für einen weiteren Mord gab, ging er freilich davon aus, dass sie weiterhin am Leben waren und sich wohl oder übel in der Gewalt des Mörders befanden.

Der Kommissar sah auf die Uhr. Es war bereits nach halb sieben, Kauffmann würde also sicherlich nicht mehr in seinem Büro sein. Müde und ausgelaugt von einem langen Tag, beschloss Peterson, gleich morgen früh dem Bezirksinspektor ausführlich Bericht zu erstatten. Er nahm aber bereits jetzt an, dass diesem das neue Szenario wohl kaum gefallen dürfte.

12. KAPITEL

Das Café Hartmann war nicht gerade als feines Lokal im Ort bekannt. In einer ruhigen Seitenstraße versteckt, fand man hier selbst an heißen Sommertagen nicht die üblichen Touristenhorden wie in den Eiscafés auf der Hauptstraße oder draußen am See. Vielmehr trieben sich hier allerhand dunkle Gestalten herum und man munkelte sogar, dass kleinere und größere strafbare Delikte begangen wurden. Von gelegentlichen Fällen illegaler Prostitution und verbotenem Glücksspiel über den Verkauf von geschmuggelten Zigarettenstangen bis hin zum Rauschgiftkonsum war nichts völlig ausgeschlossen. Dazu kamen am Wochenende fast regelmäßig nächtliche Schlägereien mit Typen, die aussahen wie Kleiderschränke. Nicht einmal die Gendarmerie traute sich nach Mitternacht mehr in das verruchte Lokal, nachdem ein Kollege vorigen Herbst bei einer Routineüberprüfung krankenhausreif geprügelt worden war. Natürlich hatte man den Schuldigen damals nicht gefunden, aber das war typisch für solche schrägen Etablissements.

Entschlossen öffnete Kauffmann die abgegriffene Eingangstür, die nicht einmal ein Sichtfenster hatte, und trat in das schummrige Lokal ein. Dicht hinter ihm folgte der Hilfsgendarm Kurt Berger. Gerade mal drei halbstarke Jugendliche in billigen schwarzen Kunstlederjacken mit Zigaretten im Mundwinkel und halb vollen Biergläsern auf dem Tisch saßen im Eingangsbereich des Cafés und beäugten die uniformierten Gendarmen mit Argwohn.

„Mit dem Verbot des Alkoholausschankes an Jugendliche nimmt es der Wirt wohl nicht so genau“, murmelte Kauffmann und hob dabei seine Dienstkappe, um sich die wenigen verbliebenen Haare auf dem sonst beinahe kahlen Kopf glatt zu streifen.

Die matte Beleuchtung sowie der Gestank nach kaltem Zigarettenrauch und billigem Schnaps störten die Gäste offenbar nicht wirklich. Kauffmann fühlte sich hingegen sichtlich unbehaglich. Als die beiden Ordnungshüter an den in längst abgetragenen, schlotterigen weißen Smokings an der Bar faul herumlungernden Kellnern vorbeigingen, würdigte keiner sie auch nur eines Blickes. An einem runden Tisch im Nebenraum saßen zwei Damen, die eine offenbar eine Schwarze, die andere möglicherweise eine Eurasierin mit unnatürlich kupferroten Haaren, beide in viel zu knappen pinkfarbenen Miniröcken und lasziven Überkniestiefeln aus schwarzem Lack. Als die Frauen, die sich dem Aussehen nach zu schließen, wohl Emanuela, Jacqueline, Monique oder entsprechend dem letzten Sommerhit der *Kinks* vielleicht auch einfach nur Lola nannten, die strengen Gendarmen entdeckten, wandten sie unvermittelt ihre hinter zentimeterdickem Make-up verdeckten Gesichter ab. Zweifelsohne waren Uniformierte hier unerwünscht.

„Nun ja, an den Gerüchten, dass sich der Inhaber des Lokals als Zuhälter ein kleines Nebeneinkommen sichert, ist wohl doch nichts dran. Die beiden da sind wahrscheinlich nur ausländische Touristen, die auf Eiskaffee und Bananensplit warten“, bemerkte der Bezirksinspektor sarkastisch. Kurt Berger antwortete nicht, aber das war Kauffmann auch egal, ja genau genommen war er sogar froh, dass der Trottel mal seinen Mund hielt.

Je weiter der Bezirksinspektor auf dem vor Dreck und Löchern starrenden, burgunderfarbenen Teppich in das Café eindrang, desto lauter kam ihm die Musik vor, die ihren Ausgangspunkt von einer Wurlitzer Jukebox im hintersten Teil des Lokals zu nehmen schien. Kauffmann war der englischsprachige Song, der gerade gespielt wurde, zwar gänzlich unbekannt, aber soweit er verstand, leierte die Sängerin irgendetwas über *Pillen*, *Alice im Wunderland* und ein *Kaninchen* unzusammenhängend und unmelodisch herunter. Das Lied war noch gar nicht zu Ende, schon begann das Nächste. Irgendein chaotisch klingender Sänger und Gitarrist, von dem Kauffmann annahm, dass er offensichtlich angesichts der unzähligen Rückkoppelungen keine Ahnung von Mikrophonen oder Verstärkern und darüber hinaus schon gar nicht von einem sauberen Akkord hatte, kreischte immer und immer wieder *Hey Joe*.

Kein Wunder, dass sich hier im Lokal die ganzen Kiffer versammelten, anders war diese deprimierende Atmosphäre ja auch nicht auszuhalten, kam dem Inspektor spontan in den Sinn.

Im hinteren Bereich lehnten zwei Jugendliche an dem überdimensionalen, grell erleuchteten Wurlitzer, während sich ein weiterer mit dem Spiel am einarmigen Banditen beschäftigte. Kauffmann war sich sicher, dass der Besitzer des Cafés keine Genehmigung für Spielautomaten hatte. Aber deswegen war er heute Abend nicht ins Hartmann gekommen. Ihn interessierten weniger die illegalen Automaten, als der Bursche im schwarzen Anzug und Krawatte, der gerade wieder eine Münze in den Schlitz des einarmigen Banditen warf. Der halbstarke Teenager war Kauffmann nicht unbekannt, ja man konnte sogar sagen, sie waren mittlerweile bestens miteinander vertraut. Bereits im vergangenen Jahr hatte er diesen Willi Becker einmal festgenommen, nachdem er einen Erstklassler im Gymnasium mit den Fäusten verprügelt und einem anderen gedroht hatte, dessen Mutter mit einem Küchenmesser bei der nächstbesten Gelegenheit hinterrücks zu erstechen. Zuvor hatte der Sechszehnjährige aber bereits auch ein paar kleinere Diebstähle in den umliegenden Greißlerläden begangen, wobei die Anzeigen stets fallen gelassen worden waren. Offensichtlich fühlte sich der Junge einer Gruppe von jungen Randalierern zugetan, die schulterlange Haare wie die Mädchen trugen und im Stil der *Mods* aus Großbritannien mit dezenten dunklen Anzügen und Krawatten herumliefen, nichtsdestotrotz sich aber regelmäßig prügelten und Stunk machten. Diese Gruppierung war sogar noch lästiger als die ebenfalls langhaarigen, jedoch vor Schmutz starrenden *Hippies*, die in ihren über und über mit bunten Blumen selbst bemalten VW-Bussen vor zwei Jahren wild am Seeufer kampiert hatten. Von Körperhygiene hatten diese Typen damals freilich nicht den Schimmer einer Ahnung gehabt, denn nach nur drei Tagen waren alle Strände in der Umgebung vollgeschissen und damit auch noch die letzten Spätsommertouristen vertrieben. Entsetzte Feriengäste hatten damals unmittelbar vor der Abreise bei der Gendarmerie noch Anzeige wegen Erregung öffentlichen Ärgernisses erstattet, nachdem es gleich ein ganzes Rudel von diesen *Hippies* am helllichten Tag wie läufige Hunde bunt durcheinander am Strand getrieben hatte.

Im Gegensatz dazu waren Kauffmann die Delikte von Willi Becker bis dato eher als das etwas übertriebene Verhalten eines Halbwüchsigen vorgekommen. Offenbar war er nun jedoch komplett durchgedreht, anders konnte es sich Kauffmann nicht erklären, dass Becker nach den

Angaben des Museumsinhabers eine Hellebarde aus dem Museum gestohlen, damit die kleine Marie-Christin erstochen und schließlich die Waffe sowie das Opfer im See versenkt hatte.

Eben als der Automat einige Münzen in den Auffangbehälter rasseln ließ, entdeckte der schwarz gekleidete Jugendliche die beiden Ordnungshüter. Ohne auch nur eine der gewonnenen Münzen einzustreifen, hetzte Becker davon, als ob ihm der Leibhaftige persönlich im Nacken säße.

„Willi Becker! Bleib sofort stehen!", schrie Kauffmann und hastete dem Jungen nach.

Davon unbeeindruckt schlüpfte der gelenkige Teenager durch den Notausgang ins Freie, während die Gendarmen hinterher keuchten und draußen angekommen gerade noch die in eine blaue Abgaswolke eingehüllte Vespa von Willi Becker erkannten, als dieser damit um die Ecke düste.

„Los, holen Sie den Wagen!", befahl Kauffmann grantig.

Bis der Hilfsgendarm den VW-Käfer jedoch geholt hatte, war der Flüchtende längst über alle Berge. Mühevoll fuhren sie jede Gasse im Ort auf der Suche nach der Vespa ab. Sie kamen freilich auch immer wieder am Elternhaus Beckers vorbei. Aber auch dort fand sich keine Spur von dem Motorroller oder seinem Besitzer. Die Sonne war bereits untergegangen und der halbe Ort lag ohne Straßenbeleuchtung im Stockdunkeln. Kauffmann fluchte. Als er schon aufgeben und zum Posten zurückkehren wollte, hörte er jedoch wie aus dem Nichts ein leises, verräterisches Geräusch. Er kurbelte die Scheibe des Seitenfensters herunter und lauschte. Aus der Ferne drang der unverwechselbare, rasch lauter werdende Klang eines Zweitaktmotors an sein Ohr. Selbst wenn sie nun wieder die Verfolgung aufnehmen könnten, die wendige Vespa würde dem lethargischen Käfer in den engen Gassen haushoch überlegen sein und die beiden Gendarmen, schneller als sie schauen könnten, wieder abhängen. Und wer weiß, morgen konnte Becker bereits über alle Berge sein. Er musste dem Jungen hier und jetzt eine Falle stellen, das war die einzige Chance ihn doch noch zu fassen.

„Los, verschwinden Sie vom Fahrersitz, Berger, aber schnell. Ich fahre jetzt!"

Ungestüm drängte der Bezirksinspektor seinen Assistenten aus dem Auto und setzte sich selbst hinters Steuer. So geräuschlos, wie er nur konnte, ließ er den Käfer in die Seitengasse rollen und wartete im Schutz der Dunkelheit in seinem Versteck. Ganz nach Plan kam das Motorengeräusch der Vespa immer näher, und als es schließlich nahe genug war, ließ Kauffmann den Käfer mit einem heftigen Tritt aufs Gaspedal auf die Straße hinaus springen. Nur mit Mühe und einer ordentlichen Portion Glück konnte der Fahrer des Motorrollers verhindern, dass er nicht voll in die Fahrertür des Wagens krachte. Noch bevor Willi Becker das Moped aber wieder wenden und abhauen hätte können, hatte Berger ihn schon gefasst und vom Sitz gestoßen. Entschlossen sprang auch Kauffmann aus dem Wagen und schnappte sich sogleich den Burschen.

„Bist du komplett irregeworden? Du kannst nicht einfach so vor der Gendarmerie abhauen!", brüllte er den Halbstarken in der schwarzen Kluft an, erhielt aber nicht einmal ein einzelnes Wort als Antwort. Stattdessen versuchte Willi sich vergeblich aus dem Griff des Gendarmen zu befreien.

„Gut, dann machen wir es halt auf die harte Tour." Ohne Vorwarnung lies Kauffmann das kalte Metall der

Handschellen um die Handgelenke des Teenagers zuschnappen.

„Ich werde dich jetzt auf den Posten mitnehmen. Du wirst des Mordes an Marie-Christin Aigner dringend verdächtigt!", verkündete er in ungewohnt offizieller Weise.

Völlig geschockt machte Willi Becker erstmals den Mund auf. „Nein, das kann nicht sein, das war ich nicht!"

„Mein Junge, du hast ja schon viel Mist gebaut, aber jetzt ist Schluss! Wir wissen, du hast die verdammte Hellebarde aus dem Heimatkundemuseum gestohlen, damit die arme Marie-Christin erstochen und danach im See ertränkt."

Details wollte Kauffmann dem Burschen nicht verraten, vielleicht verplapperte sich dieser ja dann noch beim Verhör am Posten.

Kreidebleich begann der Halbstarke plötzlich ganz weich zu werden und wimmerte vor sich hin. „Nein, nein, ich habe sie nicht getötet!" Der Rotz rann ihm aus der Nase. „Ja, ich gebe es zu, ich habe die verdammte Lanze – oder was das auch immer sein sollte – gestohlen, und auch das Elektroboot, aber ich habe beides gleich weitergegeben."

Kauffmann wurde hellhörig.

„Wem hast du die Lanze und das Boot gegeben?"

„Ich weiß es nicht! Sie müssen mir glauben", flehte der junge Mann.

„Wie kann man das nicht wissen? Bist du blind gewesen?", spottete Kauffmann verächtlich.

„Ich, ich habe einen Brief gefunden", stotterte Willi daher. „Auf der Toilette im Café Hartmann, vor zwei oder drei Wochen. Da waren tausend Schilling drinnen, sogar noch druckfrisch. Es wurden im Brief fünf weitere Tausenderscheine versprochen, wenn ich die scheiß Lanze stehle und in einem Elektroboot am Seeufer bei der alten Hütte deponiere. Und das habe ich auch getan", plärrte er und beteuerte, die fünftausend Schilling aber nie bekommen zu haben.

Konnte an der Geschichte was Wahres dran sein? Aus der Erfahrung von dreiunddreißig Dienstjahren wusste Bezirksinspektor Kauffmann, wann eine Geschichte wahr und wann sie erlogen war. Bei dieser hatte er keinen Zweifel: Sie war von vorn bis hinten erfunden.

„Du hältst uns wohl für komplett depperte Kiberer, hä? Was hast du wirklich mit der Hellebarde gemacht? Los, raus mit der Sprache!"

„Es war so, wie ich es gerade gesagt habe!", beharrte Becker.

„Freundchen, ich glaub dir kein einziges Wort. Zeig uns den Brief!"

„Ich hab den Brief nicht mehr. Da stand doch drinnen, ich soll ihn auf alle Fälle sofort zerstören, damit keine Spuren vom Diebstahl zurückbleiben. Na, ich hab ich ihn dann einfach verbrannt."

Der dämliche Rotzbub hatte wohl zu oft *„Kobra, übernehmen Sie"* in der Flimmerkiste gesehen, mutmaßte der Gendarm, dem in Anbetracht dieser dreisten Lügen langsam der Geduldsfaden riss.

„Wo warst du in der Nacht auf Sonntag?"

„Das geht Sie einen *Scheißdreck* an! Ich sag gar nichts mehr ohne meinen Anwalt!"

Kauffmann wusste nur zu gut, dass das kein Bluff war. Obwohl man es diesem Jungen, der von Rechtsgehorsam nicht einmal den Ansatz einer Ahnung hatte, nicht ansah, war sein Vater Rechtsanwalt und Strafverteidiger. Sobald dieser Dr. Raimund Becker bei einer Befragung dabei sein würde, konnte man kein wahres Wort mehr von seinem Zögling erwarten.

„Also gut, ein allerletztes Mal. Wo warst du …", noch bevor der Bezirksinspektor den Satz ausgesprochen hatte, spuckte ihm Willi Becker ins Gesicht.

„Okay, es reicht!" Kauffmann war sauer.

„Schießen Sie ihm ins rechte Knie, Berger! Und zielen Sie ja genau, ich will nicht, dass er uns hier in einer Blutlacke verendet!"

Verdutzt sah Berger, der als Hilfsgendarm selbst noch nicht einmal eine Waffe tragen durfte, seinen Chef an, als ihm dieser die mattschwarze Walther PP hinhielt.

„Aber das ist gegen die Vorschriften nach dem Sicherheitspolizeigesetz …"

Offensichtlich hatte Berger nicht den Grips zu verstehen, dass Kauffmann es nicht erst meinte und Willi Becker nur zu Tode erschrecken wollte, damit dieser endlich die Wahrheit ausspuckte. *Was konnte man von diesem Idioten von einem Hilfsgendarmen auch erwarten?*

„Ach Scheiße, dann werde ich es selber tun müssen!", verkündete Kauffmann und entsicherte seine Waffe.

Willi sank neben der Fahrertür zusammen und kauerte sich verschreckt auf den Boden. „Nein, nein, ich war es nicht … Bitte tun Sie mir nichts!"

„Ich kann dein beschissenes Gelaber keine Sekunde länger ertragen! *Red endlich Tacheles!*", befahl der Gendarm gereizt.

Jämmerlich klammerte er sich an die Beine des Gendarmen und heulte wie ein kleines Kind. „Bitte schießen Sie nicht, ich sage Ihnen alles, was Sie wollen!"

Dieser Junge war trotz seiner vielen Schandtaten eine echte Heulsuse, der man ein Kapitalverbrechen kaum zutrauen würde, aber wer weiß, vielleicht hatte er sich ja ordentlich Mut angetrunken, bevor er auf die arme Marie-Christin losgegangen ist, oder er hatte Hilfe von diesen anderen Mods bekommen, das konnte sich der Bezirksinspektor bei dieser gewalttätigen Clique lebhaft vorstellen. Nichtsdestotrotz würde dieser Halbstarke nach diesem ordentlichen Schrecken, den er ihm gerade eingejagt hatte, alles gestehen, da war sich Kauffmann sicher.

„Berger, schaffen Sie mir diesen Waschlappen augenblicklich aus den Augen, bevor ich es mir noch anders überlege und ihn auf der Stelle zum Krüppel schieße!"

13. KAPITEL

In kalten Schweiß gebadet, erwachte Kauffmann am frühen Morgen aus einem unruhigen Schlaf. Er hatte noch gerade eben von der hilflosen Marie-Christin geträumt, wie dieser perverse Willi Becker sie mit allen möglichen mittelalterlichen Folterwerkzeugen gequält hatte. Wenigstens hatte der schrille Wecker Gnade walten lassen und Kauffmann aus dem Albtraum gerissen, bevor der Täter sein Werk vollenden konnte. Als er nur eine Stunde später in seinem Büro ankam, lag bereits ein Stapel mit aktuellen Tageszeitungen auf dem massiven Schreibtisch. Penibel genau las er jeden einzelnen Artikel über den Mord am See und wunderte sich über die weitgehend richtigen Informationen der Journalisten, und das obwohl er seinen Mitarbeitern am Posten strikt verboten hatte, mit der Presse zu reden. Noch mehr wunderte er sich allerdings über die haarsträubenden Hypothesen der Schreiberlinge, so etwa, dass ein untergetauchter russischer KGB-Agent, dem im kapitalistisch verdorbenen Westen die Sicherung durchgebrannt war, statt einer am See derzeit urlaubenden, ranghohen amerikanischen Botschaftsangehörigen *fälschlicherweise* die arme Marie-Christin exekutiert hatte. In einem anderen Artikel fand sich die Vermutung, dass die Weinprinzessin beim Schnorcheln im See mit dem Armband ihrer Uhr an einem dort versenkten Kanaldeckel hängen geblieben und ertrunken war. Am irrwitzigsten fand Kauffmann jedoch den Erklärungsversuch, dass das Mädchen beim abartigen Liebesspiel mit einem unbekannten italienischen Liebhaber ertrunken sei und dieser dann aus Furcht vor der Rache der Eltern ein brutales Gewaltverbrechen fingiert hätte. Wäre die Sache nicht so bitterernst, hätte der Bezirksdirektor über diese abenteuerlichen, ja sogar absurden Hypothesen herzlich lachen können.

Stattdessen widmete er sich eingehend den seriöseren Beiträgen. So wurde behauptet, das Mädchen sei zunächst beim Autostoppen entführt und dann umgebracht worden. Auch Bürgermeister Greindl wurde zitiert, dass er angesichts der Entwicklungen sehr beunruhigt sei und bereits eine Flugblattaussendung mit der Anweisung an alle Eltern im Bezirk vorbereite, ihre Kinder vom Autostoppen tunlichst abzuhalten. Freilich soll dieses Merkblatt auch in den Schulen verteilt werden. Jedenfalls, so wurde der Bürgermeister schließlich sogar wörtlich wiedergegeben, müsse alles unternommen werden, damit sich dieser Vorfall nicht wiederholte, widrigenfalls hätte dies einen unwiederbringlichen Schaden für Tourismus und Weinwirtschaft zur Folge.

Wahrscheinlich war das auch der Grund dafür, warum Bürgermeister Greindl ihn seit gestern Mittag zigmal telefonisch zu erreichen versucht hatte, dachte sich Kauffmann.

Zwar hatte er sich bis jetzt verleugnen lassen, noch heute würde er aber mit dem Ortsvorsteher reden und ihm die freudige Botschaft verkünden, dass er mit Willi Becker den Täter ausfindig gemacht hatte. Das absolut Beste daran war, dass der Mörder schon bei ihm am Posten dingfest hinter Schloss und Riegel saß.

Fast hätte Kauffmann in seiner unendlichen Selbstzufriedenheit am Ende des Artikels die ungeheuerliche Mutmaßung übersehen, dass aufgrund irgendeiner ominösen

Liste die Nachfolgerin von Marie-Christin bereits feststünde und der Winzerverband diese nach einer angemessenen Trauerzeit der Ortsgemeinschaft präsentieren wollte. Im Grunde genommen war dies aber nur die unsinnige Erfindung eines sensationslüsternen Schreiberlings und damit in Kauffmanns Augen ganz und gar nebensächlich. Wichtig war nur, dass er der große Retter in der Not sein würde, der einer breiten Öffentlichkeit vor versammelten Medien heute den Mörder präsentieren und damit die Stadt, den Tourismus sowie die Wirtschaft vor dem Untergang bewahren und dafür die Lorbeeren ernten würde. Ein flüchtiges Lächeln huschte über die schmalen Lippen des Gendarmen. *Vielleicht war schlussendlich sogar eine fette Beförderung auf einen hoch dotierten Sesselwärmerposten im Ministerium drinnen, oder sollte er vielleicht nicht doch eine politische Karriere als Landesrat in Betracht ziehen?*

Hilfsgendarm Berger platzte – wieder mal ohne anzuklopfen – ins Amtszimmer hinein und holte Kauffmann damit abrupt aus seinen Tagträumen.

„Wir haben noch immer kein Geständnis, Herr Bezirksinspektor. Seit wir Willi Becker hier inhaftiert haben, gibt er kein einziges Wort mehr von sich."

Das war wieder mal typisch, so ein verzogener Schnösel! Aber eigentlich konnte man sein Schweigen in diesem klaren Fall auch als Schuldeingeständnis werten!

Außerdem hatte Willi Becker bereits den Diebstahl der Hellebarde und auch des Elektroboots zugegeben. Schlussendlich würde er diesem halbstarken Mod freilich auch noch den entwendeten Kanaldeckel nachweisen und ihn damit weichklopfen. Kauffmann ließ sich seine Zukunftspläne nicht durch solchen Kinderkram durchkreuzen: Er hatte den Mörder und damit *basta*.

„Ob der Bursche nun redet oder nicht, ist mir schnurz. Rufen Sie sofort den Bürgermeister an und sagen sie ihm, ich komme heute Vormittag um halb zehn Uhr zu ihm! Aber Berger, verraten Sie ihm um Himmels willen nicht, dass *ich* den Mörder schon gefasst habe. Ich will ihm das persönlich mitteilen! Ach ja, und bereiten Sie alles Notwendige für eine Pressekonferenz heute Mittag vor. Laden Sie alle verfügbaren Medienvertreter in den alten Rathaussitzungssaal ein!“, feixte Kauffmann und malte sich bereits die erstaunten Gesichter aus.

Je mehr er darüber nachdachte, umso sicherer war er sich seiner Sache: Es würde ein richtiger Triumph für ihn werden, den er gehörig auskosten wollte.

14.
KAPITEL

Schon seit dreieinhalb Jahren hatte Konrad Greindl den Bürgermeisterposten in dem kleinen Ort inne. Sonderlich beliebt war er trotzdem nicht. Obwohl er bei Gott alles dafür getan hatte, bei der breiten Bevölkerung an Beliebtheit zu gewinnen, trauerte die Stadtgemeinde noch immer seinem Vorgänger nach, der bei einem tragischen Autounglück ums Leben gekommen war. Eigentlich war der Alte – bis über beide Ohren voll mit Rotwein abgefüllt – am helllichten Tag mit seinem Traktor gegen den einzigen Laternenmast weit und breit gefahren. Aber die bloße Erwähnung dieser Details wurde im Ort einer blasphemischen Anschuldigung gleichgestellt.

Als damaliger Vizebürgermeister musste sich Greindl nicht einmal einer Wahl stellen, sondern war mit dem Wohlwollen einiger honoriger Gemeinderatsmitglieder einfach dem verstorbenen Altbürgermeister nachgefolgt. Ob die Wähler ihn tatsächlich gerne als Ortsvorsteher haben wollten, war sohin mehr als fraglich. Gerade jetzt, wo er sich in einigen Wochen seinen ersten Gemeinderatswahlen stellen musste, war dieser entsetzliche Mord geschehen. Dieses Ereignis war in der Tat für seine Karriere im Moment mehr als nur ein bisschen *ungünstig*, zumal anlässlich der ersten Verkostung des Jungweins beim Martiniloben ein höchst werbewirksamer Auftritt mit der hübsch lächelnden Weinprinzessin fix eingeplant gewesen war. Jetzt musste er aber fürchten, dass diese sonst so feuchtfröhliche Veranstaltung zu einer wahren Trauerkundgebung verkommen würde. Nicht auszudenken, wie die Wählerschaft reagieren würde, wenn bis dahin der Mörder nicht gefasst war: Sie würden ihn sogar persönlich dafür verantwortlich machen. Nein, das durfte nicht geschehen, dieser Kauffmann musste die Tat schleunigst aufklären, sonst wäre auch noch die kommende Tourismussaison gelaufen. Was ihm dann aber auch schon egal sein konnte: Für den Fall, dass er den Täter nicht vor der Gemeinderatswahl fasste, würde sicher ein anderer im nächsten Jahr in *seinem* Bürgermeistersessel Platz nehmen.

Falls es aber – quasi als fulminanten Paukenschlag – kurz vor der Wahl auch noch eine frische, weitaus attraktivere Weinprinzessin gäbe, hätten diese Idioten von Wählern den Mord an der Vorgängerin gleich wieder vergessen. Schon heute Vormittag hatte er deswegen persönlich mit seinem Schwiegervater, dem mächtigen Obmann des Winzerverbandes, gesprochen. Der hatte ihm zwar durch die Blume mitgeteilt, dass sie bald eine Nachfolgerin krönen würden. Angesichts der für die Weinwerbung katastrophalen Berichterstattung in den Tageszeitungen bräuchte er, Konrad Greindl, mit einer weiteren Unterstützung bei der bevorstehenden Wahl durch den Winzerverband jedoch gar nicht zu rechnen, wenn er jetzt bei der Lösung dieser schwierigen Situation versagte.

Diese Drohung durfte er keinesfalls auf die leichte Schulter nehmen, aber noch war er zuversichtlich, der Herausforderung gewachsen zu sein. Ebenso wie sein großes Vorbild John F. Kennedy, dessen Foto stets gut sichtbar auf seinem Schreibtisch stand, vor nunmehr acht Jahren die Kubakrise mit der UdSSR gelöst hatte, würde auch er nun eine für alle passende Lösung finden. Zunächst musste er aber den Termin mit dem grantigen Bezirksinspektor über die Runden bringen. Natürlich wusste Greindl schon seit Langem, was Kauffmann von ihm hielt. Erst kürzlich hatte dieser ihn in aller Öffentlichkeit als *schmierigen Einfaltspinsel* bezeichnet. Dabei war das noch der freundlichste Ausdruck, den er von den dabei anwesenden Gemeinderatsmitgliedern unter vorgehaltener Hand mitgeteilt bekommen hatte. Für die Austragung von privaten Fehden mit dem bockigen Gendarmen war jetzt aber die falsche Zeit. Zwar war Greindl nicht bekannt, was Kauffmann plötzlich so wichtig war, dass er nun sogar persönlich vorbeikommen wollte und dies nachdem er gestern für ihn zu keiner Tageszeit telefonisch erreichbar gewesen war. Aber wenigstens konnte er so dem Inspektor gleich den Ernst der Lage persönlich klar machen und sich bei dieser Gelegenheit endlich selbst aus erster Hand ein konkretes Bild über den Stand der Ermittlungen machen.

In diesem Sinne empfing er Kauffmann im winzigen Amtszimmer des Kassiers, da dort, anders als in seinem eigenen Büro, nicht ständig das Telefon läutete. Sofort nach der gewohnt kühlen Begrüßung kam der Bezirksinspektor ohne Umschweife auf den Punkt.

„Wir haben den Mörder von Marie-Christin Aigner."

Stille machte sich breit. Insgeheim hatte der junge Ortsvorsteher ja mit vielem gerechnet. Allem voran mit derben Beschimpfungen oder einem dieser unerträglichen cholerischen Wutausbrüche des Bezirksinspektors, vielleicht sogar mit einer neuen Hiobsbotschaft, aber sicherlich nicht mit dieser – wenngleich so erfreulichen – aber doch äußerst überraschenden Nachricht. Eine Weile sagte keiner der beiden Männer etwas. Nur das monotone Getippse der im Vorzimmer hockenden Sekretärin vermochte die Stille zu durchbrechen.

„Wer ist es?“, wollte Greindl schließlich wissen.

Mit großer Genugtuung nannte Kauffmann ihm den Namen des Inhaftierten und den groben Hergang der Festnahme. Den angedrohten Schuss ins Knie des Verdächtigen ließ er geflissentlich aus. Ebenso wie den bedauerlichen Umstand, dass Willi Becker seitdem kein Wort mehr von sich gegeben hatte. *Immerhin musste der naive Gemeindevorstand ja auch nicht gleich alles wissen.*

Sichtbare Erleichterung zeichnete sich im Gesicht des Bürgermeisters ab. Greindl war auch hocherfreut zu hören, dass Bezirksinspektor Kauffmann gleich heute Mittag hier in *seinem Rathaus* die Aufklärung der Straftat medienwirksam verkünden wollte. Nichts war ihm lieber, als die Konferenz hier abzuhalten, immerhin hatte er damit die einmalige Möglichkeit, am Podium neben dem Inspektor zu sitzen und einen ganz beträchtlichen Teil vom süßen Kuchen des Erfolges mitnaschen zu können. Das war nun die Chance für ihn, seine Schlagfertigkeit und Durchsetzungskraft als Lokalpolitiker zu demonstrieren. Greindl überlegte ernsthaft, sich von seiner Sekretärin noch auf die Schnelle zu einem Termin beim Coiffeur verhelfen zu lassen, immerhin musste er fürs Fernsehen ganz besonders adrett und jugendlich aussehen. Denn alles, was in den Medien Rang und Namen hatte, würde in ein paar Stunden hier direkt zu ihm ins Rathaus hereinspaziert kommen und noch heute Abend über ihn, den medienerprobten und fotogenen Bürgermeister, ausführlich – mit ein bisschen Glück sogar bundesweit in den Abendnachrichten – berichten. Seine Gattin und die Kinder würden ganz aus dem Häuschen sein, denn so gesehen, konnte er die bevorstehenden Gemeinderatswahlen ja gar nicht mehr verlieren. Möglicherweise fiel sogar die eine oder andere Sonderwahlspende von den Gewerbetreibenden für ihn ab.

Dann könnte er der blutjungen Rezeptionistin im Hotel zur Seejungfrau auch noch dieses Edelsteincollier kaufen, damit sie ihn endlich unter ihren ach so kurzen Rock fassen lassen würde.

15.
KAPITEL

Erschöpft von den umfangreichen Befragungen, war Kommissar Peterson nach dem Gespräch mit der Journalistin schon ungewöhnlich früh zu Bett gegangen. Einschlafen hatte er trotz der Müdigkeit dennoch nicht können. Zu viel war ihm noch durch den Kopf gegangen. Sich schlaflos im Bett hin und her wälzend, war er im Geiste nochmals alle *logischen* Varianten im Mordfall an der Weinprinzessin durchgegangen. Er würde in den nächsten Tagen noch wesentlich mehr Untersuchungen anstellen müssen, um handfeste Antworten zu erhalten. Zu guter Letzt glitt er in einen tiefen traumlosen Schlaf.

Es war bereits Mittag, als er in seinem geräumigen Hotelzimmer vom alles durchdringenden Klingeln des Zimmertelefons geweckt wurde. Schlaftrunken hörte er die aufgeregt plappernde Stimme von Isabella durch den Telefonhörer, die ihm mitteilte, dass in weniger als zwei Stunden von Bezirksinspektor Kauffmann und Bürgermeister Greindl eine Pressekonferenz abgehalten werden würde. In Anbetracht des kurzfristig angesetzten Termins konnte es sich eigentlich nur um Neuigkeiten zum Mordfall Marie-Christin handeln.

Als Peterson zur Pressekonferenz im für den kleinen Ort recht pompösen Rathaus ankam, war der Gemeinderatssitzungssaal bereits zum Bersten gefüllt. Zwar hatte man zusätzliche Klappstühle aufgestellt, aber der Andrang war einfach zu exorbitant für den für solche Veranstaltungen normalerweise nicht vorgesehenen Saal, in dem die heiße und stickige Luft die Wartenden auf eine harte Geduldsprobe stellte. Dabei hätte das Publikum unterschiedlicher nicht sein können: Neben unzähligen Journalisten mit Griffel und Schreibblock in den Händen, saßen Bauern in ihrer Arbeitskleidung und besorgte Eltern mit ihren Kinder auf dem Schoß, dazwischen immer wieder auch leger gekleidete Jugendliche und ältere Herrschaften in piekfeinen Sonntags- oder dunkelblauen Trachtenanzügen. Allen gemeinsam war jedoch der sensationslüsterne Blick gen das frontseitig aufgebaute Podium. Peterson kämpfte sich durch die Massen und es war nur seiner Körpergröße zu verdanken, dass er schließlich Isabella mit einer um den Hals hängenden Fotokamera in einer der hintersten Reihen erspähte. Kaum war er bei ihr angelangt, begann sie ihm schon das illustre Publikum vorzustellen.

„Sehen Sie die kleine Blonde ganz am Rand in der zweiten Reihe", wisperte sie dem Kommissar ins Ohr, „das ist Eleonore, die Nichte von Kauffmann."

Als Peterson nichts darauf entgegnete, sah sie ihn verdutzt an. „Nun sagen Sie nur, Sie wussten nicht, dass Eleonore es war, die mit ihrem neuen Freund die Leiche von Marie-Christin im See entdeckt hat?"

„Natürlich wusste ich das", log er.

„Das Paar, das ganz links beim Fenster steht, sind die Herzogs. Früher einmal waren sie das Vorzeigewinzerpaar im Bezirk und haben damals zahlreiche Preise mit ihren Weinen gewonnen. Aber seit dem Tod ihrer Tochter vor einigen Monaten leben sie völlig zurückgezogen auf ihrem Hof und werden von allen als Sonderlinge betrachtet. Würde mich nicht wundern, wenn etliche Mitbürger sie in dem Mordfall bereits verdächtigten."

Routiniert schoss Isabella ein Foto vom Winzerehepaar.

„Und dann noch der gut gekleidete Mann seitlich in der vierten Reihe dort.“

Isabella zeigte mit dem Finger auf einen Dunkelblonden. Als sie bemerkte, dass Peterson hilflos umhersuchte, fügte sie rasch hinzu, „na der, der so bedrückt dreinschaut! Das ist Markus Haller und war der Freund von Marie-Christin, bis sie ihn wegen des muskulösen Kerls in der dritten Reihe verlassen hat. Diesen hat sie dann wegen des nur drei Stühle weiter links sitzenden Typs im Anzug mit der roten Krawatte abserviert. Erst vorletztes Wochenende haben sich die Drei wegen Marie-Christin vor einer Bar geprügelt. Wer jetzt am Ende tatsächlich mit Marie-Christin zusammen war, wissen wohl nur die Götter. Unsere liebe kleine Weinprinzessin hatte es echt faustdick hinter den Ohren. Mancher bezeichnete sie hinter vorgehaltener Hand sogar als *promiskuitiv*.“

„Ja, so was in der Art hatte ich auch schon gehört“, log Peterson abermals, denn er wollte sich vor der Journalistin nicht noch mehr Blöße geben.

Gerade eben, als der Kriminalist Isabella nach den Eltern der anderen vermissten Mädchen fragen wollte, traten Kauffmann und Greindl auf das Podium und nahmen hinter einem langen, mit einem einfachen weißen Tuch bedeckten Tisch Platz. Vor den beiden Männern standen Namensschildchen und ein ganzes Bündel an Mikrophonen mit darauf angebrachten Plaketten, auf denen bunte Logos prangten. Peterson fragte sich, ob sich jemand in dem Kabelsalat, der von dem Podium wegführte, noch auskennen konnte. Ein älterer Herr, offenbar ein Gemeindebeamter, brachte eine hinter Stoff verhüllte Tafel in Position und verließ dann eiligst wieder das Rampenlicht. Gleich darauf erhob sich Greindl von seinem Platz und breitete pathetisch gestikulierend beide Arme zum Publikum hin aus.

„Meine verehrten Damen und Herren! Ich darf Sie um Ruhe bitten!“

Augenblicklich verstummten die Gespräche und ein angespanntes Schweigen, nur unterbrochen durch ein kratziges Räuspern aus einer der vorderen Reihen und dem leisen Weinen eines Babys, das durch die plötzliche eingetretene Stille offenbar verschreckt worden war, legte sich über den Raum. Greindl hatte die Menge im Griff und er genoss das sichtlich.

„Ich habe als amtierender Bürgermeister gemeinsam mit Bezirksinspektor Kauffmann vom hiesigen Gendarmerieposten diese Pressekonferenz einberufen, um Sie alle von brisanten Neuigkeiten im Mordfall Marie-Christin Aigner zu unterrichten.“

Ein kurzes Raunen ging durch die Menge, das aber sofort wieder verstummte, als der Ortsvorsteher mit ausgestreckter Hand um Ruhe bat.

„Ich darf nun das Wort an Herrn Bezirksinspektor Gerhard Kauffmann weitergeben.“

Nach seinen begrüßenden Worten setzt sich der Bürgermeister wieder auf den Sessel neben Kauffmann. Dieser fand es jedoch nicht einmal die Mühe wert, sich für seinen Bericht von seinem Stuhl zu erheben und sprach stattdessen lieber im Sitzen. Zuvor fuhr er sich aber noch mit der Außenfläche seiner Hand über den Schnauzbart.

„Guten Morgen, meine Damen und Herren!“, begrüßte Kauffmann das Publikum und war um ein dezentes Lächeln bemüht, das auf die Anwesenden aber dennoch gequält wirkte.

„Letztes Wochenende ist ein schreckliches Verbrechen an einer unserer jungen Gemeindebürgerinnen verübt worden. Diese Tat hat uns alle erschüttert und die Sonne über unserem so schönen Bezirk verdunkelt."

Kauffmann fiel selbst auf, dass er wohl ein wenig zu dick aufgetragen hatte. Trotz der anwesenden Presse war eine derartige Melodramatik wohl unangebracht. Er mahnte sich zu einer weniger schmalzigen Redeweise und nahm sich vor, stattdessen die Sachlichkeit eines erfahrenen Ordnungshüters zu präsentieren.

„Der gesamte hiesige Gendarmerieposten hat seit dem Bekanntwerden des Verbrechens mit Hochdruck an der Aufklärung gearbeitet."

Nun erhob Kauffmann seinen massigen Körper doch noch vom Sessel und schritt behäbig zur Tafel.

„Ich werde Ihnen nun die Zusammenhänge anhand dieser Fotos anschaulich darstellen."

Mit einem festen Ruck zog er an dem weißen Baumwolltuch, das zuvor die Tafel verhüllt hatte, und gab der erstaunten Menge den Blick auf vier, in einem Karree an der Tafel angeordnete Schwarz-Weiß-Fotos frei. Eines davon war eine Aufnahme von Marie-Christin Aigner, quicklebendig mit einem herzerwärmenden Lächeln. Daneben hing ein Ganzkörperfoto des vom schlammigen Seewasser aufgedunsenen Körpers derselben jungen Frau, wie sie bereit zur Autopsie splitternackt am kalten Untersuchungstisch lag. Der Leichenbeschauer hatte Kauffmann erst fünf Minuten vor der Pressekonferenz dieses Foto zur Verfügung gestellt. Nach dem ersten entsetzten Blick des Bezirksinspektors waren in aller Schnelle die Geschlechtsorgane mit schwarzem Faserstift provisorisch und auffallend schlampig übermalt worden.

In der zweiten Reihe des Karrees auf der Tafel war ein gemeinsames Foto der im Elektroboot aufgefundenen Hellebarde und des Kanaldeckels samt dem gewundenen Hanfseil, mit dem die Weinprinzessin gefesselt aufgefunden worden war, angebracht. Auf der Abbildung befand sich ein Maßstab. Das Publikum konnte so die Größe der Gegenstände leicht abschätzen.

Das letzte Bild war ein reichlich unscharfes und ungleichmäßig belichtetes Portraitfoto von einem missmutig dreinblickenden Willi Becker, das vom Hilfsgendarmen Berger extra für die Pressekonferenz aufgenommen worden war.

Gebannt starrten alle Anwesenden auf die Abbildungen. Nach einer kurzen Schrecksekunde ging ein nicht enden wollendes Blitzlichtgewitter auf das Podium nieder und tauchte dieses jeweils für die Zeit eines Lidschlages in gleißend helles Licht. Kauffmann, dem – im krassen Gegensatz zum Bürgermeister – soviel Aufmerksamkeit nun doch etwas peinlich war, ließ den Anwesenden nur wenige Augenblicke zum Betrachten der Fotos, bis er wieder das Wort ergriff.

„Fräulein Marie-Christin Aigner wurde unter Zuhilfenahme von diesen Tatgegenständen“, er deutete dabei mit einem kleinen Stock auf das Foto Nummer Drei mit der Hellebarde und dem Kanaldeckel, „in der Nacht auf Sonntag auf grausame Art und Weise ermordet und in der Folge in dem aufgedunsenen Zustand, wie Sie auf dem Foto Numero Zwei sehen, Montag Früh im See aufgefunden.“

Er pausierte wieder kurz. „Auf dem Foto Numero Vier sehen Sie Herrn Wilhelm Markus Becker, der bereits zugegeben hat, die auf Foto Numero Zwei abgebildete Hellebarde aus dem örtlichen Volkskundemuseum gestohlen zu haben.“

Wieder klickten unzählige Kameras im Publikum und Kauffmann musste sich sogar die Hand vor die Augen halten, um nicht vollends von den Blitzlichtern geblendet zu werden. Da dies aber auch nicht viel brachte, setzte er in der Hoffnung auf ein rasches Ende des Fotografierwahns umgehend mit seiner Erklärung fort. Es schien nun ohnehin an der Zeit, dem Auditorium die Sensationsmeldung, für die sie alle hierher gepilgert waren, zu offenbaren.

„Zweifelsfrei“, Kauffmann unterbrach sogleich, als ein älterer, in der dritten Reihe sitzender Mann mit Fischaugenbrillen und Tweedhut durch einen schlimmen Hustenanfall seine Rede störte. Er warf ihm prompt einen bitterbösen Blick zu, bevor er wieder zu reden begann. „Nun, zweifelsfrei ist belegt, dass Herr Becker mit einem ebenfalls zuvor gestohlenen Elektroboot in der Nacht auf Sonntag sein Opfer Marie-Christin Aigner auf den Neusiedler See hinausgebracht, dort an einen Kanaldeckel gebunden und sie kaltblütig ertränkt sowie auf sie zuvor oder hernach mit der Hellebarde eingestochen hat. Es gibt im Übrigen keine Anzeichen dafür, dass weitere Personen an der Tat beteiligt waren.“

Angesichts der ungeschönten Schilderung des Gewaltverbrechens ging ein nervöses Raunen durch die Reihen. In einer der hinteren Reihen erhob sich ein gut gekleideter älterer Herr mit gänzlich ergrautem Haar.

„Sie haben kein Recht, meinen Sohn als Mörder hinzustellen! Ihre angeblichen Beweise sind alles andere als stichhaltig! Mein Sohn ist unschuldig!“, brüllte er in Richtung des Podiums. Neben ihm saß eine im Gesicht kreidebleiche Frau, die sichtlich den Tränen nahe war.

„Kauffmann, Sie sind doch der wahre Verbrecher hier! Ich werde dafür sorgen, dass Sie ein Disziplinarverfahren auf den Hals gehetzt bekommen!“, setzte der aufgebrachte Mann fort, der Kauffmann wohlbekannt war.

Der Bezirksinspektor wies seinen Assistenten an, den Mann mit zwei weiteren Gendarmen – notfalls unter angebrachter Gewaltanwendung – aus dem Saal zu weisen. Bis die drei Männer allerdings durch die Massen zu dem randalierenden Herrn vorgedrungen sein würden, konnte noch einige Zeit vergehen, in der sich Kauffmann um die Beruhigung der heiklen Lage bemühen musste.

„Herr Rechtsanwalt Dr. Becker! Ich habe meine Arbeit sorgfältig erledigt, diese eindeutigen Beweise erhoben und das Gericht wird nun darüber absprechen müssen, welche Strafe Ihr Sohn erhalten soll. Ich habe als verantwortlicher Ermittler jedoch nicht den geringsten Zweifel, dass Ihr Sohn der Täter ..."

Kauffmann konnte den Satz nicht vollenden, da Dr. Becker schon wieder lautstark und völlig in Rage in seine Richtung schrie.

„Sie werden das noch bereuen, ich werde alle legalen Mittel ergreifen, um die Unschuld meines Sohnes zu beweisen! Wenn ich mit Ihnen fertig bin, werden Sie froh sein, als Straßenkehrer noch eine Arbeit zu finden!"

Erst als der Advokat von den Gendarmen wenig zimperlich in die Mitte genommen und unmittelbar gefolgt von seiner Gattin hinaus begleitet wurde, verstummt er endlich. Selbst Bürgermeister Greindl verfolgte die Szene mit einem gewissen Hochgefühl. Immerhin war es Rechtsanwalt Dr. Becker gewesen, der ihm durch die unverblümte Anschuldigung der Steuerhinterziehung voriges Frühjahr beinahe den Bürgermeistersessel gekostet hätte.

Vom lästigen Randalierer befreit, setzte Bezirksinspektor Kauffmann erfreut fort. „Wie Sie sehen, haben wir den Täter gefasst. Sie können ab sofort wieder Ihre Kinder ohne Bedenken im Freien spielen und freilich auch ihre Töchter in den unterschiedlichen Lokalitäten unseres schönen Bezirks ausgehen lassen. Bürgermeister Greindl wird nun Ihre Fragen beantworten."

Spontan schossen zahlreiche Hände in die Höhe. Einige Anwesende klatschten freudig und ein paar Jugendliche gaben ausgelassene laute Pfiffe von sich. Das Lächeln auf Greindls Gesicht wurde immer breiter. So viel Aufmerksamkeit hatte er sich nicht einmal in seinen kühnsten Träumen erhofft. Die Wähler würden ihm die fixe Aufklärung der Tat garantiert mit der Wiederwahl danken.

Peterson sah sich im Publikum um und bemerkte zwischen erleichterten Gesichtern auch höchst besorgte Mienen, die wohl zu jenen gehörten, die auf eigene Faust nach den beiden anderen vermissten Mädchen suchten. Ebenso wie er selbst vermochten diese Leute die Begeisterung des übrigen Publikums sowie der beiden Männer auf dem Podium nicht zu teilen. Überdies befürchtete Kommissar Peterson, dass sein eigener Vorgesetzter, nachdem nun öffentlichkeitswirksam die Aufklärung der Straftat verlautbart worden war, ihn jetzt wieder vom Fall abziehen würde. Er würde wohl oder übel ohne Erfüllung seines Auftrages zu seiner Behörde heimkehren müssen. Freilich hoffte auch Peterson zum Wohle der Bevölkerung, dass der richtige Täter gefasst worden war. Allein, die Hoffnung würde stets zuletzt sterben und mit ihr dann wohl auch die nächste junge Weinprinzessin.

16. KAPITEL

Oktober 1970

Dicke Nebelschwaden senkten sich wie eine flauschige Daunendecke über die ausgedehnte pannonische Tiefebene, inmitten derer die Flora und Fauna rund um das erdfarbene Gewässer bedächtig, zugleich jedoch auch unaufhaltsam erlahmend, Tag um Tag in den herannahenden Winterschlaf hinabglitt. Wie immer um diese Jahreszeit war es blitzartig dunkel geworden. So als ob die Nacht wie ein feiger Häscher im Schutz der Finsternis, das lebenskräftige Licht gierig verzehrend, über den Tag hergefallen wäre.

Selbst die erfahrene Dienstmagd Hilda war von der einfallenden Nacht überrascht worden. Hatte sie eben noch das Vieh auf den endlos erscheinenden, flachen Weiden des Seewinkels im letzten Tageslicht versorgt, musste sie sich nun im Stockfinsteren auf den mühsamen Rückweg zurück zum Gehöft ihres Bauern machen. Normalerweise versorgte der flegelhafte Knecht die Tiere, aber am heutigen Tage war er – wieder einmal – unerwartet krank geworden oder er tat zumindest so, als ob er vor lauter Schmerzen keinen Fuß aus dem Bett setzen könnte. Hilda war das aber ohnehin ganz recht. Sie mochte die Natur mit all ihren von Gott geschaffenen Geschöpfen und war froh, wenn sie mal für einen Nachmittag aus dem freudlosen Haus rauskam. Denn das Versorgen der fünf Kinder

der Bauernfamilie konnte für die stämmige Dienstmagd oft sehr mühsam sein und das ständige Hinterherputzen war auch nicht gerade ein Honiglecken. Gerade mal ab und an bekam sie einen ganzen Wochentag frei, den sie dann zumeist für einen ausgedehnten Tratsch mit Freundinnen nutzte. Es war ein harter Broterwerb, der zu viel Lohn zum Sterben und zu wenig zum Leben abwarf. Aber immerhin hatte sie beim Bauern über den Stallungen ein von der Wärme des unter ihr lebenden Viehs geheiztes Kämmerchen, das sie sich mit der Zeit auch schon ganz wohnlich eingerichtet hatte.

Für gewöhnlich beschritt die Dienstmagd den kürzesten Weg über die pannonischen Weiden zurück zum Gehöft ihres Bauern. Querfeldein musste sie nur etwa eine Stunde in gemütlichem Tempo bummeln. Aber bei Nacht und Nebel wählte sie einen anderen Weg, der ihr bessere Orientierungspunkte bot. Zuerst passierte sie den alten Ziehbrunnen, dessen in die Finsternis hinaufragender, aus einem einzelnen knorrigen Ast geformter Querbalken in dieser Nebelsuppe sogar der sonst ganz und gar nicht furchtsamen Hilda reichlich gespenstisch vorkam. Einen Wimpernschlag lang glaubte sie auch schon etwas Ungewöhnliches zu hören. Irritiert blieb sie, angestrengt in die Nacht hineinlauschend, stehen. Bis auf das sporadische Läuten von fernen Kuhglocken war es jedoch völlig still. Sie forcierte das Tempo und orientierte sich als Nächstes an einer auf weiter Flur allein stehenden Trauerweide und gleich danach an dem verlassenen alten Bahnhofsgebäude, das sich gleich einem Fremdkörper aus der ebenen Landschaft erhob.

Der schmucklose Bau zeugte von einer unrühmlichen Vergangenheit, als der Bahnhof von der Wehrmacht in den frühen vierziger Jahren errichtet worden war. Eigentlich wollte man hierher eine Bahnlinie verlegen, um für die an der Ostfront kämpfenden Truppen Obst und Gemüse aus dem fruchtbaren Seewinkel abtransportieren zu können. Nachdem die Bauherren aber schon bald ganz andere Sorgen mit dem sich abzeichnenden Kriegsdebakel hatten, waren weder der eingeschossige Bahnhof noch der Gleisbau vollendet worden. So kam es, dass selbst heute noch die Schienen kilometerweit von hier im Nichts der Hutweiden endeten. Nach dem Krieg blieb das Bahnhofsgebäude dann für einige Jahre unbenutzt und verfiel zusehends, bis ein findiger Bauer provisorische Holztüren und Fenster in den Rohbau einsetzte und das vom Sturm schon halb abgedeckte Schindeldach mühsam abdichtete. Sein Plan, das Gebäude als Schweinstall zu nutzen, wurde jedoch von einem Herzinfarkt und dem bald darauf folgenden Ableben des Bauern jäh durchkreuzt.

In diesem renovierten Zustand widerstand das Gebäude in der Folge jedoch sogar schlimmen Unwettern. Daher war es auch nicht verwunderlich, dass Feld- und Vieharbeiter, aber auch der eine oder andere Wanderer bei Gewittern den verlassenen Bahnhof zum Unterstellen und Übernachten aufsuchten. Aber selbst in windstillen lauen Sommernächten zog der abgelegene Bahnhof den einen oder anderen Besucher an. Bei dem Gedanken daran musste Hilda nun laut kichern, denn auch sie war vor Jahren einmal mit einem charmanten stattlichen Mann aus dem Nachbardorf hier gewesen und hatte sich mit ihm bis in die frühen Morgenstunden vergnügt. Zwar war ihr Bauer, weil sie reichlich verspätet zu ihrem Dienst erschienen war, am darauf folgenden Morgen sauer gewesen, aber Gott sei Dank war ihm entgangen, dass sie die Nacht gar nicht am Gehöft verbracht hatte. Anderenfalls hätte sie sicherlich zwanzig Schläge mit dem Rohrstock auf ihr prächtiges

Hinterteil kassiert. Seitdem suchte Hilda den alten Bau nächtens aber auch gerne mal alleine auf, zumal selbst ein verstohlener Blick durch die Fensterchen in das Innere des Bahnhofsgebäudes durchaus interessant sein konnte. Vor einigen Monaten erst hatte die Dienstmagd so ein junges Pärchen aus dem Nachbarort dabei beobachtet, wie sie sich bei Kerzenschein auf einer ausgebreiteten Decke in dem alten Bau dem Liebesspiel hingegeben hatten. Der mächtig gebaute Mann hatte die zierliche junge Maid in verschiedenen, in Hildas Augen fast schon abartigen Stellungen, derart heftig genommen, dass sie, als er sie zum krönenden Finale endlich auch noch von hinten bestieg, vor überschwänglicher Erregung wie ein Ferkel vor dem vollen Futtertrog gequiekt hatte.

Mit an die kalte Fensterscheibe angepresster Nase und flachem, stoßweise kommendem Atem hatte Hilda damals sicher eine halbe Stunde im Schutz der mondlosen Nacht verbracht, ohne dass sie entdeckt worden war. Insgeheim hatte sie sich damals schon vorgenommen, selbst bald wieder einem stolzen Mannsbild schöne Augen zu machen, vielleicht sogar ein wenig zu poussieren. Von dem tiefen Dekolleté ihres Dirndls wurden die Blicke der Knechte ja angezogen wie Motten vom hellen Licht.

Als sie nun näher zum verlassenen Bahnhof kam, erkannt sie einen schwachen flackernden Lichtschein, der aus den verschmutzten Fenstern nach draußen drang. *Vielleicht wieder ein junges Liebespaar?* Bei dem Gedanken gluckste Hilda vor Freude und beschleunigte gleich ihre Schritte, damit sie ja nichts verpasste. Erwartungsvoll trat sie an eines der Fenster und versuchte zu erkennen, was im Inneren des Gebäudes so vor sich ging. Außer einigen am Boden stehenden Kerzen gab es jedoch nicht viel zu sehen. Vorsichtig schlich sie um die Ecke zum nächsten Fenster und lugte neugierig hinein in den Raum. Eine schlanke junge Frau, der das brünette Haar offen über die Schultern fiel, saß, nur mit knapper weißer Unterwäsche bekleidet, auf einem einfachen Holzstuhl. Offenbar wartete die Frau auf ein Rendezvous mit ihrem geheimen Liebhaber. Hilda hoffte, eine aufregende Liebelei zu sehen.

Trotz der Vorfreude kam der Dienstmagd irgendetwas an der Szene höchst merkwürdig vor. Dennoch brauchte sie eine Weile, bis sie darauf kam, was da im flackernden Schein der Kerzen nicht stimmte: Der Kopf der jungen Frau war unnatürlich vornüber gebeugt, sodass ihr Kinn oberhalb ihres vom Umfang her eher bescheidenen Busens ruhte. Nachdem Hilda die Frau jedoch nur schräg von vorne sehen und damit bestenfalls raten konnte, was sich hinter ihr befand, glaubte sie doch zumindest so viel zu erkennen, dass ihre Arme schlaff hinter der Sessellehne verschränkt waren. Die Dienstmagd überlegte, ob die Frau möglicherweise in dieser höchst unbequemen Position eingeschlafen sein konnte. Viel wahrscheinlicher schien ihr jedoch, dass sie schlichtweg bewusstlos war.

Plötzlich machte ihr die ganze Szene sogar eine Heidenangst, aber irgendwer musste der Frau geschwind helfen. Schon wollte die Dienstmagd zur Eingangstür eilen, als blitzartig eine Gestalt aus einem Nebenraum hinein in ihr Sichtfeld hastete und sich direkt vor die junge Frau hin stellte. Von dort, wo Hilda stand, konnte sie das Gesicht der schwarz gewandeten Person nicht sehen. Diese trug zudem eine breite Kapuze von der Art, wie sie von den Franziskanermönchen zeitweilig als Kopfbedeckung benutzt wurde. Was die Dienstmagd jedoch deutlich zu erkennen vermochte, war ein simpler, über und über von Rost überzogener Blechkübel, den die Gestalt in der rechten Hand mit sich herumschleppte. Mit einer unerwartet flinken Bewegung kippte der unheimliche Gesichtslose den flüssigen Inhalt des Eimers über die armselige Frau am Sessel. Diese schrak, von oben bis unten pitschnass, mit in Panik weit aufgerissenen Augen aus ihrer Besinnungslosigkeit auf.

Erst jetzt konnte Hilda das Gesicht der sitzenden Frau genauer sehen. Es musste vormals von unglaublicher natürlicher Schönheit gewesen sein. Nun aber verunstalteten schwarzblaue Blutergüsse unter dem rechten Auge und auf der Stirn das hübsche Antlitz. Auf der blassen Wange klebte ein breiter Streifen getrockneten schwarzen Blutes. Damit nicht genug, steckte auch noch ein dickes Stück Stoff in ihrem Mund. Möglicherweise war es eine alte Socke oder aber auch ein dreckiger Putzfetzen, der es ihr unmöglich machte, um Hilfe zu rufen. Aber selbst, wenn sie sich noch so angestrengt hätte, es hätte sie für gewöhnlich niemand hier draußen schreien gehört, dachte Hilda.

Die fremde Gestalt stellte den leeren Kübel neben den Sessel und ging wieder in den Nebenraum, aus dem sie gekommen war, nur um gleich darauf wieder mit einem mysteriösen schwarzen Kasten und zwei dicken Kabeln zurückzukehren. Was auch immer dieser enthielt, es musste zweifelsohne von erheblichem Gewicht sein, denn die fremde Person konnte sich damit nur mehr behäbig und gebückt fortbewegen und deponierte den Kasten schließlich direkt vor der sitzenden Frau. Nun, da sie endlich freies Blickfeld auf die schwarze Kiste hatte, erkannte Hilda sofort, dass es sich dabei um eine Traktorbatterie handelte, denn sie hatte dem Bauern oftmals beim Starten des alten Dieselrosses am Hof helfen müssen.

Geschickt brachte die unbekannte, schwarz gekleidete Person an einem der beiden Pole ein Starterkabel an. Das andere Ende des Kabels hatte die Form einer übergroßen

Zange aus Metall, die an der Grifffläche mit knallrotem Plastik isoliert waren. Diese geöffnete Zange klemmte die fremde Person an den linken Knöchel der jungen Frau, die sich in Anbetracht der dadurch verursachten Schmerzen auf dem Stuhl stöhnend hin und her wand. Mit dem zweiten, noch nicht an der Batterie angeschlossenen Kabel, begab sich die Gestalt hinter die sitzende Frau. Grob zog sie die helle Haarpracht der Frau zur Seite und fixierte die weit geöffnete Zange roh um den zierlichen Nacken der Frau.

Hilda konnte sich ausmalen, dass diese Prozedur sehr schmerzvoll sein musste. Spätestens jetzt war sich die stämmige Dienstmagd sicher, dass sich die Frau bloß deshalb nicht wehrte, weil sie mit den Händen hinter dem Stuhl gefesselt war. Eine andere logische Ursache für ihr Stillhalten konnte es gar nicht geben. Mit dem offenen Ende des Starterkabels kniete sich die Gestalt nun vor der Batterie nieder. Die gefesselte Frau musste erkannt haben, was jetzt kommen würde. Völlig hilflos wollte sie ihren Peiniger doch noch irgendwie von seinem grauenhaften Vorhaben abbringen. Verzweifelt versuchte sie zu schreien, das konnte Hilda sogar von draußen an dem gequälten Gesichtsausdruck erkennen. Doch das dicke Stoffknäuel in ihrem Mund schluckte jeden einzelnen Laut.

Davon unbeeindruckt ließ die verhüllte Gestalt die offene Zange über dem freien Pol der Batterie kreisen, ohne ein Anzeichen von Eile, nur um das blanke Entsetzen im Gesicht der Frau zu beobachten. Ab und an machte sie sogar Anstalten, den Stromkreis tatsächlich zu schließen, zog jedoch im allerletzten Moment das Kabelende dann doch wieder zurück. Hilda war zwar nur eine unbeteiligte heimliche Beobachterin, dennoch schlotterten ihr beim Anblick dieser von gespenstischer Stille begleiteten, bizarren Szene die Knie. Drei weitere Male wiederholte die unbekannte Person diesen Vorgang, bis sie augenfällig das Interesse an der stummen Panik der geknebelten jungen Frau verlor. Beim vierten Mal klemmte die unheimliche Gestalt die Zange ohne zu zögern an den metallenen Pol. Augenblicklich zuckte die fixierte Frau wie wild. Ihr Gesicht verwandelte sich in eine schmerzerfüllte Fratze, während von den Polen der Batterie grelle Funken in alle Richtungen sprühten. Keine fünf Sekunden vergingen, dann ließ die Gestalt Erbarmen walten und zog das Kabelende wieder von der Batterie.

Hilda hatte so etwas noch nie gesehen, ja nicht einmal angenommen, dass eine einfache Traktorbatterie einem Menschen solche entsetzlichen Schmerzen bereiten konnte. Aber als erfahrene Dienstmagd wusste sie, dass man im Gewitter tunlichst nicht im See baden und schleunigst zusehen sollte, dass man trocken war, wenn das Donnergrollen zu hören war. Die arme Frau hier war hingegen pitschnass und stand mit den nackten Füssen auf dem eiskalten Betonboden. Das musste die Stromschläge erst so richtig heftig machen, spekulierte Hilda, während sie wie gebannt weiter ins Innere des alten Bahnhofsgebäudes starrte.

Eine Weile reagierte die Frau nun nicht mehr und schien völlig weggetreten zu sein. Hilda fürchtete sogar, dass die Gefesselte ihr junges Leben bereits ausgehaucht hätte. Doch auf einmal regte sie sich wieder. Schwach und kaum hörbar drang ein leises, flehendes Wimmern nach draußen, welches der Dienstmagd in Mark und Bein fuhr. Der barbarische Peiniger schien jedoch keinen Funken Menschlichkeit in sich zu haben. Erbarmungslos fing er das ganze bestialische Spiel wieder von vorne an, indem er abermals die Zange um den metallenen Pol der Batterie schloss.

Doch dieses Mal machte der unheimliche Gesichtslose keine Anstalten, das Kabel wieder von der Batterie zu trennen. Die Qual der geknebelten Frau schien kein Ende zu nehmen. Wieder wurde sie schlimm gebeutelt und zuckte unkontrolliert auf ihrem Stuhl hin und her. Die in Panik weit aufgerissenen Augen quollen förmlich aus ihren Höhlen hervor. Unter dem Stuhl sammelte sich eine immer größer werdende Lacke heller Flüssigkeit. Nach und nach wurden die zuckenden Bewegungen der Frau aber schwächer, bis sie schließlich beinahe wieder ruhig dasaß. Nun stieg jedoch leichter Rauch von dort kräuselnd auf, wo die Zange hinter den Haaren fest um den Nacken der Frau geschlossen war. Als ob dieser Anblick nicht schrecklich genug gewesen wäre, drang Hilda, deren Gesicht bereits kreidebleich vor Schrecken war und die sich nur mehr mit Mühe davon abhalten konnte, nicht auf der Stelle zu speiben, auch noch das unerwartete Odeur von in der Pfanne dahinbrutzelnden Speck in die Nase. Sie konnte nun nicht mehr anders und stieß einen spitzen Schrei in die nebelige Nacht hinaus.

Zwar hielt sie sich augenblicklich die Hand vor den Mund, aber dafür war es bereits zu spät. Sie war entdeckt worden. Mit einem festen Ruck riss die Gestalt mit der Kapuze die Zange vom Pol der Batterie, drehte sich um und sah der Dienstmagd unversehens direkt ins Gesicht. Bei diesem Anblick zuckte Hilda erschrocken zusammen, denn mit dem, was sie da sah, hatte sie wahrlich nicht gerechnet.

Für einen kurzen Moment stand die geschockte Dienstmagd nur bewegungslos wie eine Statue da. Dann bemerkte sie, dass ihr Gegenüber bereits verschwunden war. Die Gestalt musste bereits zur Tür gegangen sein und würde sie sicher gleich erreichen. *Lauf um dein Leben*, war Hildas nächster Gedanke, sonst würde es ihr nicht viel anders als der bewegungslosen, ja möglicherweise auch schon längst toten Frau da drinnen ergehen. Von blanker Angst getrieben, rannte die stämmige Dienstmagd los, als ob der *Leibhaftige* persönlich hinter ihr her wäre. Wohin, das wusste sie noch nicht. Nur einmal weg von dem verlassenen Bahnhof, so weit wie nur irgend möglich. Doch vor ihr lagen in allen Richtungen nur die endlosen Hutweiden des Seewinkels, keine Deckung und kein Versteck weit und breit. Bei dem dichten Nebel konnte sie in der stokkfinsteren Nacht kaum die Hand vor den Augen sehen.

Vielleicht war das ja gerade ihre einzige Chance! Sie musste die für das Auge undurchdringlichen Nebelschleier geschickt als Deckung nutzen, dann konnte sie sich vielleicht lange genug verstecken, bis ihr jemand zu Hilfe kam. Sie hastete weiter, doch bald schon kam sie nur mehr schleppend voran. Der Boden war feucht und sie sank mit jedem Schritt bis zum Knöchel im sumpfigen Schlamm ein. Das Laufen wurde immer beschwerlicher und schon nach kurzer Zeit war sie so außer Puste, dass sie unbedingt pausieren musste.

Mit keuchendem Atem wirbelte sie nervös einmal um die eigene Achse und suchte nach Orientierungspunkten. Der Bahnhof war jedenfalls schon außer Sichtweite. Aber mit Ausnahme des flachen Weidelandes in ihrer unmittelbaren Umgebung konnte sie im Dunkeln absolut nichts erkennen. Ganz offensichtlich hatte sie die Orientierung verloren. Panik überkam sie. Ihr Herz pochte aufgebracht. Hektisch schnappte sie nach frischer Luft. Plötzlich und völlig unvermutet hörte sie ein ihr höchst vertrautes Geräusch. Noch nie zuvor hatte sie sich derart über bimmelnde Kuhglocken und unverkennbare, in unregelmäßigen Abständen durch den Nebel schallende Viehlaute gefreut. Nicht weit von ihr entfernt weidete dem Anschein nach eine Herde silbergrauer Steppenrinder. Das könnte ihre Rettung sein! Vielleicht war sie schon in der Nähe eines bewohnten Hofs? *Oh Mutter Maria, lass es bitte wahr sein*, flehte sie gen den pechschwarzen Himmel.

Eben wollte sie schon weiterlaufen, als sie für einen kurzen Moment einen grellen Lichtpunkt aus der Richtung, aus der sie gekommen war, wahrnahm. Nicht einmal einen Wimpernschlag später hörte sie auch den dazugehörigen ohrenbetäubenden Knall des Gewehrschusses, der im Nebel sein Echo mehrmals über die Ebene schallen ließ, bis er endlich wieder verstummte.

Hilda rannte los und floh, so schnell sie nur konnte. Am feuchten Boden rutschte sie immer heftiger. Trotzdem konnte sie sich nicht erlauben, gerade jetzt das Tempo zu verlangsamen. Sie war gezwungen, sehr rasch etwas zu finden, wo sie sich verbergen konnte. Ein zweiter Schuss erklang hinter ihr. Dieses Mal war der Knall aber schon wesentlich näher. Noch einmal forcierte sie ihre Schritte. Mit rasselndem Atem hetzte sie durch die flache Landschaft weiter in Richtung der Rettung versprechenden Rinderglocken. Es konnte nicht mehr weit sein, redete sie sich ein. Tatsächlich vermochte sie schon den stechenden Gestank der Fäkalien der Wiederkäuer zu riechen, der ihr jetzt allerdings angenehmer als der süße Geruch frischen Honigs vorkam. Während sie weiterlief, bat sie im Geiste die Mutter Maria, dass das Vieh in der Nähe eines Gehöfts weidete oder zumindest ein Bauer oder Knecht es bewachte. Als ob ihre Gebete erhört worden wären, tauchte schon die erste grauweiße Kuh aus dem Nebel auf. Doch als das scheue Tier die heranstürmende Dienstmagd erblickte, ergriff es unter dem Ausstoß von panikartigen Lauten umgehend die Flucht. Nichtsdestotrotz hatte Hilda endlich den Weideplatz der Rinderherde erreicht. Sie vergaß jedoch, dass die Fäkalien der Tiere den ohnehin schon schlammigen Boden hier so rutschig wie Glatteis am zugefrorenen See gemacht hatten. Prompt verlor sie auch das Gleichgewicht. Noch im Fallen stieß sie einen Fluch aus und bat den Himmel gleich um Verzeihung für ihre verbale Entgleisung. Der Sturz war dann auch kaum schmerzhaft gewesen, denn die Erde war dort weich und hatte ihren massigen Körper zum größten Teil abgefedert. Sogleich versuchte sie aufzustehen und weiterzulaufen, aber bereits bei der allerersten Belastung ihres rechten Beins schrie sie vor Schmerzen auf. Sie musste sich den Fuß verstaucht haben. *Das hatte sie jetzt von dieser Rennerei!*

Mit stechenden Schmerzen humpelte sie weiter in Richtung eines nahe stehenden Kalbes. Doch immer, wenn sie dem Jungtier etwas näher kam, trottete dieses im dichten Nebel ohnehin schlecht sichtbare, grauweiß gefleckte Vieh einige Meter weiter weg. Wie sie mit Schrecken erkannte, teilte sich nach und nach sogar die ganze Rinderherde vor ihr in zwei Hälften, als ob sie ihr und ihrem erbarmungslosen Verfolger eine Gasse aufmachen wollten. Schon verließ sie die Hoffnung, hier irgendwo noch Deckung zu finden.

Auf ein Mal konnte sie noch etwas anderes als die Kuhlaute hören. Da rief ein Mann in die Dunkelheit hinein. Ja, das *musste* ein Knecht sein, der die Rinderherde nächtens bewachte. Das war ihre Rettung, sie musste nur mehr hundert Meter laufen, viel weiter konnte der Bursche gar nicht weg sein! Wieder schallte sein Rufen durch den Nebel.

In der aufkommenden Erleichterung hatte sie ihren Verfolger ganz vergessen. Dies änderte sich jedoch, als ein weiterer Schuss aus nächster Nähe die Finsternis durchbrach. Augenblicklich spürte Hilda eine Reihe von kleinen Stichen im Rücken, so als ob sie ein Schwarm Wespen angefallen und gestochen hätte. Mit dem nächsten Atemzug wurde es noch schlimmer und alles in ihr konzentrierte sich nur mehr auf dieses entsetzliche Brennen vom Kreuz bis hin zum breiten Gesäß und den massigen Oberschenkeln. Ihre Beine konnten die Last des schweren Körpers nun endgültig nicht mehr tragen und gaben jammernd nach. Wie in Zeitlupe sank sie auf die geschundenen Knie und stellte fest, dass sie getroffen worden war. Ein weiterer Schuss folgte, aber wie durch ein Wunder verfehlte dieser sie um Haaresbreite. Es musste eine Schrotflinte sein, mit der auf sie geschossen wurde. Anders konnte sie es sich nicht erklären, dass ihr ganzes Kreuz nun so höllisch brannte. Verzweifelt versuchte Hilda das Ausmaß ihrer Verletzungen zu erfassen. Zwar spürte sie deutlich, wie körperwarmes Blut über ihren Rücken lief und die vielen kleinen Wunden fürchterlich wehtaten. Sie konnte, wenn auch nur unter Schmerzen, aber doch noch relativ regelmäßig atmen und auch ihr Herz pochte munter weiter. Dessen ungeachtet würde sie nun aber nicht mehr davonlaufen können und auch den Knecht hörte sie im Moment nicht mehr rufen. Wohl hatte auch er den Schuss gehört und war mit vollen Hosen davongelaufen. Sie hätte es in seiner Situation vermutlich nicht anders gemacht, dachte sich die Dienstmagd. So würde es aber nun nur mehr eine Frage von Sekunden sein, bis sie endgültig eingeholt worden war. Was dann kommen würde, war nach den Ereignissen im alten Bahnhof für sie nicht schwer zu erraten.

Die Hoffnung verließ sie, aber es war nicht so schlimm, wie sie gedacht hätte. Den Tod vor den Augen erfasste sie sogar ein Gefühl von Gleichgültigkeit dem Sterben gegenüber. Sie würde bald ihrem Schöpfer gegenübertreten und freute sich auch irgendwie schon darauf. Wenn der richtige Zeitpunkt gekommen war, verlor der Tod schlussendlich doch seinen Schrecken. Das erkannte sie nun, während sie nur mehr still dalag und ihr zuvor noch rasender Herzschlag sich zusehend normalisierte. Doch eines wollte sie noch tun. Eiligst überlegte sie, was sie der Nachwelt hinterlassen konnte, damit ihr Meuchler gefasst werden würde. Viel Zeit würde ihr sicher nicht mehr bleiben und auf einmal fiel es ihr wie Schuppen von den Augen. Entschlossen griff sie nach dem vertrockneten harten Stängel einer Pflanze neben ihr und nahm ihn wie einen Griffel in die Hand. Mit letzter Kraft begann sie zielstrebig etwas in die Erde zu ritzen.

So konzentriert auf ihre allerletzte Hinterlassenschaft, merkte sie nicht einmal, dass inzwischen eine Gestalt aus dem Nebel getreten war und sich mit einer rauchenden doppelläufigen Schrotflinte direkt hinter sie gestellt hatte. Ihren Häscher realisierte die Dienstmagd erst, als sie das charakteristische Klicken des Kipplaufes hörte, mit dem die Waffe nach dem Laden mit zwei neuen Schrotpatronen wieder scharf gemacht wurde. Hilda drehte sich nicht um, denn sie hatte bereits beim Blick in die Hütte erkannt, wer diese Gestalt war. In Erwartung des bevorstehenden Schusses bat sie Gott um Vergebung für ihre Sünden auf Erden und dass er ihr das Sterben möglichst kurz und schmerzlos bereiten würde. Doch ihre Gebete wurden diesmal nicht erhört.

Mit einem aus allernächster Nähe abgegebenen Schuss bohrten sich dutzende kleine Schrotkügelchen durch den Rücken hinein in ihre Innereien. Augenblicklich erfüllte unvorstellbarer Schmerz ihren gesamten Brustraum. Hitzig schnappte sie nach der feuchtkalten Luft, aber ihre

Lungen waren nur mehr von einem Feuermeer erfüllt und wollten ihren Anweisungen partout nicht mehr gehorchen. Unterdessen färbte sich das Vorderteil ihrer Bluse aus vielen kleinen Wunden tiefrot. Blut rann ihr aus dem Mundwinkel. Sie versuchte zu husten, aber selbst dazu fehlte ihr jegliche Kraft. Unregelmäßig pochte ihr Herz noch einige Male und lies dabei die Venen in ihrem Hals hektisch pulsieren. Dann verklang auch das Geräusch ihres Herzschlages, der sie seit ihrer Geburt vor fünfunddreißig Jahren begleitet hatte. Es wurde bitterkalt und sie fror erbärmlich. Deutlich konnte sie fühlen, wie das Leben allmählich und unaufhaltbar aus ihrem Körper entwich. Gleichzeitig wurden die brennenden Schmerzen immer unerträglicher. Das Letzte, was sie bewusst wahrnahm, waren zwei hagere Rinder, die vom Knall der Flinte aufgescheucht in ständiger Fluchtbereitschaft am Rande der Sichtgrenze im düsteren Nebel standen. Alsdann ging der Dienstmagd für immer das Licht aus. Den letzten Gewehrschuss, der ihren Schädel von hinten her wie eine überreife Melone zerplatzen ließ, hörte sie nicht mehr.

17. KAPITEL

Der grässlich feuchtkalte Wind blies einem missmutigen Inspektor Kauffmann ins Gesicht und trug seinen Teil zur schlechten Laune des Gendarmen bei. Mit einem mulmigen Gefühl in der Magengegend sah er sich um. Kaum einen Steinwurf von der ungarischen Grenze entfernt, vermochte er fast schon physisch zu fühlen, wie die hinter den meterhohen Beton- und Stacheldrahtzäunen des Eisernen Vorhangs auf ihren Hochständen hockenden und angestrengt in ihre ellenlangen Ferngläsern glotzenden Kommunistensoldaten jede seiner Bewegungen penibel registrierten. Argwöhnisch fielen ihm die Zeiten ein, in denen die Rote Armee in dieser Gegend wie die Hunnen gewütet hatte und die hiesigen Weibsbilder ein Jahrzehnt lang in ständiger Angst vor Vergewaltigungen leben mussten.

Allerdings war er weniger ob der Lakaien von Apparatschik Breschnew so missmutig, als vielmehr, weil er sich früh morgens bei dem alten Wehrmachtsbahnhof mit einem scheußlichen Déjà-vu-Erlebnis konfrontiert sah. War es doch erst fünf Wochen her, dass er das letzte Mal zum Tatort eines Mordes gerufen worden war. Anders als damals war nun aber wenigstens nicht seine geliebte kleine Nichte Eleonore über die entstellte Leiche gestolpert.

So seltsam es klingen mochte, ganz unerwartet war dieses Verbrechen für ihn freilich nicht gekommen. Schon vergangenen Dienstag hatte er einen mysteriösen, persönlich an ihn adressierten Brief erhalten, der mit Schreibmaschine verfasst und dabei weder mit einem Absender noch mit Initialen versehen gewesen war. Brisant war jedoch der kurz gehaltene Inhalt. Da war von zwei weiteren vermissten Weinprinzessinnen die Rede, und dass bald eine von beiden grausam entstellt das Zeitliche segnen würde. Kauffmann hatte dies vorerst für einen geschmacklosen Scherz gehalten, bis seine eigenen Recherchen ergeben hatten, dass tatsächlich seit mehr als einem Monat zwei junge Frauen im Ort vermisst wurden. Warum die Eltern keine Abgängigkeitsanzeige erstattet hatten, war ihm schleierhaft. Nicht minder mysteriös war der letzte Satz des anonymen Briefes, den man mit ein wenig Fantasie auch so auslegen konnte, dass das Morden so lange weitergehen würde, als er, Kauffmann, in Amt und Würden weilte. *Für das kranke Geschwafel eines unzufriedenen Mitbürgers* hatte Kauffmann die Drohbotschaft des Schreibens zunächst gehalten. So oder so war aber nun zumindest der Kern der Prophezeiung in Erfüllung gegangen, als heute kurz nach Mitternacht der Notruf eines durch mehrere Gewehrschüsse in der Nähe des alten Bahnhofsgebäudes aufgeschreckten, beinahe stimmlos japsenden Knechts am Gendarmerieposten eingegangen war. Als Erster war Hilfsgendarm Kurt Berger am Tatort eingetroffen. Er hatte aber nur mehr feststellen können, dass der alte Wehrmachtsbahnhof in Vollbrand stand. Bis die freiwillige Feuerwehr endlich mit ihrem einzigen läppischen Löschfahrzeug angerückt war, hatten die wütenden Flammen den verlassenen Bau längst verzehrt und nicht mehr als die Grundmauern einer schwelenden Brandruine inmitten der ausgedehnten Weidelandschaft zurückgelassen. Tragischerweise hatten die Feuerwehrleute unter den Trümmern eine von zahllosen Verbrennungen bis hin ins Gesicht schrecklich verunstaltete junge Frau und darüber hinaus gleich daneben eine halb geschmolzene Traktorbatterie mitsamt zwei fingerdicken, von Isolierungsresten ummantelten Starterkabeln geborgen. Jedem, der eins und eins zusammenzählen konnte, war anhand der eingebrannten Verletzungsspuren an Knöchel und Nacken der bedauernswerten Frau sofort klar gewesen, dass sie damit gefoltert worden war. Woran das Opfer schließlich gestorben war, ließ sich ad hoc freilich nicht feststellen. Es konnte sowohl eine Folge der elektrischen Schläge oder der weitflächig verbrannten Haut, als auch der Vergiftung durch Rauchgase gewesen sein. *Einen wirklichen Unterschied machte das freilich auch wiederum nicht*, stellte der Bezirksinspektor trocken fest. Aufgrund eines in der Brandruine gefundenen und wie durch ein Wunder beinahe unversehrten Portemonnaies mit einem darin enthaltenen Schülerausweis, musste Kauffmann entsetzt feststellen, dass der anonyme Brief mehr als nur angeberisches Geschwafel gewesen war. Er hatte nun eine weitere tote Weinprinzessin zu beklagen.

Trotz der widrigen Umstände bewunderte Kauffmann beinahe diesen genial verbrecherischen Schachzug, gleich den ganzen Bau mitsamt seinem brisanten Inhalt abzufackeln. Denn wie sonst hätte der Täter alle zu ihm führenden Spuren, seien es nun Finger- und Schuhabdrücke oder auch Haare, auf einen Schlag zuverlässig vernichten können. Was das Flammenmeer gerade noch an Hinweisen verschont hatte, war den Kollegen von der Feuerwehr zum Opfer gefallen, indem sie den einen Teil des Geländes rund um die Brandruine knöcheltief unter Wasser gesetzt hatten und auf dem anderen Teil auf das Ausgiebigste herumgetreten waren.

Aber offenbar hatte der Täter dieses Mal doch einen kleinen Fehler gemacht: Warum sonst hatte er leichtsinnig Schüsse abgegeben und damit die Aufmerksamkeit des Knechtes auf sich gelenkt? Fast interessanter war jedoch die Frage, auf wen der Täter geschossen hatte, denn die verbrannte Frau wies keinerlei sichtbare Schusswunden auf. Ein dumpfes Gefühl sagte Kauffmann, dass der Tatort noch etwas für ihn bereithielt.

Rasch ließ er einen Trupp zusammenstellen, der im weiteren Umfeld die noch feuchten Weideflächen systematisch nach leeren Patronenhülsen und anderen Auffälligkeiten durchkämmen sollte. Er trieb – wie ein ruheloser Fußballtrainer von der Out-Linie aus – seine Gendarmen wild schreiend und gestikulierend an, damit sie ja kein Fleckchen Erde übersahen. Tatsächlich gellte bald ein Pfiff aus der Trillerpfeife eines Suchenden durch die flache Landschaft. Umgehend begaben sich Kauffmann und Berger zu der markierten Stelle, wo sich ihnen ein Bild des Grauens bot. Inmitten von dampfenden Kuhfäkalien lag eine korpulente Frau oder besser gesagt, das was von ihr übrig war. Aus dem Rücken hing das blanke Fleisch heraus und der Kopf fehlte fast komplett. Ihr Mörder musste aus unmittelbarer Nähe geschossen haben. Dennoch passte die Frau, die nicht mehr ganz jung und obendrein kräftig gebaut war, nicht in das *Beuteschema* des Täters. Nein, das war nicht das eigentliche Opfer, eher ein *Versehen*. Ein sogenannter *Kollateralschaden* als Folge davon, dass diese Person zur falschen Zeit am falschen Ort gewesen war, schloss Kauffmann. Ganz ähnlich deplatziert fühlte er sich in diesem Moment auch. Mit dem Mord an Marie-Christin waren es nun drei Opfer und ein falscher Täter in Haft. Das war eine bittere Bilanz.

Spontan fielen Kauffmann die Worte dieses präpotenten Großstadtkiberers Peterson ein, als dieser ihn vor den Folgen dilettantischer Ermittlungsfehler in diesem Mordfall gewarnt hatte. Nun schien es ihm, als ob diese Prognose quasi punktgenau eingetreten wäre.

18. KAPITEL

Mit einem dumpfen Knall klatschte eine überreife Tomate an das Fenster im ersten Stock, verteilte spektakulär ihr Fruchtfleisch über die halbe Scheibe und glitt dann elendslangsam unter Hinterlassung einer hellroten Schleifspur zum Fensterbrett hinunter. Wuchtig und fast schon unwirklich prallte als Nächstes ein – den verwelkten Blättern nach zu schließen – längst verdorbenes Salathappel vom bedrohlich klirrenden Glas ab. Nur Momente später folgte ein Ei, das kurz und heftig wie ein Geschoß mittig auf der Scheibe explodierte. Abgesehen von diesen unangenehmen Lärmspitzen schwirrte dumpfes Gemurmel als dauernder Unterton durch die Luft. Ab und an gipfelte dieses in mit gänzlich unpassenden Schimpfworten geschmückten Parolen und Hasstiraden.

Schon seit dem frühen Vormittag, als sich die Nachricht von den Morden beim alten Bahnhof wie ein Lauffeuer im Ort verbreitet hatte, belagerte eine aufgebrachte Menge von schätzungsweise hundert finster dreinblickenden Gemeindebürgern trotz widriger Wetterbedingungen den kleinen Gendarmerieposten. Durch die von diversen Wurfangriffen mit Gemüse- und Eierresten völlig verdreckten Fensterscheiben konnte Kauffmann aus seinem Büro sogar das eine oder andere Plakat erblicken. Die harmlosesten davon forderten wegen seines Ermittlungsversagens und den neuen Morden mehr oder weniger eindeutig seine sofortige Ablösung. Die bösartigeren ließen befürchten, dass einige Ortsansässige dem Gendarmen hinter der nächsten dunklen Ecke buchstäblich an die Gurgel gehen wollten. Spontan erinnerte ihn dieses Bild einer explosiven Versammlung an die Studentenrevolten im Sommer '68 in Paris, die er im Fernsehen mit vor Staunen offenem Mund verfolgt hatte. Dazu fehlten hier vor seinem Posten nur noch ein paar brennende Autos und Barrikaden, dann wäre die Gemeinderevolte gegen den obersten Ordnungshüter perfekt gewesen.

Schon bald hatte er sich jedoch sattgesehen. Angewidert löste er sich von dem Anblick der tobenden Demonstranten und wandte sich stattdessen seinem nicht minder ungebetenen Gast zu.

„Das hat mir jetzt gerade noch gefehlt, dass Sie hier wieder aufkreuzen, Peterson", schnaubte er verächtlich. „Sehen Sie die Massen da draußen? Die sind mächtig sauer und offen gesagt, wundert mich das auch nicht, denn irgendwo da draußen läuft ein Irrer herum und ermordet ihre Töchter. Es ist fünf vor zwölf und die Zeit rennt uns davon!"

Es war eher bereits fünf *nach* zwölf, schätzte der groß gewachsene blonde Kriminalist aus Wien, den die ganze Szene – freilich abgesehen von der Demonstration – frappierend an das erste Zusammentreffen mit dem Inspektor vor etwa fünf Wochen erinnerte. Trotz weiteren zwei Toten schien der Berufscholeriker kaum Verständnis für konstruktive Kritik zu haben.

„Sie haben definitiv den falschen Täter inhaftiert."

„Ja, ja, ich kann das nicht mehr hören", tat er die Bemerkung des Hünen mit einem Wink ab. „Wir haben diesen unnützen Taugenichts heute Vormittag bereits laufen lassen. Ich habe damals mit Willi Becker aber zumindest eine konkret verdächtige Person in Haft genommen und gründlich verhört. Sie hingegen haben sich, feig und verhätschelt wie sie nun mal sind, einfach wieder in Ihr Bundeskriminalamt verzogen."

Schon wollte Peterson gewieft kontern, da kam ihm das Läuten des Telefons dazwischen. Zu seiner Verwunderung machte der Inspektor jedoch keine Anstalten, den massiven Kunststoffhörer abzuheben. Noch bevor der Wiener Kriminalist zu der ihm auf der Zunge brennenden Frage ansetzen konnte, kam Kauffmann dieser mit einer lapidaren Antwort zuvor.

„Das ist der Bürgermeister. Das geht jetzt schon seit Stunden so, aber ich werde nicht abheben."

Verständnislos starrte Peterson auf das einfache schwarze Wählscheibentelefon.

„Sind Sie Hellseher, Kauffmann, oder woher wollen Sie sonst wissen, dass der Bürgermeister –"

„Instinkt, Herr Kommissar", fuhr er dem Gast unfreundlich ins Wort. Jedes Wort aus seinem Mund klang herabwürdigend und nach einer deftigen Beleidigung. „Der Instinkt ist das wichtigste Werkzeug eines Ermittlers", setzte er an.

„Und genau der hat in diesen Mordfällen bei Ihnen versagt", revanchierte sich Peterson.

Überraschenderweise ließ Kauffmann diese Beleidigung widerspruchslos über sich ergehen. Vielleicht hatte er sie aber auch einfach überhört. Wie auch immer, diese Kopf-in-den-Sand-Taktik kam Peterson reichlich kindisch für einen mit dreiunddreißig Dienstjahren auf dem Buckel reichlich erfahrenen Gendarmen vor.

Unterdessen nahm Kauffmann wieder den Faden auf. „Morgen sind Gemeinderatswahlen. So wie es jetzt aussieht, wird unser junger Bürgermeister mit diesen *wohlgesinnten* Wählern", der Inspektor wies mit einer kaum merklichen Kopfbewegung und einem hämischen Grinsen auf den Lippen auf die Demonstranten unter seinem Fenster hin, „wohl nicht wirklich viel zu lachen haben."

„Wenn das so weitergeht, werden Sie bald schon auch nichts mehr zu lachen haben", erwiderte der Kriminalist verärgert über die Überheblichkeit des alten Gendarmen.

Ohne Vorwarnung ließ Kauffmann, das Gesicht vor Entrüstung krebsrot, die Faust auf den Tisch sausen, worauf ein zuvor säuberlich aufgetürmter Stapel Polizeiakten wieder einmal vom Rande des Schreibtisches rutschte.

„Was glauben Sie, wer Sie sind, dass Sie so mit mir reden! Ich bin der amtshabende Bezirksinspektor und werde mich sicherlich nicht von so einem *blasierten Lackaffen* wie Ihnen an der Nase herumführen lassen", geiferte der Gendarm, wobei ihm vor lauter Zorn an einem eklig in die Länge gezogenen Faden der Speichel aus dem Mundwinkel tropfte.

„Wenn Sie so weitermachen wie bisher, werden Sie nicht mehr lange Bezirksinspektor sein", kalkulierte Peterson kühl.

Schweißperlen zeichneten sich auf der Stirn des Bezirksinspektors ab, ein untrügerisches Zeichen dafür, dass er innerlich vor Wut kochte. Die Antipathie zwischen den beiden Ermittlern war allgegenwärtig zu spüren. Keiner der beiden machte mehr einen Hehl daraus.

„Eines kann ich Ihnen sagen, Sie Weichei, mich wird *niemand* vor meiner Pensionierung jemals hier aus diesem Sessel bekommen."

Fast wäre Peterson so weit gewesen, diesem despotisch regierenden Bezirksinspektor seinen eigentlichen Dienstauftrag in dieser Sache unter die Nase zu reiben, aber noch einmal konnte er sich auf die Zunge beißen.

Auf Tuchfühlung gehend, beugte sich Kommissar Peterson über den Schreibtisch und war bemüht, Ruhe zu bewahren. „Sehen Sie Kauffmann, wir vermissen noch immer ein Mädchen, das irgendwo gefangen gehalten wird."

„Bitte kommen Sie mir nicht damit. Ich wette, auch die ist längst über den Jordan gegangen!"

„Da irren Sie sich gewaltig! Unser Täter ist wie eine im Schutz der Dunkelheit lauernde Spinne, die eine im Netz gefangene Fliege solange hilflos zappeln lässt, bis der richtige Moment gekommen ist. Weder der Zeitpunkt noch die Art der Morde oder gar die Tatorte wurden zufällig ausgewählt. Vielmehr erscheint alles daran genau inszeniert. Ja doch, ich könnte mir sogar vorstellen, er legt es regelrecht darauf an, dass jeweils ganz konkrete Personen die Leichen finden", mutmaßte Peterson, „aber vielleicht haben wir nun auch eine Chance ihn zu schnappen!"

Kauffmann sah Peterson gleichzeitig verwundert und ungläubig an, während dieser einen Zeitungsausschnitt hervorkramte, den er auseinanderfaltete und vor dem Inspektor ausbreitete.

„Wenn man den Medienberichten hier Glauben schenken darf, wird der Winzerverband demnächst die neue Weinprinzessin der Öffentlichkeit vorstellen. Wir sollten die Gelegenheit nutzen und den Mörder damit ganz bewusst ködern", schlug er dem Gendarmen vor.

„Und wer – bitteschön – soll Ihrer Meinung nach so *dumm* sein und den Köder spielen? Irgendeinen Lockvogel vom Bundeskriminalamt, den wir mit ausgestopftem Busen als Weinprinzessin ausgeben?" Der spöttische Unterton in der Stimme des Inspektors war nicht zu überhören.

„Das wäre blanker Unsinn, Kauffmann. Der Täter ist vermutlich von hier aus dem Dorf. Einem Ortsansässigen würde so eine Finte doch sofort auffallen. Nein, wir müssen uns schon was Gefinkelteres überlegen."

„Sie wollen damit doch nicht *ernsthaft* andeuten, dass wir unsere richtige Weinprinzessin diesem Irren auf dem silbernen Tablett servieren?", polterte Kauffmann los und rang um den letzten Rest seine Fassung.

„Wir werden sie freilich unauffällig beschatten, rund um die Uhr, wenn nötig", versuchte Peterson die Situation herunterzuspielen. „Wenn die Gerüchte über diese geheime Liste des Winzerverbandes stimmen, steht die Nachfolgerin zudem ohnehin schon seit Langem fest."

„Diese Gerüchte sind so was von *lächerlich*. Wenn es tatsächlich so eine Liste gäbe, würde ich als oberster Gendarm im Bezirk doch sicher Bescheid wissen, oder meinen Sie nicht?"

Insgeheim war sich Kauffmann hierbei jedoch ganz und gar nicht mehr sicher, denn in den letzten Wochen seit Marie-Christins Tod hatte er so oft von dieser ominösen Liste gehört, dass er das Gerede wider besseres Wissen fast schon für wahr hielt.

Behäbig lehnte er sich in seinem ächzenden Schreibtischsessel zurück und überlegte, ob er dem wahnwitzigen Vorhaben, die echte Weinprinzessin als Lockvogel einzusetzen, tatsächlich zustimmen sollte. Auf Gerhard Kauffmanns Gesicht zeichnete sich ein Ausdruck ab, der nur allzu deutlich zeigte, was er von dem Vorschlag hielt, nämlich rein gar nichts.

„Ihr Plan gefällt mir überhaupt nicht", schnaubte er verächtlich und hörte eben in diesem Moment wieder die geräuschvollen Parolen der tobenden Demonstranten vor seinem Fenster, „aber ich gebe zu, ich habe zumindest *im Moment* nicht wirklich eine Wahl."

„Wenn ich Sie richtig verstehe, habe ich also freie Hand, Herr Bezirksinspektor?" Es war mehr eine Feststellung als eine Frage.

In der Zwangslage, in der Kauffmann steckte, hatte er ungefähr so einen Verhandlungsspielraum wie unterlegene Kriegsparteien bei der Kapitulation am grünen Tisch. Noch einmal durfte er sich einen Fauxpas, wie die Pressekonferenz mit dem falschen Täter, nicht leisten. Gerade so deutlich, dass es für sein Gegenüber noch erkennbar war, nickte er zustimmend.

„Ich will über *alle* Details, seien sie auch noch so unwichtig, umgehend einen schriftlichen Bericht haben", forderte er im Befehlston, „außerdem habe ich noch etwas für Sie, Peterson."

Er reichte dem Kriminalpolizisten ein schlecht ausgeleuchtetes Schwarz-Weiß-Foto.

„Dieses knapp zehn Zentimeter lange Symbol, oder was es auch immer sein soll, haben wir eingeritzt in die nasse Erde bei der toten Dienstmagd gefunden. Dabei hatte sie den Griffel noch zwischen ihren steifen, kalten Fingern." Im Geiste sah Kauffmann wieder den zerplatzten Schädel samt den umherliegenden Teilen grauweißer, schwammiger Gehirnmasse und musste davon angewidert unwillkürlich schlucken.

Unbeeindruckt von der Schilderung des Gendarmen wandte sich Peterson der Fotografie zu und sog gründlich jedes noch so unbedeutend scheinende Detail mit seinen Augen auf. Aber alles, was er erkennen konnte, war ein vollständiger Kreis, an dessen unterster Stelle ein einfacher senkrechter Strich anschloss. Spontan kam ihm dabei die stilisierte Kontur eines aufsteigenden Luftballons in den Sinn. Das konnte es aber freilich nicht sein.

Was, grübelte Peterson, *würde jemand in seinen letzten Atemzügen wohl noch in die Erde eingravieren, um eine handfeste Spur zu seinem Mörder zu legen?*

19. KAPITEL

Durch den Haupteingang des Gendarmeriepostens trat Peterson erhobenen Hauptes auf die belebte Hauptstraße hinaus. Da er unauffällig in zivil gekleidet war, machten die sensationsgeilen Journalisten und Fotografen keine Anstalten, sich auf ihn zu stürzen. Ihr auserkorenes Ziel war vielmehr Kauffmann, jener anmaßende Bezirksinspektor, der sich so fatal in seiner Einschätzung der Lage und des Täters geirrt hatte. Solche behördlichen Misstritte waren wie geschaffen für Schlagzeilen á la *Inspektor sperrte unschuldigen Teenager ein.*

Etwas abseits der aufgebrachten Horde von Ortsansässigen und der unüberschaubaren Schar von mit Mikrophonen und Fotokameras bewaffneten Reportern erspähte der Kriminalist das beinahe vertraute Gesicht von Isabella Wagner, die seelenruhig im Schneidersitz auf der kurzen Motorhaube ihres zitronengelben Mini Coopers Platz genommen hatte. Um den Lärm der Kundgebungsteilnehmer zu übertönen, hatte sie das Autoradio auf volle Lautstärke aufgedreht. Janis Joplin röhrte die letzten Takte von *Piece of my Heart.* In dem ganzen Trubel um die Morde hatte Peterson beinahe vergessen, dass heute Vormittag die Nachricht vom Tod der amerikanischen Bluessängerin über den Äther verkündet worden war. Es wurde gemutmaßt, dass sie an einer Überdosis Heroin gestorben sei. Dies war jedoch nur die Krönung eines bis dato schwarzen Herbstes. Vor gerade mal zwei Wochen war auch der weltbekannte Sänger und Gitarrist Jimi Hendrix in London tot aufgefunden worden, nachdem er alkoholisiert und von Schlaftabletten betäubt, an seinem eigenen Erbrochenen erstickt war.

Isabella holte Peterson aus seinen Tagträumen zurück in die Realität. „Na, was gibt es für Neuigkeiten da drinnen beim Bezirksinspektor? Spielt der Gorilla Kauffmann wieder auf seinen Bongotrommeln?“, fragte sie keck.

Als Peterson sie links liegen lies, setzte sie nach. „Nun sagen Sie schon etwas! Ich verspreche, ich werde es nicht weiter erzählen! Großes Indianerehrenwort“, zwinkerte sie ihm zu.

„Sie wissen ja, ich kann Ihnen zu laufenden Ermittlungen nichts mitteilen.“

„He, großer Mann, wir haben einen *Deal*, schon vergessen?“

Peterson wusste zuerst nicht, worauf sie hinaus wollte, dann fiel es ihm aber wieder ein.

„Nein, unser *Deal* ist längst abgeschlossen. Ich habe Sie trotz des gefälschten Dienstausweises vor Kauffmann bewahrt und Sie haben mir Ihren Teil der Geschichte erzählt. Wir sind also quitt.“

Isabella stach plötzlich das Foto in der Hand des Polizisten ins Auge. Mit einer geschickten Bewegung entriss sie es sogleich seinem lockeren Griff. Damit hatte Peterson nicht gerechnet.

„Ah, was haben wir denn da? Ist *das* das geheimnisvolle Zeichen, dass die sterbende Dienstmagd noch vor ihrem Tod gezeichnet haben soll? Davon redet schon der halbe Bezirk!“

„Wie ich Ihnen schon sagte, das ist eine laufende Ermittlung. Was Sie hier in Ihren Fingern halten, ist Beweismaterial, das nicht für die Öffentlichkeit bestimmt ist“, stellte er trocken fest und schnappte sich wieder das Schwarz-Weiß-Foto. Die Journalistin wehrte sich nicht einmal ernsthaft dagegen. Sie hatte gesehen, was sie sehen wollte.

„Ich wette, Sie wissen nicht, was das sein soll!“, forderte sie ihn heraus.

Tatsächlich hatte Peterson keinen blassen Schimmer, was dieses Relief darstellen sollte. Ein Luftballon war es jedenfalls nicht. Peterson setzte schon zum Gehen an.

„Ich kann Ihnen sagen, was das ist“, sie setzte ein breites Lächeln auf, „aber das wird Sie diesmal mehr als einen Tee kosten!“

Eigentlich wollte der Kriminalist ihr Angebot ablehnen, aber dann fiel ihm ein, dass sie auch bei den vermissten Mädchen richtig gelegen war. Es konnte also nicht schaden, wenn er sich anhörte, was sie zu berichten hatte.

„Nun, nicht dass ich Ihnen glauben würde, aber ...“

„Gut, dann kommen Sie heute Abend um acht ins Fischrestaurant am Hauptplatz, aber seien Sie ja pünktlich, ich warte nämlich nie“, sie warf ihm einen neckischen Blick zu. „Ach ja, und vergessen Sie ja nicht Ihr Portemonnaie. Ich betrachte mich als eingeladen.“

20.
KAPITEL

Aufkeimende Ungeduld machte sich in Peterson breit. Er sah bereits das zweite Mal in den letzten fünf Minuten auf seine Armbanduhr. Demnach war es bereits halb neun Uhr abends und weit und breit noch immer keine Spur von Isabella. Diese Frau mochte vielleicht rassig und aufregend sein, aber sie hatte bei Gott eine Reihe von negativen Eigenschaften. Angefangen von ihrer überaus frechen Art bis hin zu ihrer mangelnden Verlässlichkeit. Dennoch ertappte er sich dabei, das heutige Abendessen mit ihr nicht nur rein beruflich zu sehen, sonst hätte er wohl keine dreißig Minuten auf ihr Eintreffen im Fischrestaurant gewartet. Angespannt warf er nochmal einen Blick auf die Uhr. *Also gut, noch fünf Minuten, dann ist es aber wirklich genug.*

Zur Ablenkung sah er sich inzwischen die ausgestopften Fische an den Wänden des Restaurants an. Ein stattlicher Wels starrte ihm mit offenem Maul, abstrus gebogenen Barthaaren und unwirklichen Glasaugen direkt ins Gesicht. Gleich daneben fristete ein fetter Barsch, dessen Rückenflossen mehr an einen prähistorischen Dinosaurier als einen Süßwasserfisch erinnerten, in einer unwirklich festgehaltenen Schwimmbewegung sein stilles Dasein.

Wieder einmal ging die Eingangstür zum Fischrestaurant auf. Er hatte nun schon mindestens zehn Mal das unangenehme Quietschen der Türangel gehört und den hereinströmenden Schwall kalter Luft an den Wangen vorbeistreifen gespürt, um sogleich darauf doch nur wieder enttäuscht feststellen zu müssen, dass es nicht Isabella war, die das Fischrestaurant am Hauptplatz betreten hatte. Dieses Mal nahm er sich vor, seinen Blick nicht sogleich auf die sich öffnende Tür zu richten und starrte stattdessen ein direkt über dem Barsch reichlich deplatziert aufgehängtes Foto von Bundespräsidenten Franz Jonas an, das rechter Hand vom obligatorischen Herrgottswinkel und linker Hand von einem ausgestopften heimischen Sichling, dessen silbrige Schuppen das Licht in allen Farben reflektierten, flankiert wurde.

Unerwartet schob sich etwas Rotes in sein Blickfeld.

„Wenn Sie weiterhin tote Fische anstarren wollen, kann ich auch gleich wieder gehen", verkündete eine ihm mittlerweile vertraute Stimme. Isabella präsentierte sich ihm in einem zinnoberroten, gewagt halterlosen Kleidchen mit einem lose um ihre enge Taille geschwungenen breiten Gürtel und einem über dem Unterarm feinsäuberlich gefalteten Trenchcoat aus Polyester mit Burberry-Karo-Muster und riesigen beigen Knöpfen. Ihren weichen Filzschlapphut mit breiter Krempe nahm sie mit einer eleganten Handbewegung vom Kopf und schüttelte sogleich aufreizend ihr langes schwarzes Haar frei. Sie wusste, wie man die Aufmerksamkeit eines Mannes erweckte, daran hatte Peterson nicht den geringsten Zweifel.

„Ich dachte, Sie würden gar nicht mehr kommen!", beschwerte er sich umgehend.

„Bin ich es denn nicht wert, ein wenig zu warten?", schmollte sie und drehte sich auf ihren bis zum Knie reichenden schwarzen Samtstiefeln einmal rasch um die eigene Achse, wobei sich der Unterteil des Kleidchens ein wenig hob, sodass er ihren mit Spitzen bestickten schwarzen Slip sehen konnte.

Er musste zugeben, diese Frau wäre sicher auch noch eine *wesentlich längere* Wartezeit wert gewesen. Das musste er sie aber auch nicht gleich wissen lassen.

„Nun, da Sie jetzt mal schon da sind, können wir ja auch gleich etwas essen."

„Das möchte ich auch sehr hoffen, ich habe nämlich einen Bärenhunger und der Zander auf serbische Art ist hier einfach fantastisch", schwärmte sie und winkte energisch den Kellner zur Aufnahme der Bestellung heran.

Noch bevor Isabella ihren Aperitif, einen ausgesprochen würzigen Muskat-Ottonel, ausgetrunken hatte, holte Peterson schon das Foto von dem in die Erde eingeritzten Zeichen aus einem unscheinbaren weißen Kuvert heraus. Ein wirscher Ausdruck huschte über ihr Gesicht und Peterson erkannte aus der Nähe – bloß für einen Augenblick lang – das eine oder andere Grübchen auf ihrer sonst so jugendlichen Haut. Offensichtlich war das nicht das Thema, über das sie jetzt gerade sprechen wollte. Abermals schmollte sie, aber offenbar war ihr selbst wohlbewusst, dass sie dieser leidigen Angelegenheit nicht mehr entkommen würde.

„Sie haben doch sicher einen Kugelschreiber bei sich, oder?", fragte sie.

Er griff in sein dunkelblaues Jackett und übergab ihr einen billigen Einwegkugelschreiber aus Plastik.

Verdutzt sah sie ihn an. „Ich hätte mir bei Ihnen *zumindest* einen *Montblanc* erwartet", sie drehte den Kugelschreiber in ihren Fingern. „Aber ich mag Männer mit Überraschungen!", fügte sie an. Sie klimperte unschuldig und sichtlich übertrieben mit ihren durch reichlich Tusche verlängerten Wimpern. Bedächtig nahm sie das Foto in die rechte Hand, auf deren Mittelfinger ein modischer Ring aus poliertem Acryl mit orange und gelb fluoreszierenden Einschlüssen prangte.

„Nun, großer Mann, sagen Sie mir mal eines: Welche Eigenschaft eines Täters würden Sie aufzeichnen, wenn Sie – sagen wir – noch fünf Sekunden zu leben hätten?"

Peterson dachte nach. Wenn das Opfer den Mörder mit Namen gekannt hätte, würde sie wohl diesen hinterlassen. Andererseits würde dieser die Hinterlassenschaft gleich nach der Tat bemerken und den Hinweis rasch entfernen. Außerdem waren geschätzte fünf Sekunden wohl nicht wirklich genug Zeit, um einen vollen Namen in die Erde zu ritzen. Körperliche Details wie Haar- und Augenfarbe schieden aus, das ergäbe nun wirklich keinen Sinn. Es musste etwas sein, womit bei einem solchen Mord nicht unbedingt zu rechnen war, sonst hätte sie es nicht extra aufzeichnen müssen. Vielleicht sollte es ja auch überhaupt kein Hinweis sein und deshalb ergab das Zeichen auch gar keinen Sinn? Der Ermittler war ratlos und wollte sich nochmals die Abbildung ansehen, aber bevor er diese an sich nehmen konnte, hatte Isabella auf dem Foto bereits einen einzelnen Strich mit dem Kugelschreiber gezogen.

Sie schob das Foto zu ihm. „Wenn Sie mich kurz entschuldigen würden, ich muss mal für kleine Mädchen", flüsterte sie und stand seelenruhig auf. Sie war bereits im Gehen begriffen, als sie sich nochmal zu dem reichlich verdutzt dreinblickenden Peterson umdrehte.

„Ach ja, und wenn ich zurückkomme, sage ich Ihnen, wer die Morde begangen hat", ergänzte sie beiläufig.

Mit offenem Mund ließ die rassige Schwarzhaarige den Kriminalisten erstaunt am Tisch zurück. Nach der ersten Schrecksekunde wollte er ihr beinahe schon hinterherlaufen, da war sie aber bereits in der Damentoilette verschwunden und mit ihr auch ihr Geheimnis. Wohl oder übel würde er sich gedulden müssen, bis sie wieder zurückkam. Das konnte bei so einer Frau eine kleine Ewigkeit dauern.

Inzwischen zwang er sich, etwas Sinnvolles zu machen. Er sah sich ihre nicht minder interessante, handgezeichnete Ergänzung des Fotos an. Abermals überkam ihn Erstaunen. Darüber hinaus diesmal sogar Selbstzweifel beim Anblick des vervollständigten Symbols.

Wie konnte er das als professioneller Ermittler nur übersehen haben? Wenn man den Hintergrund des Opfers bedachte, war es doch nur allzu logisch, nachdem die Dienstmagd gerade auch mit dem Vieh zu tun hatte. Dort gab es natürlich nur ein einziges elementares Unterscheidungsmerkmal, das auch noch dazu mit der Geburt feststand und sich später nicht veränderte. Wenig verwunderlich, dass die Magd als Erstes an dieses Zeichen gedacht hatte. Mit den Fingerspitzen fuhr er die Vertiefung des unscheinbaren kleinen Querstrichs nach, den Isabella gezogen hatte. Freilich war es kein sinnentleerter Luftballon, sondern ein perfektes *Venussymbol*, das wollte die Dienstmagd in die Erde ritzen. Allein, sie war nicht mehr dazugekommen, das Symbol zu vollenden. Dennoch lag ihre letzte Botschaft damit klar auf der Hand: Eine *Frau* hatte dem Leben der Magd dieses grausame Ende bereitet.

Zudem war dies auch noch ein höchst seltenes *Merkmal* bei Gewaltverbrechen, wurde doch die überwiegende Mehrzahl dieser brutalen Taten von Männern verübt. Dem schwachen Geschlecht traute man diese Rücksichtslosigkeit für gewöhnlich nicht zu und dementsprechend tendierten Kriminalisten auch überwiegend dazu, in den Reihen des starken Geschlechts nach dem Täter zu suchen.

Peterson war überhaupt kaum ein halbwegs aktueller Fall einer Serienmörderin bekannt, allenfalls gab es einige historisch interessante Fälle: Im siebzehnten Jahrhundert hatte die Französin *Marie-Madeleine de Brinvilliers* mithilfe ihres Geliebten drei Menschen aus dem Leben befördert. Dann war da auch noch *Sophie Margaretha Zwanziger*, die für ihre mit Arsen verübten Morde an diversen Dienstherren irgendwann Anfang des neunzehnten Jahrhunderts in Deutschland hingerichtet worden war. Des Weiteren freilich auch *Christa Lehmann*, auf deren Konto das gewaltsame Ende mehrerer Familienmitglieder in der Gegend von Worms vor mittlerweile auch schon fast zwanzig Jahren ging. Gemeinsam war diesen Morden nur, dass sie allesamt ausschließlich mit Gift begangen worden waren und die Opfer durchwegs nahe Angehörige oder der Täterin schon lange Zeit zuvor bekannte Personen gewesen waren.

Ausnahmsweise gab es aber auch historische Beispiele für bestialische Serienmörderinnen, die die Qualen und das Blut ihrer Opfer förmlich in sich aufgesogen hatten. Ad hoc fiel Peterson die russische Adelige *Saltytschicha* ein. Sie hatte ihre gleich mehrere Dutzend Opfer, fast ausschließlich junge Frauen, mit unvorstellbar sadistischer Folter zur Zeit von Katharina der Großen im ausgehenden achtzehnten Jahrhundert ins Jenseits befördert. Bevorzugt hatte sie ihre weiblichen Leibeigenen durch Verbrühen des Gesichtes mit kochendem Wasser gequält oder sie einfach nackt im strengen russischen Winter im Freien angebunden, bis ihre Leiber steif gefroren waren. Im Sommer hingegen verdursteten die angebundenen Mädchen bei dieser unmenschlichen Prozedur auch schon mal oder wurden einfach hilflose Opfer von wilden Tieren. Alleine hätte die adelige Russin die ganzen Morde vermutlich nicht begehen können, aber sie hatte genügend Helfer, die die armen Mädchen und Frauen festhielten oder knebelten, während *Saltytschicha* ihren unbändigen Zorn an ihnen ausließ.

Komplizen hatte auch die ebenfalls Adelige *Erzsébet Báthory* gehabt, die mehr als hundert Jahre zuvor in Ungarn gewütet hatte und wegen ihrer ausgeprägten sadistischen Neigung unter Historikern besser unter dem Beinamen „*Die Blutgräfin*" bekannt war. Auch sie hatte bevorzugt Geschlechtsgenossinnen getötet, indem sie sie bei Frosttemperaturen nackt im Freien stehen ließ und ihre Opfer dazu gerne auch mal mit kaltem Wasser übergoss, bis sie jämmerlich erfroren. Oder aber sie folterte sie mit glühenden Nägeln bis aufs Blut. Ihren markanten Beinamen hatte sie schließlich deswegen bekommen, weil sie ihre eigenen Dienerinnen oftmals so heftig biss, dass ihnen das rohe Fleisch von den Knochen hing. Wenn man den Berichten Glauben schenken konnte, gingen laut Historikern mehr als siebzig Todesfälle auf die Rechnung der ungarischen Blutgräfin.

21.
KAPITEL

Peterson wurde jäh aus seinen unschönen Gedanken gerissen, als Isabella endlich wieder von der Toilette zurückkam. Anders als zuvor setzte sie sich jedoch nicht mehr auf den Platz gegenüber, sondern direkt neben ihn an den Tisch.

„Wussten Sie, dass in Paris die verliebten Pärchen immer nebeneinander sitzen? Es gibt einem das Gefühl von aufregender Nähe beim Essen. Die Franzosen halten gemeinsam Essen für etwas sehr Intimes, fast schon wie einen innigen Kuss."

Peterson griff das Thema nicht auf.

„Sie sagten, Sie wüssten, wer der Mörder ist", kam er ohne Umschweife auf den Punkt.

„Nicht ich, sondern *das* hier wird Ihnen sagen, wer der Mörder ist." Sie knallte eine Straßenkarte auf den Tisch. Außer, dass der kolossale hellblaue Fleck wohl der Neusiedler See sein sollte, mangelte es dem Kommissar an Orientierungspunkten.

„Was soll ich damit?", fragte er hilflos.

„Ich sehe, das wird so nichts", seufzte sie. „Geben Sie mir nochmal diesen billigen Kugelschreiber."

An drei Stellen der Straßenkarte malte sie dunkelblaue Punkte.

„Hier", sie zeigte auf den ersten Punkt, der ein Dorf markierte, „liegt die Diskothek, bei der Marie-Christin das letzte Mal lebend gesehen wurde. Irgendwo in der näheren Umgebung ist sie – vielleicht freiwillig als Autostopperin oder aber unter Gewaltandrohung – vom Täter aufgeschnappt worden."

Von diesem Punkt aus zog sie eine feinsäuberlich gerade Linie zur nächsten Markierung, die irgendwo im See unweit des Schilfgürtels platziert war. „Und genau da ist die arme Marie-Christin von Eleonore, der kleinen Nichte von Kauffmann, im Schilfkanal aufgefunden worden."

Noch konnte Peterson nicht wirklich nachvollziehen, worauf die Journalistin eigentlich hinaus wollte. Abermals zog sie eine Linie, bis sie den dritten Punkt erreichte.

„Exakt an dem Platz liegt der abgebrannte Wehrmachtsbahnhof, bei dem heute Morgen die beiden Frauenleichen aufgefunden worden sind."

Ein letztes Mal zog sie eine Gerade, dieses Mal wieder zum Ausgangspunkt zurück, der die Diskothek markierte. Vor Peterson lag ein fast gleichschenkeliges Dreieck, in dessen Innenfläche sich außer einer Durchzugsstraße nichts befand. Erst als er genauer hinsah, konnte er verblüffend genau im Zentrum des Dreiecks ein einzelnes Gehöft sehen.

„Herzog", sagte Isabella ohne weitere Erklärung.

„Was?"

„Na, das ist der Name der Familie, die diesen Hof hier bewohnt. Sie haben die beiden, Siegfried und Magda Herzog, bei der Pressekonferenz gesehen. Ich hab Ihnen doch erzählt, dass das die Sonderlinge sind."

„Ein paar Punkte und ein Dreieck auf einer Straßenkarte? Ist das alles?" Peterson war enttäuscht. Das war bestenfalls eine kindische Spielerei.

„Wussten Sie denn nicht, dass die Herzogs bis vor einigen Monaten sehr bekannte Winzer waren und eine bildhübsche Tochter hatten, die selbst einmal Weinprinzessin war?"

Das überraschte Peterson tatsächlich.

„Nun, ihre Tochter Julia, ein Einzelkind, war nur für ein paar Monate in Amt und Würden“, fuhr Isabella fort, „dann erkrankte sie schwer an Leukämie. Das ist Blutkrebs.“

„Danke, ich weiß, was das ist. Fahren Sie bitte fort.“

„Jedenfalls hätte sie eine vernünftige Chance auf Heilung gehabt, wenn sie einen Knochenmarkspender gefunden hätten. Natürlich haben die Herzogs sofort alle Winzer im Bezirk um Hilfe gebeten. Sie sollten sich und ihre Familienangehörigen sowie die Dienstangestellten umgehend austesten lassen, ob irgendjemand als Spender in Frage käme. Es wären so weit mehr als zehntausend Chancen gewesen und die Ärzte sahen es als durchaus wahrscheinlich an, dass gleich einige davon kompatibel sein könnten, weil hier über die Jahrhunderte hinweg fast jeder mit jedem irgendwie weitschichtig verwandt ist.“

Isabella hielt inne und ihre Miene verfinsterte sich zusehends.

„Und was passierte dann?“

„Kaum ein Winzer ließ sich oder irgendeinen seiner Familienangehörigen austesten. Vielleicht war es der Neid auf die vielen Auszeichnungen, die Siegfried Herzog mit seinen Weinen gewonnen hatte, oder aber auf den Ruhm und die Schönheit der jungen Weinprinzessin selbst. Jedenfalls stellten sich einfach alle taub. Für die arme Julia gab es dann keine Rettung mehr. Knapp zwei Monate nach der Diagnose starb sie am Krebs. Und Sie werden es nicht glauben: Noch bevor Julia gestorben war, hatte der Winzerverband bereits eine Nachfolgerin für sie parat. Sie können sich vorstellen, wie entsetzt die Herzogs waren. Binnen weniger Wochen hatten sie den ganzen Weinbaubetrieb stillgelegt und sich komplett zurückgezogen. Man sagt, Magda Herzog sei dann komplett durchgedreht. Kauffmann musste sie ein paar Mal selbst einfangen, als sie, so wie Gott sie geschaffen hatte, am helllichten Tag in der Kirche vor dem Dechanten aufgetaucht war und dabei lauthals *Stille Nacht, Heilige Nacht* gesungen hatte, und das mitten im August."

Isabella schnalzte mit der Zunge. „Und ihr Mann wurde zum Einzelgänger. Er ließ sich an keinem Stammtisch mehr blicken und ernährt sich seit dem Tod seiner Tochter angeblich nur mehr von Gemüse."

Peterson verzog das Gesicht, um seine Abneigung gegen vegetarische Kost zu zeigen.

„Nun kommt aber das Beste. Was glauben Sie, wer die Nachfolgerin ihrer am Krebs verstorbenen Tochter war?"

Peterson musste nicht lange überlegen.

„Marie-Christin."

„Bingo!"

Peterson ließ die Informationsflut auf sich wirken. Konnte es tatsächlich sein, dass Magda und Siegfried Herzog den Winzern die Schuld an dem Tod ihrer geliebten Tochter gaben? Wäre die *verrückte Magda* dazu imstande, der Dienstmagd Hilda aus nächster Nähe mit einer Schrotflinte den Hinterkopf wegzuschießen? Es klang ein wenig abenteuerlich, aber er musste zugeben, das Motiv war insgesamt alles andere als unplausibel.

Isabella nippte am Weinglas. „Ich habe auch ein paar Erkundigungen über Sie eingeholt."

Überrascht hob der Kriminalpolizist die Augenbrauen.

„Ihre Akte ist blütenweiß, ja genau genommen gibt es gar keine Akte von Ihnen, weder bei der Polizei noch sonst wo. Selbst im Bundeskriminalamt kennt niemand Ihren Namen. Eigentlich seltsam, wo Sie doch dort arbeiten, finden Sie nicht auch, Peterson?"

Er schwieg, sein Blick wurde aber immer starrer.

„Ich hielt Sie schon für einen Geist, bis ich auf eine sehr exquisite Abteilung für innere Angelegenheiten gestoßen bin." Sie nahm noch einen Schluck Wein zu sich und schluckte ihn hastig hinunter. „Sie sind nicht primär hier, um mit dem Bezirksinspektor die Morde aufzuklären, nein, Ihr Observationsobjekt ist Kauffmann selbst."

Verblüfft überlegte Peterson, was er hierauf entgegnen sollte.

„Hmmm, ja, ich weiß nicht, wer Ihre Quelle ist, aber Sie haben nicht schlecht recherchiert", zeigte er sich sichtlich verwundert. „Dennoch hätten Sie sich Ihre Ermittlungen sparen können. Das tut nämlich nichts zur Sache."

Sie nahm noch einen Schluck vom Weißwein. Das Glas war beinahe leer.

„Ich weiß nun mal gerne, mit wem ich es zu tun habe", sie sah ihm in die graublauen Augen, „und das am besten, bevor ich es mit ihm tue."

Er hielt ihrem Blick stand und tat so, als ob er den Wink mit dem Zaunpfahl nicht verstanden hätte. Tatsächlich merkte er aber immer mehr, wie ihm die Kontrolle über die Konversation entglitt.

„Ich habe hier etwas für Sie. Es wird Ihnen gefallen", setzte sie fort und lächelte ihn kess an.

Geschickt zog sie seine Hand zu sich, platzierte auf seiner offenen Handfläche etwas Weiches und schloss seine Finger darum. Aus seiner Position konnte er nicht sehen, was es war, aber es fühlte sich flaumig und angenehm körperwarm an. Plötzlich wurde ihm klar, dass sie ihm ihren schwarzen Slip in die Hand gedrückt hatte. Sie musste ihn ausgezogen haben, als sie auf der Toilette gewesen war.

Nun konnte er nicht mehr anders und sah auch hinüber auf ihren Schoß. Isabella hatte ihr Kleid nur ein wenig über die Knie gezogen, ihre entblößten Oberschenkel schimmerten im Licht. Ohne Hast ließ sie ihre Hand unter den Saum des Kleides gleiten. Obwohl Peterson nicht mehr als die schwachen Umrisse ihrer Finger unter dem zinnoberroten Stoff zu erahnen vermochte, konnte er sich in seiner Fantasie ausmalen, was sie tat. Genauso unerwartet, wie sie damit begonnen hatte, hörte sie jedoch wieder auf und ließ die Hand wieder zum Vorschein kommen. Offensichtlich spielte sie nur mit ihm, aber er war unfähig, sich dagegen zu wehren. Als Nächstes spürte er ihren Zeigefinger auf seinen Lippen, sorgfältig die Linie seines Mundes nachzeichnend. Als ob dies nicht genug gewesen wäre, drang sie – bloß mit dem vordersten Teil ihrer Fingerkuppe – zu seiner Zungenspitze vor. Sie schmeckte süß. Dann stand sie wortlos auf und schlenderte mit gemächlichen Schritten zur Toilettentür. Als sie beinahe dort angekommen war, drehte sie sich auf dem Absatz um und lächelte den blonden Kommissar verführerisch und gleichzeitig lockend an, bevor sie schließlich in der Herrentoilette verschwand. Es verging keine Minute, bis er ihr folgte.

22.
KAPITEL

Seit einer kleinen Ewigkeit schon fuhr der Kommissar am Steuer des azurblauen Alfa Spiders mit der Journalistin neben sich am Beifahrersitz diese kerzengerade, von blätterlosen Akazien eingefriedete Allee entlang. Die Bäume sprangen im Licht der Scheinwerfer unwirklich wie Geisterskelette stets paarweise aus der Finsternis hervor. Die mit Schlaglöchern übersäte Straße schien dabei ihrer Bezeichnung immer weniger gerecht zu werden. Ja, man konnte fast meinen, diese von Meter zu Meter mehr zu einem unwegsamen Feldweg mutierende Landstraße, wollte die ungebetenen Gäste einfach abschütteln und schnurstracks gegen einen Baumstamm befördern.

„Bist du dir wirklich sicher, dass wir hier richtig sind?“, erkundigte sich ein hörbar zweifelnder Peterson.

„Nun, du wolltest ja unbedingt noch heute Nacht zu den Herzogs fahren“, ätzte Isabella.

„Vielleicht ist es dir nicht klar, aber für das vermisste Mädchen könnte es um jede Minute gehen.“

„Genau deshalb wird sie ja von euch auch erst seit Wochen *verzweifelt* gesucht“, antwortete sie sarkastisch.

Tatsächlich war hier einiges schief gelaufen, er ersparte sich aber eine weiterführende Erklärung. Verwundert musste er zudem feststellen, dass sie sich wie ein altes Ehepaar stritten. Dabei waren keine zwei Stunden vergangen, seit er ihr das erste Mal richtig näher gekommen war und das auch noch auf der Herrentoilette im Fischrestaurant, wo sie berauscht vom Wein, ohne auch nur ein Wort zu verlieren, wie zwei hungrige Tiere übereinander hergefallen waren. Irgendwann mittendrin hatte ein älterer Herr mit Gehstock aus wesentlich nahe liegenderen Gründen den Lokus aufsuchen wollen und sie beide eiskalt erwischt. Nach einer Schrecksekunde war der Greis mit angeekelter Miene, so schnell es eben ging, unverrichteter Dinge wieder aus der Toilette gehumpelt. Wirklich stören hatten sie sich davon freilich nicht lassen. Irgendwie kam es Peterson sogar vor, als ob Isabella es von Anbeginn an darauf angelegt hatte, erwischt zu werden.

„Hier, bieg rechts ab!“, kommandierte sie auf einmal.

Mit schleuderndem Heck schaffte Petersons kleines Sportcabriolet gerade noch die scharfe Kurve. Und da war es plötzlich: Wie aus dem Nichts baute sich vor ihnen die schmale Vorderfront eines Gehöfts auf. Im Vergleich zum prunkvollen Anwesen der Aigners wirkte dieser traditionelle, mit einfachem Schilf gedeckte Bau aber reichlich schmucklos und sogar ein wenig heruntergekommen. Einzig der geschwungene Giebel hob sich von der farblosen Fassade ab, ohne dabei jedoch wirklich kunstvoll zu wirken. Allerdings war dies nur der straßenseitig gelegene Wohntrakt, während sich bei solchen Anwesen im Anschluss daran für gewöhnlich die Wirtschaftsgebäude und Stallungen um einen lang gestreckten Innenhof – gleich einem Schlauch – leicht mehr als hundert Meter bis zum hinteren Eingang des Gehöfts erstreckten. Nicht selten hatten solche Gebäude auch noch tiefe Keller mit der üblichen, im Halbrund gepflasterten Decke, in denen die randvollen mannshohen Eichenfässer, eines nach dem anderen, fein säuberlich nach den unterschiedlichsten Weinen sortiert, aufgereiht standen. Obwohl Peterson in der Finsternis die vermutlich riesigen Ausmaße des Herzog-

Anwesens nicht einmal erahnen konnte, war er sich jetzt schon sicher: Dies konnte zweifelsohne ein Platz sein, wo man – notfalls auch für längere Zeit – ein Mädchen vor der Exekutive und verzweifelt suchenden Angehörigen erfolgreich verstecken konnte. Hilfeschreie würde hier draußen, fernab der Zivilisation, keiner hören.

Peterson löschte auf den letzten Metern die Lichter der Scheinwerfer und stellte den Motor ab, sodass sie fast lautlos und unsichtbar im Schutz der stockfinsteren Nacht bis fast vor das Eingangstor rollten. Aus den zwei kleinen vergitterten Fenstern an der Vorderfront des Gebäudes drang trotz geöffneter Fensterläden, von denen einer bereits bedrohlich schief hing, kein Lichtschimmer nach draußen. Das war nicht wunderlich, zeigte die Armbanduhr des Kommissars doch schon knapp nach Mitternacht an. Unter dem Fahrersitz holte Peterson eine Taschenlampe hervor und prüfte kurz mit schützend vor das Licht gehaltener Hand, ob sie auch tatsächlich funktionierte.

„Sag nicht, du willst da jetzt einbrechen?“, fragte Isabella ungläubig.

„Hast du eine bessere Idee? Sie werden uns kaum einladen, zu Mitternacht ihr Zuhause zu durchsuchen.“

„Vielleicht solltest du zuerst einmal einen Hausdurchsuchungsbefehl oder so etwas Ähnliches holen.“

„Aufgrund welcher Beweise sollte uns ein Richter so einen ausstellen? Soll ich ihm die Straßenkarte mit dem Dreieck vorlegen oder doch lieber gleich die Geschichte über die im Stich gelassene, leukämiekranke Tochter auftischen?“

Isabella nickte energisch. „Ja, das passt doch perfekt zusammen!“

„Nicht für einen verschrumpelten fünfundsechzigjährigen Richter. Der will handfeste Beweise und nicht bloß ein paar wacklige Indizien sehen, bevor er uns das Zuhause und die Intimsphäre eines bis auf ein paar Verrücktheiten bislang unbescholtenen Ehepaars auf den Kopf stellen lässt."

Wieder einmal setzte Isabella zum Schmollen an, überlegte es sich schließlich aber doch noch anders. Unterdessen hantierte Peterson bereits am Schloss des doppelflügeligen Eingangstors herum.

„Ich finde das furchtbar aufregend", gab Isabella dann trotz ihrer anfänglichen Bedenken zu, „mitten in der Nacht in ein fremdes Haus einzubrechen, das hat schon fast etwas *Erregendes.*"

„Man gewöhnt sich mit der Zeit daran, im Dreck anderer Leute zu wühlen", erklärte er lapidar und schon sprang die Tür auf. „Voilà!"

Vorsichtig knipste der Polizist die Taschenlampe an. Im breitstrahligen, aber mit der Entfernung schnell energieloser werdenden Lichtkegel, tauchte vor ihnen ein geräumiger, bis auf ein paar an den kahlen Mauern gestapelte Strohballen völlig vakanter Eingangsraum mit hoher Decke auf. So lautlos, wie es auf dem mit Steinplatten hart gepflasterten Boden überhaupt möglich war, schlichen sie vorwärts, jedoch mündete das Ende des Raumes schon bald wie ein schwarzes Loch in den lang gezogenen, zum schwarzen Himmel hin offenen Innenhof. Zuvor führte aber noch zu beiden Seiten je eine unscheinbare Tür aus sorglos zusammengefügten Holzbrettern tiefer in das Gebäude hinein.

„Rechts oder links?", ließ er Isabella die Wahl.

Nach flüchtiger Überlegung wandte sie sich der linken Tür zu.

Schon beim ersten Schritt in den Raum drang ihnen jedoch widerlicher Verwesungsgestank entgegen. Instinktiv hielt sich Isabella die Hand vor Mund und Nase, als sie auf den unter ihren Schritten knarrenden Holzdielen weiter vordrangen. Der Boden war übersät mit herumliegenden Werkzeugen, deren Verwendungsmöglichkeit Peterson nicht einmal erraten konnte. Dazwischen fristeten zahllose vertrocknete Kukuruzkolben und Körner auf vergilbtem und zumeist zerknülltem Zeitungspapier ihr Dasein.

„Hier siehst du mal, wo die Artikel deiner Schreiberzunft schlussendlich landen", wisperte er ihr ins Ohr.

Im tanzenden Lichtschein der Taschenlampe erkannte er als Nächstes eine Reihe unterschiedlich großer Sicheln, die ungeordnet zwischen verrosteten Schaufeln, Äxten und Krampen an die Mauer gelehnt herumstanden. Eine mit unscheinbarem Krimskrams völlig überfüllte Werkbank samt einem seitlich angebrachten Schraubstock, in dem ein kurios verbogenes Metallstück klemmte, tauchte unheimlich aus dem Dunkeln auf. Plötzlich hörte Peterson hinter sich einen kurzen, erstickten Schrei. Rasch wandte er sich um, strahlte mit der Taschenlampe jedoch nur in die vertrauten, nun jedoch verängstigt geweiteten Augen der Journalistin.

„Tut mir leid. Ich hasse Spinnweben wie die Pest", japste sie und blickte dabei höchst verschämt drein.

„Hoffen wir mal, dass dich niemand gehört hat", flüsterte er und nahm seine Begleiterin an der Hand, damit sie nicht noch einmal irgendwo im Dunkeln die Nerven verlor. Eigentlich hätte er Isabella, nachdem was er bisher von ihr mitbekommen hatte, doch ein wenig tapferer eingeschätzt. Offenbar nahm sie den Mund manchmal doch etwas zu voll.

So lautlos wie Indianer schlichen sie weiter. Einige leere, uralt aussehende Weinflaschen kugelten gemeinsam mit einer Unmenge an Korken und ungeöffneten Walnüssen am Boden herum. Peterson konnte gerade noch mit einer artistischen Einlage verhindern, eine herumliegende Walnuss auffällig geräuschvoll unter den Schuhen zu zertreten, da blieb Isabella schon wieder stehen und zupfte ihren Begleiter wie von Sinnen am Hemdsärmel.

„Leuchte doch mal da rüber, bitte“, stotterte sie ängstlich.

Peterson ließ den Lichtkegel der Taschenlampe über die grob geweißte Wand gleiten. Ein mächtiges, aber reichlich von Spinnweben und Staub bedecktes Wagenrad, so wie es noch vor zwanzig Jahren für Pferdekutschen verwendet worden war, hing dort, ansonsten war jedoch nichts von Bedeutung zu erkennen.

Isabella wurde immer zappeliger. „Nein, leuchte tiefer, da auf diese Plane oder was das auch immer sein soll!“

Als er den Lichtschein auf den Boden unter dem Wagenrad richtete, entdeckte auch er die blau-schwarz karierte Decke, unter der sich eine Silhouette, die der Umrisslinie nach durchaus auch einem menschlichen Körper gehören konnte, abzeichnete. Aber nicht nur das: Unmittelbar daneben steckten zwei kolossale Fleischermesser im Holzboden. Die Klingen waren über und über mit einer im matten Schein der Taschenlampe dunkelrot schimmernden Flüssigkeit überzogen. Knisternde Spannung lag in der Luft, als der Kommissar sich furchtlos zu der Plane hinunterkniete und vorsichtig daran zu ziehen begann. Isabella wich in Erwartung des nächsten Schreckens gleich einige Schritte zurück, sogar soweit, bis sie mit dem Rücken an der gegenüberliegenden feuchtkalten Wand anstand.

Was auch immer unter der Plane lag, es war der Ausgangspunkt für den bestialischen Verwesungsgestank, dessen war sich Kommissar Peterson schnell bewusst. Denn je mehr er von dem, was sich noch unter der Decke befand, freilegte, desto vehementer fiel dieser höchst unangenehme Geruch über ihn her. Etwas, das wie ein Büschel Haare aussah, kam zum Vorschein. Gleich würde er erkennen können, was sich hier verbarg. Verdutzt hielt er jedoch inne, als er plötzlich hinter sich aus Richtung der Tür das verräterische Klicken einer Flinte hörte.

„Das würde ich an Ihrer Stelle schön sein lassen! Hoch mit den Pfoten!“, kommandierte eine reife weibliche Stimme aus der Finsternis.

Nach hastigem Abwiegen verschiedener Reaktionsmöglichkeiten ließ Peterson die Taschenlampe abrupt fallen und hob gehorsam die Hände über den Kopf. Wie von Geisterhand bewegt, rollte die Lampe zwischen Walnüssen, Korken und Flaschen hindurch zielsicher über die unebenen Holzbretter des Fußbodens. Die verschreckt an der Mauer lehnende Isabella wurde vom Lichtkegel geblendet und musste dabei mehrmals blinzeln. Normalerweise hätte sie als Schutz vor dem grellen Schein die Hände vor die Augen gehalten, stattdessen hielt sie ihre Finger verkrampft über dem Kopf. Als Nächstes kamen die Sicheln in den Fokus der Taschenlampe. Aus diesem schrägen Winkel von unten angestrahlt, wanderten ihre unheilvollen Schatten bis über den Plafond. Hier im Halbdunkeln war gut nachvollziehbar, warum der Leibhaftige, endlosen Schrecken verbreitend, stets mit diesem Instrument dargestellt wurde. Dessen ungeachtet verlor mit der zunehmend schwächer werden Rollbewegung der Lampe auch das Licht an Dynamik. Bevor beides allerdings seine Endposition fand, glitt der helle Schein für drei Herzschläge lang über eine hagere, nichtsdestotrotz auffallend groß gewachsene und in einen wohl schon hundert Jahre alten Morgenmantel fest eingewickelte Frau, der das grauweiße Kopfhaar wie nach einem Stromschlag in alle Richtungen abstand. Wenngleich sie selbst noch relativ harmlos aussah, die schussbereit auf ihn gerichtete doppelläufige Schrotflinte tat dies jedenfalls nicht.

„Ich bin von der Kriminalpolizei, mein Name ist …“

„Namen sind was für Grabsteine und es interessiert mich nicht, was Sie beruflich machen. Was zählt ist, dass Sie und diese Schlampe hier bei uns mitten in der Nacht eingebrochen sind. Wenn Sie jetzt auch noch nach einer Waffe greifen, mache ich Sie beide endgültig kalt und wäre noch dazu im Recht.“

„Ich denke nicht, dass das Notwehr …“

„Ach, was Sie denken ist mir ebenfalls schnurz“, schnauzte sie ihn an. „Raus aus unserem Haus!“

Wenngleich die rüde Art der reschen Alten fast schon Ähnlichkeiten zu Kauffmann aufwies, war der Tonfall, wenn sich Peterson nicht völlig irrte, doch wesentlich weicher als bei dem cholerischen und misanthropischen Inspektor, dem er grundsätzlich alles zutrauen würde. Eventuell stellte die Frau hier nur eine qualvoll demonstrierte Härte zur Schau, war aber unter normalen Umständen ganz umgänglich.

Verstohlen riskierte der Kommissar aus dem Augenwinkel heraus einen Blick auf die im Halbdunkeln gerade noch erkennbare Decke und fragte sich, ob eine realistische Möglichkeit bestand, dass darunter tatsächlich die vielleicht sogar noch frische Leiche des vermissten Mädchens versteckt sein konnte. Wenn er jetzt unverrichteter Dinge von hier abzog, würde er keine Chance auf Gewissheit mehr bekommen, denn selbst für den unwahrscheinlichen Fall, dass irgendein Richter geistig beschränkt genug sein sollte, ihm aufgrund der schwachen Beweislage wider die Dienstvorschriften einen Durchsuchungsbefehl auszustellen, wäre bis dahin jegliches belastende Material doch längst beseitigt worden.

Er fasste sich ein Herz und riss fest an der Plane. Hinter ihm löste sich ein Schuss. Instinktiv ging er in Deckung. Verputz rieselt auf sein Haar. Isabella schrie auf und kauerte sich auf den kalten Holzboden. Sie war aber, ebenso wie er selbst, offenbar unverletzt.

„Das nächste Mal ziele ich nicht auf den Plafond", verkündete die Alte im Türrahmen. Das glaubte ihr Peterson aufs Wort.

Wenngleich sich ihre Situation nicht wirklich gebessert hatte, so hatte er nun wenigstens die Decke ausreichend weit wegziehen können, um zu sehen, was unter ihr verborgen war.

„Deswegen wollten Sie sich erschießen lassen?", spottete die bewaffnete Frau und deutete mit der Schrotflinte auf den reglosen Kadaver, den Peterson eben freigelegt hatte. „Wir haben dieses Kalb geschlachtet, nachdem es seit Tagen nur mehr wie von Sinnen im Kreis gelaufen war und andere Kälber blutig gebissen hatte. Jetzt liegt es da, bis der Tierarzt es zur Untersuchung abholt. Aber was sage ich Ihnen da, das geht Sie beide rein gar nichts an! Raus jetzt!"

Weiterer Widerstand würde nur zu einer unnötigen Eskalation der ohnehin schon gereizten Lage führen, analysierte Peterson scharfsinnig. Heute war jedoch nicht aller Tage Abend. Seine Zeit würde schon bald kommen.

23. KAPITEL

November 1970

Bloß mit einem doppelt gerippten, ehemals wohl blütenweißen, jetzt aber nur mehr blassgrauen Unterhemd, sowie einer löchrigen, ungustiösen Unterhose bekleidet, nahm Bezirksinspektor Kauffmann zum Abendessen mit seiner Gattin am Küchentisch Platz. Dennoch schwitzte er wie ein Schwein. Kaum hatte es draußen mal Temperaturen unter dem Gefrierpunkt, musste er für seine Frau den wuchtigen Ölofen im Esszimmer bis zum Maximum anheizen. Ansonsten laberte sie ihn die ganze Zeit damit voll, dass ihr das Hirn einfrieren würde. Kauffmann bezweifelte stark, dass so etwas biologisch überhaupt möglich wäre.

So oder so, er brauchte jetzt mal eine kühle Erfrischung. Mit einem geräuschvollen *Plopp* ließ er von seiner dunkelbraunen Bierflasche den Kronkorken durch die Luft segeln. Nach einem kurzen Flug landete der Blechverschluss verkehrt herum kaum zehn Zentimeter vor der feuchten Schnauze des im Eck auf seinem Fleckerlteppich faul herumlungernden braun-schwarzen Schäferrüden *Ringo*. Dieser stellte bei diesem, für ihn durchaus gewohnten Geräusch nicht einmal die Ohren auf und das, obwohl er früher einmal Polizeihund gewesen war, aber nach sieben Dienstjahren und einem herzhaften Biss ins Wadl seines eigenen Hundeführers außer Dienst gestellt worden war.

Heute, im biblischen Alter von fünfzehn Jahren, würde er wohl nicht einmal mehr bei einem Einbrecher anschlagen, aber für Kauffmann war das nicht von Belang, immerhin hatte auch der ergraute Köter irgendwann eine Pension verdient.

Entspannt nahm der Inspektor einen kräftigen Schluck direkt aus der Flasche. *Nichts geht über ein eiskaltes Bier*, dachte er bei sich, rülpste deftig und schaufelte den nächsten Löffel aus der dampfenden serbischen Bohnensuppe in seinen gewaltigen Schlund. Über die konvexe Mattscheibe des auf der Kredenz platzierten Schwarz-Weiß-Fernsehers flimmerte kurz und bündig die Anfangssequenz der Abendnachrichten, bis schließlich eine abartig platinblonde Nachrichtensprecherin mit blutroten trotzigen Lippen á la Brigitte Bardot verkündete, dass heute der 10. November war. Kaum, dass die Begrüßung der Zuseher vorüber war, begann das Fernsehbild des Nachrichtenstudios aufgeregt zu flackern und rauschen. Keine Sekunde später verstummte auch noch der Ton, um gleich darauf als schlichtweg infernalisches Zischen wieder zurückzukehren. Schlussendlich hatte es ganz den Anschein, dass ein ausgewachsener Schneesturm in der Röhre tobte. Aufs Ordinärste fluchend, trottete Kauffmann zu der alten Kiste hinüber. Energisch, aber sichtlich ahnungslos, fuchtelte er an der Zimmerantenne herum. Nachdem auch das nicht zum gewünschten Ergebnis führte, ja das Bild sogar noch verschlimmerte, schlug er mit seiner gewaltigen Pratze einmal kräftig auf den Flimmerkasten, worauf dieser augenblicklich wieder zu einem rauschfreien scharfen Bild samt verständlichem Ton zurückkehrte. Zufrieden grunzend setzte er sich wieder zu Tisch und wartete mehr oder weniger gespannt auf die Neuigkeiten des Tages.

Die junge Nachrichtensprecherin las unsicher den vorgefassten Text von einem Blatt Papier ab. Ganz offensichtlich war sie noch unerfahren und machte bei der ganzen Präsentation einen mehr als nur ein wenig nervösen Eindruck.

„Frankreich. Der ehemalige französische, äh, Präsident Charles de Gaulle ist gestern Nacht nur zwei Wochen vor seinem achtzigsten Geburtstag überraschend gestorben." Im Hintergrund wurde ein unscharfes Jugendbild eines Mannes in Militäruniform eingeblendet. „De Gaulle war zur Zeit des Zweiten Weltkrieges Vorsitzender der französischen Exil-Regierung und prägte, äh, von 1959 bis 1969 als Präsident die Fünfte Republik. Er hinterlässt eine Frau und zwei Kinder." Eine kurze Atempause und ein weiteres in die Länge gezogenes „äh" folgten. Unterdessen nuckelte Kauffmann wie ein Kleinkind an der halb vollen Bierflasche.

Kaum hatte der zweite Bericht über eine Verlängerung der Feuerpause im Nahen Osten begonnen, faselte seine Frau wieder einmal irgendetwas in der Art, dass die Kinder Geld bräuchten, dieses Mal angeblich für ein neues Automobil oder so ähnlich. Kauffmann versuchte nicht hinzuhören. Die unsichere Platinblonde im Fernsehen kündigte inzwischen gerade eine Reportage über Papst Paul IV. an, der sich in Hinkunft um bessere Beziehungen zu China bemühen wollte. Nicht, dass ihn der alte Mann mit dem weißen Käppchen besonders interessiert hätte, aber bei dem ständigen Gelaber seiner Alten konnte Kauffmann den Fernseher kaum mehr hören. Nach einem hastigen Schluck Bier stand er deshalb auf und drehte den Lautstärkeknopf auf Maximum.

„Wir kommen nun nach Deutschland. Nach dem zeitgleichen Überfall auf drei Berliner Banken am 29. September, bei dem über 217.000 Deutsche Mark erbeutet wurden, wird nun vermutet, dass sich zwei Hauptverdächtige der Baader-Meinhof Gruppe mit einem Teil der Beute nach Spanien abgesetzt haben." Kurz hintereinander flimmerte je ein Foto von Andreas Baader und Ulrike Meinhof über die Mattscheibe.

Ein kurzer Nachrichtenblock mit Inlandsmeldungen folgte, der hauptsächlich die schon seit Wochen ausgetragene Diskussion über die Einführung von Tempolimits für Autos zum Inhalt hatte, und schon wieder gab irgend so ein Besserwisser seinen Saft dazu ab. Kauffmann wollte den Kasten schon abschalten, als ein wesentlich interessanterer Beitrag angekündigt wurde.

„In der Weinbauregion Neusiedler See wurde heute mit Spannung die Präsentation der neuen Weinprinzessin erwartet. Die glückliche Auserkorene ist die sechzehnjährige Eleonore Hartmann, die nun für ein Jahr lang den Titel Eleonore I. tragen wird. Fräulein Hartmann folgt damit der Weinprinzessin Marie-Christin I. nach, die unter noch immer nicht vollständig geklärten Umständen im September dieses Jahres im Neusiedler See ertrunken ist." Zum Abschluss des Berichtes wurde im Hintergrund ein Foto von Kauffmanns Nichte Eleonore eingeblendet.

Kauffmann fiel vor Schreck eine Bohne vom Löffel und kullerte unter Hinterlassung einer ungustiösen hellbraunen Spur über das fein gerippte Unterhemd hinunter, bis sie am dicken Bauch des Bezirksinspektors zu liegen kam.

„Peterson!", brüllte er wutentbrannt und schlug mit der Faust derart hart auf den Küchentisch, dass die Teller rhythmisch auf und ab hüpften. Sogar die Bierflasche kippte um. Der letzte Rest des Gerstensaftes ergoss sich über den ausgebleichten Linoleumfußboden.

Wie konnte er diesem *Hurensohn* auch nur die Ermittlungen in dem Fall überlassen? Jetzt sieht man, was man davon hat: Sollte nun seine eigene geliebte Nichte als Lockvogel die Spur zum Täter legen? Ändern, das war Kauffmann trotz seines Wutausbruches klar, konnte er nun freilich nichts mehr daran, denn mit einem solchen Bericht in den bundesweiten Abendnachrichten war das Kind gerade zur Zielscheibe für diesen perversen Mörder geworden. Peterson hätte ihr gleich ein Schild mit *„Bitte verschleppe und missbrauche mich!“* umhängen können.

Dabei fiel ihm auch noch ein, dass er seit zwei Wochen keinen Bericht mehr von dem Wiener Kommissar bekommen hatte. Sauer griff er zum Telefon und rief am Gendarmerieposten an. Peterson sollte morgen in der Früh zum Rapport bei ihm erscheinen, notfalls müsste ihn Hilfsgendarm Berger unter Gewaltanwendung festnehmen und in Handschellen vorführen.

Am darauf folgenden Morgen erschien der Kriminalpolizist jedoch gänzlich freiwillig im Büro. Wortlos ließ Peterson die rüden Beschimpfungen und haltlosen Vorwürfe des Postenkommandanten über sich ergehen, bis sich Kauffmann endlich etwas beruhigte und den fünfzehnseitigen Bericht des Kommissars hastig überflog. Darin war die Rede von Verdachtselementen gegen Siegfried und Magda Herzog, Vermutungen über ein Motiv im Zusammenhang mit der verstorbenen Tochter und irgendein unverständliches Gefasel über ein gezeichnetes Dreieck auf einer Straßenkarte.

„Das alles geht mir völlig am Arsch vorbei, Peterson.“ Kauffmann warf den Bericht in den Papierkorb. „Wieso haben Sie nicht verhindert, dass gerade meine Nichte als Nächste diesem Wahnsinnigen zum Fraß vorgeworfen wird?“, warf er dem Kommissar zornig an den Kopf.

„Ich habe mit der Entscheidung des Winzerverbandes nicht das Geringste zu tun“, rechtfertigte sich der Angegriffene betont sachlich. „Nach dem, was ich in Erfahrung gebracht habe, war Eleonore einfach die Nächste auf dieser ominösen Liste. Überhaupt wundert mich, warum Ihnen das nicht einmal Ihr eigener Bruder erzählt hat, denn allem Anschein nach war er es, der seine Tochter schon vor Langem dem Winzerverband für dieses Amt vorgeschlagen hat.“

Ja, diese Frage hatte sich Kauffmann auch schon gestellt und obwohl er die halbe Nacht kein Auge zugemacht hatte, keine Antwort darauf gefunden. Was er sich allerdings eingestehen musste, war die Tatsache, dass ihm das ganze Geschwafel seines überehrgeizigen Bruders über dessen Weinbauerei schon seit Jahren mächtig zum Halse raus hing. Kauffmann schneite – nicht zuletzt auch wegen der rüden Art seines Bruders – allenfalls noch zum Besuch von Eleonore in dessen Haus hinein. Außerdem konnte man nie wissen, wann seinem älteren Bruder wieder mal die Hand auskam. Da verkroch sich selbst ein gestandener Gendarm in die sichere Deckung.

Die arme Eleonore! Das brave Mädel hatte dieses Raubein als Vater bei Gott nicht verdient. All das ging diesen Großstadtpolizisten, der hier in seinem Revier herumwilderte, freilich nicht die Bohne an.

„Und was haben Sie jetzt vor?“, erkundigte sich der Gendarm.

Peterson überlegte kurz, bevor er antwortete. „Eigentlich werden wir nicht viel machen. Ich habe noch gestern Abend persönlich mit Eleonore gesprochen und sie über den Ernst der Lage aufgeklärt. Sie soll sich ab jetzt einfach so benehmen, wie es von einer Weinprinzessin erwartet wird: Weinmessen eröffnen, dem Tourismusverband als

Werbefigur zur Verfügung stehen und der Weinsegnung in der Pfarre beiwohnen."

„Ich kann mir nicht vorstellen, dass der Mörder sie ernsthaft aus der Pfarre heraus verschleppen wird", lästerte der Bezirksinspektor.

„Nun, offenbar sind alle Mädchen beim Autostoppen entführt worden. Wir werden Eleonore daher Samstagabend vor der Diskothek einfach autostoppen lassen."

„Sind Sie jetzt komplett wahnsinnig? Das ist ja wie eine Einladung für diesen Perversen!"

„Kauffmann, beruhigen Sie sich", forderte er den aufgebrachten Gendarmen mit bewusst ruhiger Stimme auf. „Ich werde Eleonore nicht aus den Augen lassen. Wenn der Täter Kontakt mit ihr aufnimmt, lasse ich die Falle beinhart zuschnappen!"

Kauffmann kratzte sich am Kopf. Der Plan war einfach hirnrissig, andererseits wurde trotz aller Anstrengungen noch immer ein Mädchen vermisst und der Druck der Gemeindebürger sowie der Medien nahm stetig zu. Wenn das Vorhaben schief ging, würde Eleonore jedoch in der Falle sitzen und vielleicht müsste er selbst sie dann einige Tage später mit aufgeschlitztem Bauch und heraushängenden Gedärmen aus dem See bergen. Kauffmann stellten sich alleine schon bei dem Gedanken daran die Nackenhaare auf. Aufgebracht baute er sich wie ein wild gewordener Grizzly vor dem Kommissar auf und setzte zu einem mächtigen Brüllen an.

„Ich werde Ihnen, Peterson, höchstpersönlich die Eier abschneiden, wenn Eleonore etwas zustößt. Außerdem machen Sie ab jetzt keinen einzigen Schritt mehr ohne mich!"

24. KAPITEL

Frustriert klappte Eleonore den breiten Lammfellkragen des flauschigen Wintermantels hoch, trotzdem fror sie bis auf die Knochen. Als ob die für November ohnehin schon üblichen Minusgrade nicht genug gewesen wären, hatte jetzt, knapp nach elf Uhr abends, auch noch ein eisiger Nordwind eingesetzt, der ihr unentwegt ins Gesicht blies.

Zuvor war sie mehr als drei Stunden lang von ihrem Onkel und diesem Kriminalkommissar aus Wien bis ins kleinste Detail auf die heutige Aktion vorbereitet worden. Nichtsdestotrotz kam zu den frostigen Temperaturen nun auch noch beklemmende Nervosität in ihr auf. Eigentlich sollte sie ja bloß das machen, was sie jeden Samstagabend tat, nämlich per Autostopp von der Diskothek nach Hause fahren. Aber mit ihrer Wahl zur Weinprinzessin, von der sie schon seit jüngster Kindheit immer geträumt hatte, war sie nun – nach Ansicht ihres Onkels – offenbar zum Lockvogel für einen bestialischen Serienmörder geworden. Keinesfalls, das hatte ihr ihr Onkel zur Genüge eingebläut, sollte sie daher in einen der anhaltenden Wagen einsteigen. Wenn sie diese Regel befolgte, würde die heutige Aktion auch völlig ungefährlich für sie sein.

Während Eleonore an der menschenleeren Hauptstraße mit erhobenem Daumen versuchte, Autofahrer zum Anhalten zu bewegen, registrierten ihre Aufpasser aus einem unauffälligen Zivilauto heraus, keine hundert Meter entfernt, die Kennzeichen all jener Wagen, die für sie stehen blieben, um dann im Nachhinein die Halter festzustellen. In der guten halben Stunde, die sie sich nun schon im fahlen Gelblicht der Straßenlaterne hier die Beine in den Bauch gestanden hatte, war aber bloß ein einziges verdammtes Auto, irgendeine stinknormale weiße Mercedes-Limousine, kurz stehen geblieben. Nachdem sie für den Fahrer mit Hut dann jedoch nur eine äußerst fadenscheinige Ausrede parat hatte, warum sie doch nicht mitfahren wollte, hatte sie dieser sogar als *Nutte* beschimpft und ist einfach davongebraust. Wie ein Mörder hatte er im Halbdunkeln – trotz seiner Unfreundlichkeit – nicht ausgesehen. In der nächsten Viertelstunde passierten sie zwei weitere Autos, ohne aber auch nur ansatzweise anzuhalten.

Sie sah auf die Uhr. Noch fünfzehn Minuten bis Mitternacht, dann sollte die Aktion für heute vorbei sein. Es begann leicht zu schneien. Mit kleinen Schritten spazierte sie am Straßenrand auf und ab, in der vergeblichen Hoffnung, sich damit ein wenig aufwärmen zu können. *Du musst dir nur vorstellen, dass du zuhause vor dem offenen Kaminfeuer sitzt*, redete sie sich immerzu ein, aber freilich half das herzlich wenig gegen die eisige Novemberkälte.

Wieder kam ein Wagen um die Kurve. Als er sich näherte, verlangsamte er seine Geschwindigkeit und hielt schließlich exakt auf ihrer Höhe an. Eleonore wollte eben durch das Seitenfenster in das Innere des Wagens hineinspähen, als auch schon die Beifahrertür geöffnet wurde. Im gedämpften Licht der Armaturen konnte sie zwar außer den Konturen eines Gesichtes kaum Details erkennen. Aus der Kleidung schloss sie aber, dass sie es mit einer noblen alten Dame zu tun hatte, die ganz offensichtlich alleine unterwegs war.

„Du armes Mädel stehst hier in dieser Eiseskälte. Weißt du nicht, dass Autostoppen heutzutage wirklich gefährlich sein kann. Wohin willst du denn?“

Eleonore überlegte, was sie sagen sollte. Nachdem ihr jedoch nichts Besseres einfiel, nannte sie einfach ihren Wohnort.

„Na, so ein Zufall. Ich bin gerade am Weg dorthin!“ Im schummrigen Lichtschein konnte Eleonore ein liebenswürdiges Lächeln ausmachen.

Mist! Was sollte sie nun tun? Sie war sich sicher, dass diese galante Dame keinesfalls der gesuchte Mörder sein konnte und es war jetzt mehr als nur ein wenig peinlich, einfach *nein* zu dem zuvorkommenden Angebot zu sagen.

Etwas hilflos sah sie sich nach dem Wagen von Kauffmann und Peterson um. Dieser stand aber weiterhin unbewegt auf seinem Platz. Zwar konnte sie auch dort keine Gesichter im Inneren des Autos erkennen, sie war sich aber sicher, dass sich ihr pflichtbewusster Onkel gerade das Kennzeichen des Wagens der netten Dame notieren würde.

„Wie ist denn dein Name, Kindchen?“, fragte die Frau aus dem Auto.

Einen Moment dachte sie daran, einfach einen Fantasienamen zu erfinden, aber es war zu spät und sie zu müde, um dabei glaubhaft zu wirken.

„Na, komm schon, Eleonore, du musst ja fürchterlich frieren! Steig ein, ich bring dich bis vor die Haustür“, lockte die Dame.

Was hatte sie schon zu verlieren? Sie musste ohnehin bald zurück. Da konnte sie doch gleich mit der zuvorkommenden Frau mitfahren. Noch einmal warf sie einen Blick zum Zivilfahrzeug ihres Onkels, signalisierte ihm mit dem Daumen nach oben, das alles in bester Ordnung war, und stieg ein.

25.
KAPITEL

Fassungslos starrte Kauffmann durch die Windschutzscheibe auf die Szene, die sich vor ihm abspielte. Gutgläubig, wie sie nun mal war, kletterte seine kleine Nichte Eleonore doch tatsächlich in den perlmuttfarbenen Citroën DS. Hatte er heute nicht immer und immer wieder auf sie eingeredet, dass sie keinesfalls zu einem Fremden ins Auto steigen sollte? Für einen Moment quälten ihn Gewissensbisse. Seine Nichte dürfte überhaupt nicht hier sein. Er tröstete sich aber sogleich mit dem Gedanken, dass Eleonore höchstwahrscheinlich nur von irgendeinem harmlosen Wohltäter, der mit ihr da draußen in der Eiseskälte Mitleid hatte, mitgenommen worden war.

Seine Annahme wurde jäh erschüttert, als die helle Limousine, kaum dass Eleonore die Beifahrertür zugezogen hatte, mit quietschenden Reifen davonbrauste. Noch bevor Kauffmann überhaupt ein Kommando geben konnte, hatte Kommissar Peterson, hinterm Volant sitzend, schon den Wagen gestartet und nahm mit gequält aufheulendem Motor hurtig die Verfolgung auf. Bald schon ließen sie die letzten Wohnhäuser hinter sich und jagten in die pechschwarze Nacht hinein, den winzigkleinen rot glühenden Rücklichtern des Citroëns hinterher. Vor ihnen erstreckte sich laut Straßenkarte ein kilometerlanges Stück Landstraße zwischen baumlosen Weingärten.

Dicke Schneeflocken klatschten unentwegt auf die Windschutzscheibe. Trotz eingeschalteter Scheibenwischer konnte der Kommissar bald schon nur mehr erahnen, wo die Straße aufhörte und die Weinberge anfingen. Dennoch drückte er das Gaspedal bis zum Bodenblech durch und drosch die Gänge, einen nach dem anderen, erbarmungslos ins laut kramende Getriebe hinein. Der Motor des Wagens fühlte sich dennoch kraftlos und zäh wie ein alter Kaugummi an. Nur mühsam gewann das Fahrzeug an Fahrt. Zwischendurch erschien es ihm trotzdem so, als ob sie den Abstand zum Fluchtauto verringern konnten. Tatsächlich vergrößerte sich die Distanz jedoch schleichend, bis sie bald auf einige Hundert Meter angewachsen war. Insgeheim fluchte er bereits, dass er für die Überwachung nicht seinen italienischen Sportwagen, sondern diesen zwar robusten und unauffälligen, dafür aber elendig langsamen Ford Taunus als fahrbaren Untersatz gewählt hatte. Immerhin hatte ja auch niemand damit gerechnet, dass sie heute Abend eine Verfolgungsjagd machen müssten. Zu allem Überdruss hatten nun sowohl der Schneefall als auch der Wind überraschend stark zugenommen und das Sichtfeld massiv eingeschränkt.

Davon unbeeindruckt hockte Kauffmann stillschweigend und vom Schock, dass seine Nichte offenbar eben verschleppt worden war, gelähmt im Beifahrersitz. Im Geiste erinnerte er sich gerade daran, wie er mit Eleonore, als sie kaum sieben gewesen war, sonntags häufig auf den See hinaus zum Fischen gefahren war. Als sie dann älter war, hatte er sie auch auf die Jagd mitgenommen. Er hatte ihr gezeigt, wie man die armen angeschossenen Tiere durch einen raschen Genickbruch von ihren Qualen erlöst. Dabei war ihm die ihm die brave Eleonore stets näher als seine eigenen reichlich verzogenen Töchter gewesen. Jetzt fühlte er sich aber nur mehr wie ein hilfloser Passagier, der – die sich anbahnende Tragödie direkt vor den Augen sehend – jeglicher Aktionsmöglichkeit beraubt worden war. Denn nachdem der Ford kein Dienstfahrzeug war, konnte er mangels Funkgerät nicht einmal Unterstützung von seinem Posten anfordern.

Während Kauffmann mucksmäuschenstill seinen düsteren Gedanken nachhing, verlor Peterson am Volant des Ford Taunus im heftigen, die Straße mehr und mehr zuwehenden Schneesturm zeitweise sogar komplett den Sichtkontakt zu dem hell lackierten Citroën. Spätestens jetzt dämmerte auch dem Kriminalkommissar, dass hier gerade einiges gehörig schief lief.

Schon hatte er die Hoffnung verloren, das Fluchtfahrzeug doch noch einzuholen, als zu seiner eigenen Überraschung die Rücklichter vor ihm plötzlich wieder markanter und größer wurden. Dieses Mal war es keine bloße Einbildung. Bald konnte er die ersten verschwommenen Konturen der Limousine erkennen. Auch Kauffmann erwachte nun aus seiner Lethargie und presste die breite Nase an die Windschutzscheibe, als ob er damit besser durch den Schneesturm sehen könnte. Je näher sie dem Fahrzeug vor ihnen kamen, desto stutziger wurde er jedoch. Statt des elegant geformten französischen Fließhecks schien die Silhouette des Wagens vor ihnen eine Spur zu kantig zu sein. Sein aufkommender Zweifel wurde bestätigt, als sie das Fahrzeug schließlich überholten. Welche Automarke es auch immer war, es handelte sich ganz offensichtlich nicht um den Fluchtwagen, von dem weit und breit nichts mehr zu sehen war.

Kauffmann stieß einen ordinären Fluch aus und hämmerte aufgebracht mit beiden Fäusten auf das Armaturenbrett. Sein Elan war wieder zurückgekehrt.

„Bleiben Sie sofort stehen!“, brüllte er den Kommissar an.

Mitten auf der Straße kam der Ford mit blockierenden Bremsen im aufgewirbelten Neuschnee zum Stillstand, sodass auch das Fahrzeug hinter ihnen zwangsweise anhalten musste. Wie von der Tarantel gestochen, sprang Kauffmann hinaus auf die schneebedeckte Straße und rannte verblüffend schnell zum Fahrer des Wagens hinter ihm, um nur Augenblicke später gleich wieder zu Peterson zurückzuhetzen.

„Los, wenden Sie, aber schnell!“, befahl er. „Der Citroën ist vor etwa eineinhalb Kilometer rechts auf einen Feldweg abgebogen.“

Gekonnt wendete Peterson den schweren Wagen und quetschte das letzte Quäntchen Leistung aus dem kleinen Motor heraus, während der Gendarmeriekommandant vom Beifahrersitz aus nervös nach dem bezeichneten Feldweg Ausschau hielt. Tatsächlich erspähte er bald einen schmalen unasphaltierten Weg, der hinein in die Weinberge abzweigte. Schon wollte Peterson einbiegen, als er im Lichtkegel der matten Scheinwerfer – kaum fünfzig Meter entfernt – einen weiteren Feldweg bemerkte. Langsam fuhr er weiter und musste feststellen, dass auf den nächsten paar hundert Metern sogar ein halbes Dutzend solcher Pfade rechts von der Überlandstraße hinein ins Nirgendwo abzweigte. Hinweise auf den französischen Wagen fand er jedoch keine. Der starke Schneesturm hatte die Reifenspuren des Fluchtwagens längst verweht.

Auf Drängen Kauffmanns bog Peterson schließlich planlos auf einen der holprigen Wege ein, aber nach einigen Minuten Fahrt über Stock und Stein endete dieser abrupt in einem Bach, der halb zugefroren zäh wie Melasse dahin floss. Kaum stand der Wagen, sprang Kauffmann schon aus dem Auto und watete wie von Sinnen in das eiskalte Gewässer hinein, als ob er darin eine heiße Spur zu seiner geliebten Nichte finden könnte.

Bei diesem Anblick empfand Peterson sogar ein wenig Mitleid für den von allen und jedem gehassten, diktatorisch regierenden Gendarmeriekommandanten. Wenn der Mörder die Achillessehne des sonst so hartgesottenen Bezirksinspektors hatte treffen wollen, war ihm das durch das Verschleppen seiner Nichte jedenfalls gelungen.

26. KAPITEL

Nur widerwillig ließ sich Kauffmann dazu überreden, aus dem halb zugefrorenen Bach herauszukommen. Nichtsdestotrotz schien ihn die Kälte des Fließgewässers sichtlich diszipliniert zu haben. Denn als er pitschnass bis hin zu den Oberschenkeln wieder im Wagen saß, kam zumindest wieder ein Hoffnungsschimmer in ihm auf. Offensichtlich durchlebte der Inspektor gerade eine Achterbahnfahrt der Gefühle, die abwechselnd zwischen Hoffnung und Frustration hin und her pendelten.

„Sagen Sie Peterson, wie weit sind wir wohl von diesem Herzog-Gehöft, das Sie in Ihrem letzten Bericht erwähnt haben, entfernt?"

„Keine Ahnung, vielleicht fünf Kilometer Luftlinie."

Kauffmann kratzte sich mit der nassen Hand auf dem Kopf und fuhr sich dann über den Schnauzer.

„Vielleicht haben wir noch eine Chance, was meinen Sie, Peterson."

Der angesprochene Kommissar war von so viel Konsensverhalten völlig perplex. Fast konnte man meinen, der egozentrische Bezirksinspektor würde in dieser Extremsituation nun doch noch zu einem Teamplayer mutieren.

„Ich denke, wir haben wohl nichts zu verlieren, wenn wir einen Sprung bei den Herzogs vorbeifahren und mal nach dem Rechten sehen", erwiderte Peterson vorsichtig. So ganz traute er der spontanen Friedlichkeit des Inspektors freilich noch nicht.

In nahezu lautloser Schleichfahrt näherten sie sich dem abgeschiedenen Gehöft, stellten den Wagen vorsichtshalber außer Sichtweite und gut versteckt vor neugierigen Blicken unter einer der zahllosen Akazien ab. Die letzten Meter tasteten sie sich zu Fuß im Schutz der Bäume zur Einfahrt des Gebäudes vor. Einige schwarz gefiederte Krähen hockten über ihnen in den blätterlosen Wipfeln der Bäume und beäugten misstrauisch jeden einzelnen Schritt, den sie taten. Der strohgedeckte Gebäudekomplex war jedoch völlig dunkel. Schon wollten sie wieder aufbrechen und mit den grottenschlechten Nachrichten von Eleonores Entführung zum Gendarmerieposten zurückkehren, als der Kriminalist den unter einer Trauerweide versteckten perlmuttfarbenen Citroën DS entdeckte. Als sie näher kamen, erkannt Peterson zudem, dass der Kofferraum des Fluchtwagens sperrangelweit offen stand.

„Ich sehe mir das mal genauer an", flüsterte er zu Kauffmann, der zustimmend nickte.

In gebückter Haltung schlich Peterson zum geschwungenen Heck des Wagens und lugte neugierig hinein. Ohne Licht konnte er allerdings nicht einmal erkennen, ob der Kofferraum nun voll oder leer war, geschweige denn, ob sich Eleonore darin befand. Besorgt sah er sich um, denn schließlich konnte das auch eine Falle sein, dessen war er sich wohlbewusst. Außer dem im Schutz eines Baumes hockenden Gendarmerieinspektor schien die Umgebung jedoch menschenleer und die Luft rein zu sein. Schließlich riskierte er es, klappte – so lautlos es eben ging – sein metallenes Benzinfeuerzeug auf und feuerte es an. Zwar brauchten seine Augen ein oder zwei Sekunden, bis sie sich an das Licht gewöhnt hatten, was sie danach jedoch zu sehen bekamen, machte seine schlimmsten Befürchtungen wahr: Zusammengerollt wie ein Fötus im Mutterleib kauerte bewegungslos im geräumigen Kofferraum der französischen Limousine neben jeder Menge Unrat eine Frau. Zunächst hoffte er noch, dass er die vor nicht einmal einer Stunde entführte Eleonore bewusstlos und geknebelt, aber immerhin am Leben, vor sich hatte. Diese Hoffnung währte aber nicht lange, denn tief im Rücken der jungen Frau steckte bis zum Heft ein Messer. Für die Kleine kam jede Hilfe zu spät. Peterson rümpfte die Nase. Wer auch immer diese bedauernswerte Unbekannte war, Eleonore konnte es definitiv nicht sein. Denn trotz der Eiseskälte lag bereits ein unverkennbarer Verwesungsgeruch in der Luft.

Zugunsten der Sicherung allfälliger Fingerabdrücke verzichtete der Kriminalkommissar vorerst darauf, sie umzudrehen und den schlaff über den Kopf gestülpten Plastikmüllsack zu entfernen. Nachdem auf den Teppichen im Kofferraum – soweit der Kommissar dies überhaupt sehen konnte – kein einziger Tropfen Blut zu finden war, musste sie der bestialische Mörder irgendwo anders, vielleicht in einem der Kellerräume des Gehöfts, ausbluten haben lassen. Die lose Indizienkette verdichtet sich langsam zu handfesten Beweisen gegen Siegfried und Magda Herzog.

Völlig unerwartet schallte ein lauter Knall durch die Landschaft und gleichzeitig spürte Peterson einen brennheißen Luftzug an seiner Wange vorbei rasen. Instinktiv ließ er sich zu Boden fallen. Auf allen Vieren kroch er unter den Wagen. Ein aufgeschrecktes Rebhuhn rannte laut krächzend und verrückt mit den Flügeln schlagend aus dem Schutz einer Akazie hinaus aufs weite Feld. Gleich drei weitere Schüsse durchbrachen dann kurz hintereinander die Dunkelheit und schlugen nur Zentimeter über Petersons Kopf ins dünne Blech ein. Hier war er definitiv nicht sicher, hinaus ins freie Schussfeld konnte er aber auch nicht. Mit laut pochendem Herzen zog er seinen silbernen Colt, eine mächtige Smith & Wesson Kaliber 44 Magnum, aus dem Schulterhalfter und suchte die Vorderfront des Gehöfts nach dem Schützen ab. Es verging keine halbe Minute, bis sich hinter einem der zwei winzigen vergitterten Fenster eine verräterische Bewegung zeigte und unmittelbar danach von ebendort der nächste Schuss abgefeuert wurde. Die Kugel verfehlte Petersons Kopf wieder nur um Haaresbreite. Stattdessen schlug sie mit einer mächtigen Detonation in den Benzintank über ihm ein. Postwendend sprudelte aus dem Loch der grässlich stinkende kalte Treibstoff auf seinen Hinterkopf und bildete von dort aus über sein Genick hinweg ein kleines Rinnsal, das schließlich unter seiner Kleidung den halben Rücken hinunterrann. Schon brannte sich das ätzende Benzin in seine Haut ein. Beim nächsten Schuss konnte zudem ohne Weiteres auch gleich der Tank mitsamt der ganzen Limousine in die Luft fliegen, ging es Peterson alarmierend durch den Kopf.

Wieder sah er eine Bewegung hinter dem vergitterten Fenster. Er glaubte sogar, einen weißen Haarschopf zu erkennen. Ein Pistolenschuss pfiff durch die Luft, nur dieses Mal war nicht er das Ziel. Stattdessen musste Kauffmann mit seiner Dienstwaffe aus der sicheren Deckung heraus das Feuer eröffnet haben. Augenblicklich war der Haarschopf hinter der Öffnung wieder verschwunden.

„Ich hab ihn getroffen!“, brüllte Kauffmann und verließ seine Deckung. Wachsam kroch auch Peterson aus dem Versteck und schlich mit vorgehaltener Waffe zum riesigen Holzeingangstor. Er traute der Lage nicht, denn eigentlich schien ihm das alles ein wenig zu einfach. Anders als bei seinem ersten Besuch am Gehöft, wo er heimlich mit Isabella bei den Herzogs eingebrochen und dabei eiskalt ertappt worden war, musste er sich dieses Mal nicht mit dem Schloss abmühen. Das Eingangstor war bloß angelehnt, fast so, als ob sie bereits erwartet wurden. Vorsichtig klappte der Kriminalkommissar sein Benzinfeuerzeug auf. Gerade noch rechtzeitig fiel ihm ein, dass seine Kleidung mit leicht entzündlichem Kraftstoff vom lecken Autotank durchtränkt war. Mit ausgestrecktem Arm hielt er das Feuer soweit wie möglich von seinem Körper weg, tupfte Kauffmann kaum merklich auf die Schulter und signalisierte ihm, dass er vorbei an den in der Eingangshalle wirr umherliegenden Strohballen in den unaufgeräumten Werkraum gehen würde.

Der Raum war seit seinem letzten Besuch unverändert. Nur dort, wo das tote Kalb unter der Plane versteckt gelegen war, breitete sich im schwachen Licht des Feuerzeuges gähnende Leere aus. Beinahe wäre die Flamme durch einen flüchtigen, aber umso heftigeren Luftzug erloschen, wenn Peterson nicht geschwind schützend die Hand vor sie gehalten hätte. Behutsam schlichen er und Kauffmann weiter in die Kammer hinein, an den bedrohlich anmutenden Sicheln sowie der überfüllten Werkbank vorbei und über den Unrat auf dem Holzdielenboden hinweg, bis hin zum Fenster. Und da lag er schon. Ein groß gewachsener, weißhaariger Mann, gekleidet in einen altertümlichen Pyjama, mit einem riesigen Loch in der Stirn und einer Pistole in der rechten Hand. Er war mausetot, da musste Peterson angesichts des präzisen Kopfschusses nicht lange überlegen. Das schien jedoch nicht die einzige letale Körperverletzung zu sein: In unnatürlichem Winkel bog der Kopf vom Rumpf ab, so als ob er mit diesem nur über einen Hals aus Gummi verbunden wäre. Tatsächlich sah dies aber eher nach einem kapitalen Genickbruch aus.

„Siegfried Herzog“, stellte der Bezirksinspektor ungefragt fest und nahm dem Toten den antik anmutenden Trommelrevolver aus der Umklammerung der noch lauwarmen Finger.

„Eine *Nagant M 1895* aus russischer Produktion. Wurde von der Oktoberrevolution bis zum Ende des Zweiten Weltkrieges von der Roten Armee als Standardrevolver verwendet. Kann man mit ein bisschen Glück hier überall in der Gegend als Kriegsrelikt aus der Erde ausgraben“, erklärte er lehrerhaft.

Wohl hätte der Inspektor mit seinen Kenntnissen über Kriegsrelikte weiter ausholen wollen, aber der unerwartete Donnerschlag, mit dem die Tür zu der Werkkammer hinter den beiden Männern zugeschlagen wurde, unterbrach ihn dabei. Peterson stürmte los und rüttelte vehement am verrosteten Türgriff, der sich jedoch keinen Millimeter bewegen ließ. Wer auch immer die Holztür verriegelt hatte, er hatte ganze Arbeit geleistet.

„Die verrückte Magda ist jetzt wohl ordentlich sauer, nachdem wir ihren Göttergatten zum Teufel gejagt haben!“, kommentierte Kauffmann, der zu seiner sarkastischen Ader zurückgefunden zu haben schien.

Peterson war weniger nach Scherzen zumute. Beißender Rauch bahnte sich den Weg durch die Ritzen der Holztür.

„Sie räuchert uns aus.“

„Nun, jetzt wissen wir auch, wozu die Strohballen da waren“, stellte Kauffmann trocken fest, während er sich ein verrotztes Taschentuch gegen die Rauchgase vor die Nase hielt. Gegen das Tränen der Augen half dies freilich auch nichts.

Immer dichter wurde der Rauch in der Werkzeugkammer. Lange würden sie nicht mehr zuwarten können. Entschlossen zückte Peterson seinen mächtigen Colt. Kurz hintereinander feuerte er dreimal auf das alte Schloss. Holzspäne und Metallsplitter wirbelten unberechenbar durch die Luft, einer davon streifte den Kriminalisten an der Wange und hinterließ eine feurig brennende Wunde.

Davon unbeeindruckt versetzte er dem verrosteten Schloss oder besser gesagt, dem was davon nach dem herben Beschuss noch übrig war, einem beherzten Fußtritt. Jammernd gab die gesamte Tür daraufhin nach. Ein Schwall brennheißer Luft versengte Petersons Gesicht. Für Schmerzensschreie war jetzt aber der falsche Moment. Irgendwo da draußen wartete Magda Herzog mit ihrer Schrotflinte in einem Hinterhalt, das konnte er sich bildhaft vorstellen. Ein nahe liegenderes Problem waren allerdings die zahlreichen Strohballen, die in der Einfahrt lichterloh brennend verstreut worden waren und ihren Fluchtweg blockierten. Ohne zu zögern, schnappte sich der Kriminalist eine der an der Wand lehnenden langstieligen Sensen und warf auch Kauffmann eine solche zu. Gemeinsam hackten sie auf den ersten feurigen Strohballen vor der Holztür ein, der nach einigen Hieben in zahllose brennende Bündel auseinanderbrach. Trotz der Eiseskälte, die in dieser Novembernacht draußen herrschte, trieb ihnen die Hitze des Feuers den Schweiß ins Gesicht. Wenigstens hatten sie jetzt aber einen freien Weg raus aus der Werkkammer. Die Gefahr war damit jedoch noch lange nicht gebannt. Nur mit einem Auge lugte Peterson auf der Suche nach Magda Herzog um die Ecke. Schon wollte er sich mit einem beherzten Sprung aus dem Raum hinter einen der glimmenden Ballen in Sicherheit bringen, als er irgendwo aus der Dunkelheit des Innenhofes das Mündungsfeuer erblickte. Quasi gleichzeitig ging ein Kugelhagel auf den Türstock und Teile der Mauer nieder. Er konnte von Glück sprechen, dass er nicht getroffen wurde.

„Das sieht verdammt nach einer Schrotflinte aus", meinte Peterson, nachdem er wieder in Deckung gegangen war.

„Könnte schlimmer sein", erwiderte Kauffmann, „stellen Sie sich nur vor, es wäre ein Scharfschützengewehr."

Der Sarkasmus des Bezirksinspektors half ihnen jetzt in dieser misslichen Lage aber auch nicht weiter.

„Am besten ist es, wir springen einer kurz nach dem anderen über die Strohballen, dann kann sie uns nicht gleichzeitig anvisieren. Danach verschanzen wir uns irgendwo im Innenhof und nehmen sie ins Kreuzfeuer", schlug Peterson vor.

Kauffmann nickte. „Ich gehe zuerst."

„Nein, ich bin jünger und schneller –"

Der Bezirksinspektor unterbrach ihn, „und es geht um meine Nichte, haben Sie das schon vergessen?"

Widerspruch war zwecklos. Kauffmann nahm Anlauf, sprintete durch den Raum und hechtete mit seinem massigen Körper gekonnt über den brennenden Strohhaufen. Inzwischen knallte wieder ein Schuss, der jedoch ins Leere ging. Peterson tat es dem Inspektor gleich, landete sicher und hielt es für ein kleines Wunder, dass er trotz seiner benzingetränkten Kleidung nicht gleich zu einer lebenden Fackel geworden war. Im Schutz der dichten Rauchwolke, die grauschwarz die Eingangshalle eingenommen hatte, suchte der Kommissar Deckung, während der Bezirksinspektor vor ihm auf allen Vieren in den mit Erde und Lehm bedeckten Innenhof krabbelte. Zwei weitere Schüsse wurden abgefeuert. Wen der beiden Ermittler der Schütze auch immer damit treffen wollte, er verfehlte definitiv sein Ziel. Stattdessen scheuchte er einige Hühner im

Hof auf. Blind vor Angst rannte eines davon in die Eingangshalle, kam einem brennenden Strohhaufen zu nahe und fing dabei selbst Feuer. Wild flatternd lief die über und über in Flammen eingehüllte Henne noch einige Meter, fiel dann hin und verendete als dahinglimmendes Federhäufchen.

Auf dem unebenen Erdboden im Innenhof kauernd, besprachen die beiden Ermittler unterdessen das weitere Vorgehen. Einige weitere Schüsse hallten, stets paarweise, durch den Innenhof. Einer davon traf einen einige Meter vor ihnen herumlaufenden Hahn und ließ den Körper des kleinen Federviehs förmlich explodierte. Lauwarmes Blut spritzte in alle Richtungen und Teile des Gefieders rieselten langsam vor Peterson Gesicht nieder.

„Ich kann das Mündungsfeuer gut erkennen", keuchte Kauffmann, dem die Anstrengung ins Gesicht geschrieben stand, „wir sind aber noch viel zu weit weg für unsere Pistolen."

„Feuern Sie trotzdem – und zwar gleich das ganze Magazin. Ich werde es Ihnen gleich tun."

Unter *normalen* Umständen hätte der Bezirksinspektor nun einen seiner berüchtigten Wutanfälle bekommen, aber was war in dieser Nacht, wo er seine eigene Nichte an einen perversen Killer ausgeliefert hatte, schon noch *normal*? Nur zögerlich widersprach er.

„Sollten wir nicht näher ran, Peterson?"

„Wenn ich richtig liege, wird das nicht notwendig sein."

„Na, wenn Sie das sagen."

Der Bezirksinspektor hoffte inständig, dass der großgoscherte Kommissar aus Wien recht behalten würde, zog seine Dienstwaffe, eine kurzläufige Walther PP, und feuerte fünf Schüsse hinein in die Finsternis auf jene Stelle ab, von der er das Mündungsfeuer der Schrotflinte zuletzt gesehen hatte. Er hatte nicht das Gefühl, dass auch nur einer davon tatsächlich getroffen hätte.

Peterson tat es ihm gleich und gab kurz hintereinander vier Schüsse ab, wobei er sich nicht einmal viel Mühe beim Zielen gab. Eine Patrone in der Trommel des Revolvers ließ er aber für alle Fälle übrig.

Eine Minute verging. Nichts geschah. Nur das Vieh in den hinteren Stallungen des Gehöfts, das sich bislang weder vom Feuer noch von den zahlreichen Schüssen beeinträchtigen hatte lassen, wurde nun doch unruhig. Unter das nervöse Wiehern eines Pferdes mischte sich aufgebrachtes Grunzen aus den Kehlen unzähliger Säue, dazwischen hin und wieder auch das zapplige Geschnatter der Gänse. Es kam Peterson fast so vor, als ob die Stalltiere eben von einer fremden Person aufgescheucht worden wären.

Als er so auf der kalten Erde lag, kroch im langsam die Kälte in jeden Körperteil. Seine Beine wurden schon richtiggehend gefühllos. Der Schnee fiel nun stärker vom schwarzen Himmel. Dicke Flocken rieselten langsam herab und sammelten sich in seinen Haaren. Bald würde sich auf dem gefrorenen Boden eine stattliche Schneedicke bilden, wenn bis dahin nicht der ganze strohgedeckte Bau lichterloh in Flammen stünde. Inzwischen hatte das gefräßige Flammenmeer vom Einfahrtsbereich aus bereits auf die daneben liegenden Wohnräume übergegriffen und allmählich würde es sich auch zu den Stallungen vorarbeiten. Viel längeres Zuwarten auf ein neues Reaktionszeichen von Magda Herzog war nicht wirklich möglich.

Hastig erhob sich Peterson vom Boden, deutete Kauffmann, weiter in sicherer Distanz zu warten, und schlich gebückt im Zickzackkurs wie ein übervorsichtiger Feldhase vorwärts. Jeden Moment rechnete er damit, dass ein Schuss durch den Innenhof peitschen und ihn frontal treffen würde. Stattdessen blieb es aber unheimlich still. Etappenweise verstummte sogar das lästige Geschnatter der Gänse und ließ dem Prasseln des Feuers den geräuschvollen Vortritt. Je näher der Kommissar der Position der verschanzten Magda Herzog kam, desto sicherer war er sich, dass sie bereits tot oder, vom Schussfeuerwerk verschreckt, weggelaufen war. Und tatsächlich zeichnete sich schon bald eine zum Schutz gegen die Schüsse umgeworfene Scheibtruhe im Halbdunkeln ab. Vorsichtig machte er einen weiten Bogen darum. Dahinter fand er eine Gestalt rücklings mit einer Schrotflinte in den Armen am Boden liegen. So wie die verrückte Magda mit einem sauberen Loch zwischen den Augen dalag, würde sie sicher nicht mehr splitterfasernackt vor dem Dechanten in der Kirche singen. Vorsichtig hob er ihren Kopf an. Zur Verwunderung des Kommissars bot ihre Halswirbelsäule ebenfalls keinen nennenswerten Widerstand. Peterson bezweifelt sehr, dass er oder Kauffmann aus dieser Distanz Magda Herzog überhaupt getroffen hatten, geschweige denn, dass dadurch ein Genickbruch verursacht worden war. Ihn beschlich der Gedanke, dass irgendjemand sie hier nach Strich und Faden vorführte. Alarmiert hockte er sich auf den Boden und sah sich in seiner Umgebung um. Doch außer ein paar herumlaufenden Hennen schien soweit alles ruhig. Auf Zehenspitzen tastete er sich mit vorgehaltenem Revolver zu den Stallungen vor, wo sich im Schutz der Mauervorsprünge leicht jemand auf die Lauer legen konnte. Aber auch dort stellte er auf den ersten Blick nichts Ungewöhnliches fest. Nur die Gitter zu den Ställen standen sperrangelweit offen, ebenso das hintere Tor, das vom Gehöft hinaus auf die Felder führte. Es sah fast so aus, als ob jemand Mitleid mit dem Stallvieh gehabt hätte und ihm eine Möglichkeit zur Flucht aus dem Feuer geben wollte, nur um gleich danach selbst das Weite zu suchen.

Auf einmal schallte ein geräuschvoller Knacks durch den Innenhof. Peterson sprang aus dem Schutz der Stallungen hervor und sah gerade noch, wie ein mächtiger Dachbalken aus dem Eingangsbereich auf dem Steinboden aufschlug und mit ihm sogleich das ganze strohgedeckte Dach. Eine Stichflamme stieg meterhoch in den schwarzen Himmel auf. Kauffmann, der bis jetzt am Boden gekauert und auf ein Signal seines Kompagnons gewartet hatte, sprang nun eiligst auf und flüchtete vor den unberechenbar um sich schlagenden Flammenzungen. Gerade als er die ersten Meter hinter sich gebracht hatte, folgte hinter ihm ein ohrenbetäubender Knall. Die Druckwelle der Explosion erfasste ihn mit schier unglaublicher Wucht. Er wurde gleich mehrere Meter durch die Luft geschleudert, bis sein massiger Körper hart auf der gefrorenen Erde aufschlug.

Peterson konnte nur vermuten, dass das Feuer wohl eine Gasflasche in der Küche oder gar Chemikalien für die Weinerzeugung erfasst hatte. Tatsächlich war die Ursache im Moment jedoch nebensächlich. Ohne zu zögern, sprintete er zu dem regungslos mit dem Gesicht nach unten liegenden Körper des Bezirksinspektors. Mühsam drehte er ihn auf den Rücken. Kauffmann stöhnte vor Schmerzen, äußere Verletzungen waren jedoch keine zu sehen. Nach zwei vergeblichen Versuchen schaffte es Peterson, den Gendarmen unter der Achsel hochzuheben. Er schleifte ihn rückwärts durch den Innenhof, an der toten Magda mit ihrer Schrotflinte und an den gemauerten Ställen vorbei, durch das sperrangelweit offen stehende Tor hinaus aufs Feld, wo er sich vor Erschöpfung nur mehr zu Boden fallen ließ. Weder das Eintreffen der Feuerwehr noch deren vergebliche Löschversuche bekam er mit. Erst als er von zwei kräftigen Sanitätern mit der Trage in den Rettungswagen eingeladen wurde, wachte er einen Augenblick lang auf, gerade rechtzeitig, um noch einen letzten Blick auf das weiterhin brennende und weitgehend eingestürzte Anwesen zu erhaschen, das wohl alle verwertbaren Spuren mit in sein Feuergrab nehmen würde.

27.
KAPITEL

„Wie ich sehe, sind Sie wieder im Dienst, Peterson."

Es klang fast so, als ob Kauffmann über die Genesung des Polizisten tatsächlich erleichtert wäre und diese lapidare Feststellung quasi selbstverständlich jedes Wort des Dankes an seinen Lebensretter ersetzen würde.

„Wie geht es Ihren Verletzungen?", setzte der Gendarm nach.

„Es sind bloß ein paar harmlose Kratzer", spielte Peterson seine jämmerliche Verfassung herunter. Tatsächlich waren die letzten drei Tage im Landeskrankenhaus aber alles andere als angenehm gewesen. Selbst jetzt schmerzte ihn noch das Gesicht von den Verbrennungen, ganz zu schweigen von seinem vom Benzin verätzten Kreuz. Kauffmann schien jedoch bis auf ein paar Blessuren am Bein und eine leichte Gehirnerschütterung äußerst glimpflich davongekommen zu sein.

„Ich glaube, ich habe etwas, was Sie interessieren könnte", drückte sich Kauffmann geheimnisvoll aus und humpelte, das eine Bein mühevoll hinter sich herziehend über den Gang, bis hin zur Asservatenkammer des Gendarmeriepostens.

Der Raum war winzig und von oben bis unten derart angeräumt, dass gerade einmal zwei Personen gleichzeitig darin stehen konnten. Kauffmann zog an einer herabhängenden Schnur und die nackt in ihrer Kupferfassung von der Decke hängende, ordentlich verdreckte Glühbirne erwachte flackernd und unwillig zum Leben. Trotzdem blieb das Licht weiterhin schummrig. Dazu schwebten winzige Staubpartikelchen, wie von Zauberhand getragen, durch die Luft. Auf dem Boden stand ein kleiner Karton voll mit Fotografien, die meisten davon schwarz-weiß. Auf jenen Fotos, die mit der Rückseite nach oben lagen, konnte Peterson mit Filzstift aufgemalte Nummern erkennen. In den Metallregalen, die bis an den Plafond hinauf reichten, lagen kreuz und quer zahllose Super-8-mm-Filmrollen, die meisten davon ohne schützende Hülle. Im Gegensatz dazu nahm eine Reihe von 8-Spur-Audiobändern, die wohl Vernehmungsprotokolle enthielten, feinsäuberlich beschriftet und alphabetisch sortiert, ein ganzes Regalfach ein. Auf Peterson machte die Asservatenkammer des Gendarmeriepostens den Eindruck, als habe ein Ferialpraktikant in den Sommerferien mit dem Ordnen der Ablagestücke zwar begonnen, war aber bis zum Schulbeginn dann nur halb fertig geworden. Dieser Eindruck wurde von den großteils mit zentimeterdickem Staub bedeckten Plastiksäckchen, die durcheinander auf den oberen Regalfächern herumkugelten und die aufbewahrten Beweisstücke enthielten, sogar noch unterstützt. Peterson sah einige abenteuerlich aussehende Pistolen und Revolver unterschiedlichster Bauart und Ausführung, Messer mit langen, kurzen und sogar gekrümmten Klingen, einige Schachteln mit unterschiedlichster Schusswaffenmunition und dazwischen sogar ein in einem kleineren Säckchen aufbewahrtes Kondom, das unverkennbar bereits gebraucht worden war. Daneben stand eine orientalische Hookah-Wasserpfeife aus blauem Glas mit elendslangen Schläuchen, die an die Arme eines Tintenfisches erinnerten. Einige mehr oder weniger abgerauchte Joints, von denen jeder einzeln abgepackt worden war, lagen verstreut herum, gepaart mit bunten Tabletten, die möglicherweise LSD sein konnten.

„Offenbar hatten Sie hier Besuch von *Alice im Wunderland* mit ihrem *weißen Kaninchen* und der *rauchenden Raupe*“, lästerte Peterson.

„Sparen Sie sich Ihre schrägen Bemerkungen“, raunzte der Bezirksinspektor. Offenbar hatte er Petersons Wink auf die Hippiedrogen nicht verstanden.

„Die Beweisstücke liegen hier so lange in den Regalen rum, bis sie das Bezirksgericht anfordert oder ein Gerichtsbeschluss zur Vernichtung der Gegenstände ergeht“, erklärte Kauffmann trocken und fasste in eines der Regale. „Ich denke, das würden Sie sich gern mal ansehen.“

Der Bezirksinspektor holt aus einem durchsichtigen Plastiksack eine alte Pistole heraus und drückte sie Peterson in die Hand, der ihn daraufhin nur verdutzt ansah.

„Keine Angst, die ist nicht geladen. Diese *Luger 08* hat ein Volksschüler letzten Sommer beim Wandertag ausgegraben. Das Ding ist davor gut und gern fünfunddreißig Jahre in der Erde gelegen.“ Kauffmann schnalzte ehrfurchtsvoll mit der Zunge. „Sehen Sie mal durch den Lauf.“

Umständlich fummelte der Kommissar an der Pistole herum, bis er endlich den Lauf abmontiert hatte. Diesen gegen das matte Licht der Glühbirne haltend, warf er mit dem einen Auge einen Blick durch das Metallrohr, während er das andere Auge zukniff.

„Na, sieht das nicht blitzsauber aus? Kein Rost, kein Dreck, geht fast als fabrikneu durch“, warf der Bezirksinspektor ein. „Wir haben zur Erlangung einer ballistischen Probe vor einem Monat oder so ein paar Kugeln mit dem Ding da abgefeuert. Das hat vollkommen gereicht, um den Lauf blitzblank durchzuputzen.“

Kauffmann nahm Peterson die Luger 08 ab und drückte ihm stattdessen einen antik anmutenden Trommelrevolver in die Hand.

„Das ist die Nagant M 1895 von Siegfried Herzog, die ich ihm aus der toten Hand gerissen habe."

Peterson wusste, was jetzt kommen würde. Mühsam zerlegte er einen Teil des Revolvers, um durch den Lauf sehen zu können. Das Innere der engen Metallröhre war über und über mit Rost überzogen.

Noch bevor er etwas sagen konnte, war schon wieder der Bezirksinspektor am Wort. „Und wenn Sie schon dabei sind, sehen Sie sich auch mal die Trommel an."

„Das ist kaum notwendig. Ich weiß, dass dieser Revolver sieben Schuss hat."

„Ja doch, sehen Sie trotzdem genau hin. Meiner Erinnerung nach wurde fünf Mal vom Gehöft aus auf Sie geschossen", hakte Kauffmann mürrisch nach.

Wie erwartet, fand Kommissar Peterson sieben Trommelkammern vor, aber zu seinem großen Erstaunen steckten nur in vier Kammern leere Patronenhülsen. Petersons Versuch, die Blechhülsen aus der Trommel herauszuschütteln, scheiterte. Offenbar waren sie festgerostet.

„Also eines kann ich Ihnen mit Sicherheit sagen, Peterson: Diese Waffe hat gewiss seit dreißig Jahren niemand mehr abgefeuert."

Kauffmann packte beide Faustfeuerwaffen wieder in ihre Plastiksäckchen und deponierte diese im Regal. „Eine andere Pistole haben wir bei Siegfried Herzog aber nicht gefunden. Außerdem hatte er einen deutlich erkennbaren Genickbruch, der kaum von meinem Kopfschuss stammen kann. Kurzum, ich weiß nicht, wer auf Sie geschossen hat, aber der alte Herzogbauer war zu dieser Zeit mit an Sicherheit grenzender Wahrscheinlichkeit bereits über den

Jordan gegangen und das Gleiche gilt wohl auch für die verrückte Magda."

Wohl oder übel musste Peterson dem Bezirksinspektor da recht geben.

„Zudem bringt uns auch der Fluchtwagen, dieser perlmuttfarbene Citroën, nicht weiter. Zwar konnten wir die hinterrücks erstochene Frauenleiche im Kofferraum als die schon seit vielen Wochen vermisste ehemalige Weinprinzessin identifizieren, das polizeiliche Kennzeichen des Wagens ist aber, wie Sie ja selbst gesehen haben, aus dem Ausland. Bis unsere Formularanfrage den zähen Behördenweg an die dort zuständige Zulassungsbehörde gegangen sein wird, werden Wochen ins Land ziehen. Ich kann mir eigentlich jetzt schon vorstellen, dass das Auto wohl einem harmlosen Touristen gehört, dem das Fahrzeug irgendwann in der Vergangenheit gestohlen worden ist. Insgesamt ist diese Spur, zumindest im Moment, also kalt und damit spricht freilich auch nichts gegen eine Täterschaft der Herzogs."

„Nachdem von dem ganzen Herzog-Gehöft nur mehr ein dahinschwelender Trümmerhaufen übrig ist, wird sich das Gegenteil aber kaum beweisen lassen", warf Kriminalkommissar Peterson ein.

Kauffmann nickte bedächtig. „Vielleicht wollen manche die Täterschaft der Herzogs ganz bewusst nicht hinterfragen."

Aus seiner Hosentasche holte der Bezirksinspektor ein zerknülltes Schreiben heraus. Das Siegel des Landesgendarmeriekommandos prangte am Briefkopf. Peterson überflog den Inhalt, der *vertraulich* an Kauffmann gerichtet war. Da war die Rede davon, dass die Mordfälle nun als vollständig „aufgeklärt" anzusehen seien und keine weiteren Ermittlungen durchgeführt werden dürften, weil diese den Glauben der Bevölkerung in die Einsatzbereitschaft der Gendarmerie massiv bedrohen würden. Für denn Fall, dass Siegfried und Magda Herzog doch nicht die Täter wären, legte der Landesgendarmeriekommandant Kauffmann aus persönlicher Überzeugung nahe, umgehend einen Antrag auf Frühpensionierung zu stellen. Widrigenfalls sei er mit sofortiger Wirkung suspendiert. Zudem würde eine Strafanzeige bei der Staatsanwaltschaft eingebracht werden, da ihm dann immerhin die Ermordung zweier unbescholtener Bürger zur Last zu legen sei. Der Brief schloss mit der süffisanten Bemerkung, dass Kauffmann seine vermisste Nichte Eleonore sicher – irgendwann nach den Beseitigungsarbeiten – in den eingestürzten Trümmern des Gehöfts der Familie Herzog finden würde.

„Und wissen Sie, was das Schlimmste ist, Peterson", sagte Kauffmann schließlich, „dieser abgehalfterte Landesgendarmeriekommandant wartet doch nur darauf, bei der erstbesten Gelegenheit seinen protegierten Neffe, diesen Kurt Berger, gleich über mehrere Positionen hinweg vom Hilfsgendarmen zum Bezirksinspektor befördern zu können."

Peterson konnte gut nachvollziehen, dass der Inspektor den Brief – wohl in einem Wutanfall – zerknüllt hatte und wunderte sich nur, dass er ihn nicht gleich zerfetzt und im Papierkorb entsorgt hatte. Ohne Zweifel, Kauffmann steckte mächtig in der Klemme, denn wenn er damit recht hatte, dass die Herzogs nichts mit den Morden zu tun hatten, sah er einer Suspendierung und einem Strafverfahren entgegen. Darüber hinaus würde seine Nichte – wenn sie nicht ohnehin bereits tot im See mit dem Kopf nach unten dahin trieb – jetzt wohl irgendwo da draußen eingesperrt sein. Peterson wollte gar nicht daran denken, was der jungen Eleonore bevorstand, wenn sie tatsächlich ohne Wasser und Essen für einige Tage oder gar Wochen in einem Loch gefangen wäre.

„Nun, Kauffmann, es sieht fast so aus, als ob Sie ordentlich in der Patsche stecken. Trotzdem denke ich, dass Sie nur den Gipfel des Eisberges vor sich sehen."

Entgeistert sah ihn der Bezirksinspektor an. „Was soll das wieder heißen?"

„Offenbar haben Sie weit mehr Feinde, als Sie gedacht haben. Ich –", Peterson zögerte, ob er seinen Auftrag dem Betroffenen nun kundmachen sollte, und kam dann zu der Erkenntnis, dass nichts mehr dagegen sprach. „Also ich hatte nur in zweiter Linie den Auftrag, in den Mordfällen zu ermitteln. Tatsächlich sollte ich in erster Linie Beweise sammeln, um Ihnen eine erhebliche dienstliche Unfähigkeit nachweisen zu können."

„Irgendetwas in der Art habe ich schon vermutet", gab Kauffmann ruhig und besonnen zu. „Wer ist Ihr Auftraggeber – der Landesgendarmeriekommandant oder der Sicherheitsdirektor?"

„Kauffmann, das kann ich Ihnen nicht sagen, aber es kommt von ganz oben. Sie sind einigen mächtigen Leuten oder deren Freunden ordentlich auf den Schlips getreten."

„Jedenfalls scheint es so, als ob Ihr Auftrag, mir wie einem Verbrecher das *Handwerk* zu legen, damit erfüllt wäre", stellte der Inspektor trocken fest. „Und zu guter Letzt hat man uns bei den Herzogs auch noch eine Falle gestellt, in die ich, ohne nachzudenken, voll hineingetappt bin. Wenn ich es mir so recht überlege, kann eigentlich nur der Mörder selbst uns in diese Falle gelockt haben. „Sagen Sie Peterson, wer hat Ihnen nochmal den Tipp zu den Herzogs gegeben?"

28. KAPITEL

Freilich wusste Peterson die Antwort, aber er kam nicht einmal in die Verlegenheit, Ausflüchte suchen zu müssen, denn plötzlich drang lautes Stimmengewirr und rasendes Klackern von getriebenen Schuhsohlen vom Gang her in den engen Raum hinein. Kauffmann stürmte aus der Asservatenkammer hinaus und erspähte eine ganze Traube von dicht aneinandergedrängt stehenden Personen, darunter mehrere Hilfsgendarmen, die Sekretärinnen und sogar die beiden Putzfrauen, allesamt versammelt vor dem Amtszimmer.

Unter Einsatz seines übergewichtigen Körpers drängte er sich wenig zimperlich durch die Masse hindurch und staunte nicht schlecht, als er endlich freies Blickfeld auf das Objekt der kollektiven Neugierde erhaschen konnte. Eine von oben bis unten verdreckte Eleonore hing sichtlich abgekämpft in einem Lehnstuhl. Die ehemals honigblonden Haare hingen ihr in verklebten braunen Strähnen mitten ins Gesicht, dennoch vermochten sie die blauen Flecken auf der Stirn nicht zu überdecken. Ein erbärmlicher Gestank, der ihn spontan an einen Schweinstall in der Sommerhitze erinnerte, haftete an ihren Kleidern, die der Schlamm matschbraun gefärbt hatte. Zwei Sekretärinnen bemühten sich verzweifelt, ihr mit angefeuchteten Fetzen wenigstens den ärgsten Schmutz von der Haut zu waschen. So wie Eleonore dasaß, musste man annehmen, dass sie die letzte Nacht in einem tiefen Erdloch verbracht hatte.

Nichtsdestotrotz fiel Kauffmann vor Erleichterung ein Stein vom Herzen.

„Mein Gott, Kindchen, wie siehst du denn aus!"

Fürsorglich umarmte er seine geliebte Nichte. Im Grunde hatte er schon gar nicht mehr zu hoffen gewagt, sie noch einmal lebend zu Gesicht zu bekommen. Eine dicke Träne rann über seine Wange, die er geschickt mit der Hand abwischte, bevor sie irgendjemanden im Raum auffallen konnte. Sogleich kam auch wieder der professionelle Ordnungshüter in ihm durch. Er hatte so viele Fragen an Eleonore, dass er ad hoc gar nicht wusste, wo er anfangen sollte.

„Sag mir, wer hat dich verschleppt? Und wo bist du die letzten drei Tage festgehalten worden?"

Eine Sekretärin drängte sich besorgt dazwischen. „Lassen Sie der armen Kleinen doch noch ein wenig Ruhe. Sehen Sie nicht, wie erschöpft sie ist?"

„Sie überschätzen Ihre Kompetenzen, Fräulein Haider", schnauzte er sie kurz an, widmete sich aber gleich wieder seiner unerwartet wie aus Nichts aufgetauchten Nichte, die stumm und verschreckt bloß alle Versammelten anstarrte.

„Komm, Kindchen, du kannst es mir ja ins Ohr flüstern."

Sein Ohr nahe zu ihren Lippen haltend, wartete er auf eine Antwort. Es vergingen bange Sekunden, in denen die Menge rund um Kauffmann schon zu raunen begann. Dann öffnete Eleonore endlich den Mund und wisperte so leise, dass es für ihren Onkel, sonst jedoch für niemand anderen im Amtszimmer, verständlich war. Bedeutungsschwer nickte er mehrmals mit dem Kopf, aber keiner der Anwesenden könnte aus seinem Gesicht auch nur eine wage Andeutung von dem ablesen, was die junge Weinprinzessin gerade von sich gab. Schließlich fasste der Inspektor mit seinen Pranken zart an ihre schmutzigen, braunen Wangen und drückte ihr einen väterlichen Kuss auf die Stirn.

„Alles wird wieder gut werden, mein Kind."

Besorgt blickte er um sich, doch alles, was er in den Gesichtern zu lesen vermochte, war anteilslose Neugierde.

„Fräulein Haider, sehen Sie nicht, dass meine Nichte völlig verdreckt ist? Beschaffen Sie ihr etwas Sauberes zum Anziehen", herrschte er die Sekretärin an. „Und Sie alle", er schaute in die Runde von Bediensteten des Gendarmeriepostens, „gehen jetzt sofort an Ihre Arbeit zurück, sonst hagelt es ein Dienstverfahren nach dem anderen!"

Während sich die Versammlung, so schnell sie sich gebildet hatte, auch wieder auflöste, war der Inspektor in Gedanken bereits bei der Aufklärung des Verbrechens. Da kam es ihm gerade recht, dass nach dem Abzug der letzten Neugierigen nur mehr der blonde Kriminalkommissar zurückblieb.

„Hören Sie, Peterson, die Kleine ist völlig verwirrt. Meint sie doch tatsächlich, dass die verrückte Magda Herzog sie entführt, dann gleich mit Chloroform betäubt und in einer abgelegenen Fischerhütte am Seeufer eingesperrt hätte. Dort habe sie heute früh mit großer Mühe endlich das Vorhängeschloss aufbrechen und entwischen können."

Auch wenn es der Bericht seiner Nichte war, die er mehr liebte als seine eigenen Töchter, schaffte Kauffmann es nicht, den Zweifel in seiner Stimme zu verdecken. War er doch noch vor fünf Minuten überzeugt gewesen, dass weder Magda noch Siegfried Herzog etwas mit den Morden zu tun haben konnten, sondern selbst Opfer dieser Bestie geworden waren. Aber Eleonore war nun wieder aufgetaucht und dem Landesgendarmeriekommando würde es bestens in den Kram passen, dass seine Nichte die durchgeknallte Magda schlussendlich zweifelsfrei als Täterin identifizieren würde. Die Herzog-Weinbäuerin konnte sich als bis zur Unkenntlichkeit verkohlte Leiche freilich auch nicht mehr dagegen wehren. Angestrengt überlegt er, ob er die Akte nun schließen sollte. Ernsthaft wog er die Vor- und Nachteile seines weiteren Handelns für seine Nichte und ihn selbst, aber auch die Angehörigen der Opfer, ab. Es konnte ein Happy End für alle sein, wenn er die Dinge jetzt einfach so akzeptierte, wie sie sich offensichtlich darstellten. Einen unendlich lang erscheinenden Moment war er hin- und hergerissen. Allein, es war seine verdammte Pflicht als Bezirksinspektor, den wahren Täter ausfindig zu machen. Er würde sich nicht mit jener Version zufriedengeben können, die alle anderen für die Wahrheit hielten, solange er selbst nicht davon überzeugt war. Es konnte eine unbequeme Wahrheitsfindung werden, aber da musste er nun durch.

„Sobald Eleonore etwas Sauberes zum Anziehen hat, fahre ich mit ihr und Kurt Berger zur Fischerhütte hinaus. Ich will mir mit eigenen Augen ansehen, wie sie daraus geflohen ist. Und Sie schnappen sich jetzt die Person, die uns mit ihrem Tipp zu den Herzogs in die Falle gelockt und beinahe das Leben gekostet hat. Wir treffen uns dann bei der Hütte am See."

Fahrig fuhr er sich mit der Hand über seinen Schnauzer.

„Ich habe keine Ahnung mehr, was hier wirklich vor sich geht, aber es ist jetzt an der Zeit, diese Geschichte ein für alle Mal zu beenden."

29.
KAPITEL

Peterson parkte den azurblauen Alfa Spider auf dem ungepflegten Parkplatz vor der einzigen, trostlos inmitten von Gewerbebetrieben angesiedelten Wohnhausanlage des Ortes. Angespannt lauschte er den letzten Takten von Donovans *Hurdy Gurdy Man* aus dem Autoradio, zog dann den Zündschlüssel ab und machte sich auf den Weg zu Isabellas Wohnung im zweiten Stock, um die Journalistin eingehend zu vernehmen.

Hierüber ahnungslos hauchte Isabella ihm zur Begrüßung einen flüchtigen Kuss auf die Lippen. Ein gerade wahrnehmbarer Hauch von kostbarem Rosenöl ging von ihrem Nacken aus.

„Was verschafft mir die Ehre deines Besuches?", witzelte sie.

„Ein reiner Freundschaftsbesuch", log er. Für die Wahrheit hatte er später noch genug Zeit.

Peterson hatte sie seit dieser schicksalhaften Nacht, die völlig unverfänglich mit einem Aperitif im Fischrestaurant begonnen, dann in der Herrentoilette einen ersten aufregenden sexuellen Höhepunkt erfahren hatte und nur wenig später beim Anblick der auf ihn gerichteten Mündung der schussbereiten Schrotflinte von Magda Herzog eskaliert war, nicht mehr gesehen. Nicht, dass er keine Gefühle für diese leidenschaftliche und begehrenswerte Frau entwickelt hätte, nein, das war nicht der Grund gewesen, weswegen er dieses erregende Erlebnis mit ihr als bloßen One-Night-Stand abzutun versucht hatte. Vielmehr plagte ihn die Angst, für Isabella noch mehr zu empfinden. Seine jetzigen Verdachtsmomente gegen sie schienen seine Befürchtungen sogar noch zu untermauern.

Nun aber bewunderte er wieder ihre erotische Art, wie ihr dunkles Haar leicht wellig über die Schultern fiel, ihre Gesichtszüge, vollkommen gelöst, die makellose olivfarbene Haut über sanften Konturen gespannt, das dezente Make-up mit rubinrotem Glanz auf den Lippen. Um ihren Hals baumelte an einem Silberkettchen ein schwarzer Achatanhänger mit feinen dunkelgrauen Äderchen und unter dem farbenfroh schraffierten Pullover zeichneten sich dezent ihre wohlgeformten Brüste ab. Er vermutete, dass sie wieder einmal keinen Büstenhalter trug, ebenso wenig wie ein Höschen. Ihm fiel auf, dass er sie bis gerade eben eigentlich noch nie in Bluejeans gesehen hatte, da sie sonst immer nur Röcke trug. Ihr knackiger Hintern kam in der eng an den Hüften anliegenden Hose nun sogar noch besser zur Geltung. Sein Blick wanderte schließlich zu ihren Händen. Lange, zarte Finger, die fast schon zerbrechlich anmuteten. Sah so eine grausame Serienmörderin aus?

Er folgt ihr durch einen kurzen Korridor hinein in das alles andere als geräumige, dafür aber außerordentlich behaglich eingerichtete Wohnzimmer. Dennoch war der Grad an Unordnung unübersehbar. Regalfächer bogen sich unter dem gnadenlosen Gewicht von unzähligen Büchern durch, Tageszeitungen und Zeitschriften stapelten sich am Teppichboden, dazwischen zerknülltes Papier, offenbar Reste literarisch unergiebiger Versuche. Auf einem Ecktischchen erkannte der Kommissar ein eingerahmtes Foto von *Ernesto Che Guevara*. Über der rechten oberen Ecke war zum Zeichen von Guevaras gewaltsamen Tod vor mittlerweile auch schon drei Jahren in Bolivien ein schwarzes Trauerband angeklebt. Eine kleinere Farbfotografie gleich daneben zeigte die amerikanische Bluessängerin Janis Joplin, wie sie mit einer fast leer getrunkenen Flasche *Southern Comfort* in ihren kleinen Händen und eingehüllt in einen Pelzmantel im Schneidersitz auf einem in den buntesten Farben selbst bemalten Porsche 356 Cabriolet saß. Auch auf diesem Bild war ein schwarzer Flor angebracht worden.

Isabella ergriff als Erste das Wort.

„Du bist doch sicher nicht hergekommen, um meine Wohnung zu bewundern, oder?"

„Nein, nicht wirklich. Eleonore ist heute wieder aufgetaucht", kam er ohne Umschweife auf den Punkt. „Sie sagt, sie sei von Magda Herzog entführt und mit Chloroform betäubt worden. Kauffmann besichtigt mit ihr gerade die abgelegene Fischerhütte, in der sie die letzten Tage eingekerkert war."

„Na, wenn das keine großartigen Nachrichten sind!", jubilierte sie ein wenig übertrieben. „Damit ist der Fall endgültig bis ins letzte unsichere Detail gelöst! Ich habe es dir ja von Anbeginn an gesagt, dass die *Verrückte* und ihr nicht minder durchgeknallter Mann die lang gesuchten Täter wären. Jetzt können wir getrost zur Tagesordnung übergehen", scherzte sie und setzte zu einem weiteren Kuss an. Etwas rüde wies er sie ab.

„Nicht ganz."

Sichtlich erstaunt sah sie ihn an.

Er zögerte kurz. „Wie bist *du* eigentlich auf Magda Herzog gekommen?"

Eine düstere Miene legte sich auf ihr schmales Gesicht. Darin glaubte er auch, unverkennbare Anzeichen von grenzenloser Enttäuschung zu erkennen.

„Das weißt du doch! Das Dreieck auf der Straßenkarte – du erinnerst dich doch noch, oder?"

„Das war doch sicher nicht alles", hakte er nach.

„Sag mal, verdächtigst du *mich*?" Auf ihrer Stirn zeichneten sich die ersten Sorgenfalten ab. Unbewusst wich sie einen kleinen Schritt zurück.

„Das tut jetzt nichts zur Sache. Beantworte bitte einfach meine Fragen." Der Kommissar war um einen sachlichen Ton bemüht, wenngleich die Emotionen in ihm hochkamen.

„Okay, wenn du darauf bestehst. Ich werde den Hinweis wohl irgendwo im Ort aufgeschnappt haben", erwiderte sie trotzig.

„Das ist nicht exakt genug."

Er konnte förmlich sehen, wie sie widerwillig in ihrem Gedächtnis kramte.

„Ich wollte doch damals in der Klosterschule mit dieser Freundin von Marie-Christin ein Interview machen, bevor mich diese gewalttätigen Nonnen hochkantig rausgeworfen haben."

Peterson erinnerte sich. Es war der Tag, an dem sie beide sich das erste Mal getroffen hatten.

„Naja, am nächsten Tag hab ich das Mädel vor der Schule abgepasst und schnell mal das Interview für die Zeitung nachgeholt."

„Gut, und weiter?"

„Sie meinte, dass eine Mitschülerin überall im Kloster herumerzählen würde, dass die verrückte Magda im Delirium die Tat begangen haben soll, weil Marie-Christin ja die Nachfolgerin ihrer verstorbenen Tochter war."

Der Ermittler wusste nicht so recht, ob er ihrer Schilderung Glauben schenken sollte.

„Hast du die Klosterschülerin gefragt, wie das Mädchen heißt, das diese Gerüchte in die Welt gesetzt hat?"

„Nein, ausnahmsweise war ich mal nicht derartig neugierig, aber in dieselbe Klosterschule geht doch auch ..."

Isabella ließ den Satz unvollendet im Raum stehen. Sie sah den Kommissar mit ihren großen Augen an.

„Bring mich sofort zu Kauffmann!"

30. KAPITEL

Schwarze Wolken wanderten gemächlich so dicht über die gefrorene Wasseroberfläche des Neusiedler Sees, dass man meinen konnte, sie mit der ausgestreckten Hand berühren zu können. Totenstille lag über dem gesamten Uferbereich. Sogar der sonst stets präsente Wind war in der Eiseskälte abhandengekommen. Die kerzengerade, mit Frostschäden übersäte Straße teilte den Schilfgürtel in zwei Hälften. Weit und breit war – bis auf den Kommissar und die Journalistin in dem kleinen Sportcabriolet – keine Menschenseele zugegen.

Je näher Peterson dem See kam, desto stärker überkam ihn dieses unerträgliche Kribbeln in der Bauchgegend, ein untrügerisches Zeichen, dass eine Entscheidung unmittelbar bevorstand. Dieses Gefühl intensivierte sich noch, als nach einigen Kilometern die Straße im Nirgendwo des Schilfs als Sackgasse endete. Nur ein gut versteckter, schmaler Fußweg zweigte weiter hinein in den Schilfgürtel ab.

„Hier entlang?", fragte er Isabella mit einer ordentlichen Portion Misstrauen.

„Ja doch. Vertraust du mir etwa nicht?", erwiderte die Journalistin schnippisch.

Peterson ersparte sich eine Antwort auf diese Gretchenfrage. Stattdessen ließ er den Wagen zurück und bahnte sich zu Fuß auf dem beinahe schon zugewachsenen Trampelpfad den Weg hinein in das Schilf. Dabei ließ er die

Journalistin mit einigen Schritten Vorsprung vorangehen, nicht nur, weil sie vorgab, den Weg zur Hütte zu kennen, sondern auch weil er nicht mehr wusste, ob er ihr trauen konnte. Zu beiden Seiten raubte ihnen das mannshohe, eng zusammenstehende Rohr mit seinen buschigen braunen Spitzen die Sicht auf die weite Ebene und tauchte mit mächtigen Schatten die beiden ungebetenen Besucher in ein unwirkliches Zwielicht.

„Die alte Hütte liegt ziemlich abseits. Früher einmal war sie unter Einheimischen recht bekannt und wurde als Lager für allerlei Utensilien verwendet, aber seit der Fischbestand im See drastisch zurückgegangen ist, haben selbst die Petrusjünger sie aufgegeben“, plauderte Isabella ungefragt aus dem Nähkästchen.

„Scheint der perfekte Ort für ein Verbrechen zu sein ...“

„Könnte schon sein. Sie steht nämlich jetzt seit gut und gerne fünfzehn Jahren leer. Sobald der See zugefroren ist, kann man die Hütte entweder nur mehr nach einem kilometerlangen Marsch über die Eisoberfläche oder eben über diesen Fußweg erreichen.“

Nach einer scharfen Biegung wurde der Schilfgürtel offener und formte einen Platz, in dessen Mitte sich eine Holzhütte hervorhob. Dahinter konnte der Kommissar bereits den blaukalten Schimmer der zugefrorenen Wasseroberfläche des Steppensees erkennen.

Irgendwie hatte er sich die Hütte anders vorgestellt. Vielleicht als einen aus einfachen Brettern gezimmerten Verschlag. Stattdessen erinnerte ihn der Anblick eher an eine Blockhütte aus massiven Holzstämmen. Zwar konnte er kein Fenster erkennen, dafür aber eine nicht minder solide Tür, an der ein halb verrostetes, aufgeklapptes Vorhängeschloss hing. Offensichtlich war das der Weg, über den Eleonore in die Freiheit entkommen war. Peterson ging eine Runde um das hölzerne Gebäude herum und fand zahllose alte Fischhaken neben Resten eines löchrigen Netzes, zig halb vermoderte Plastiksackerl, Flaschen und Dosen, rostige Eisenstangen sowie einige morsche Pfosten, die verstreut am gefrorenen Morast des Seeufers bis weit hinein in den Schilfgürtel nutzlos herumlagen. Vor der unmittelbar dahinter beginnenden blaukalten Eislandschaft erschien diese erbärmliche Müllhalde reichlich unwirklich.

Plötzlich hörte er Schritte und gedämpfte Stimmen aus dem Schilf. Offenbar bahnten sich gerade eben mehrere Personen auf dem Trampelpfad den Weg durch das Rohr. Nur Augenblicke später trat der Bezirksinspektor mit seinem Hilfsgendarmen Berger und seiner Nichte Eleonore im Schlepptau aus dem Schilf heraus. Eleonore sah bereits wesentlich erholter aus als noch vor zwei Stunden am Gendarmerieposten. Die gesunde Farbe war wieder in ihr Gesicht zurückgekehrt und die honigblonden Haare schimmerten wie eh und je. Dazu tat die saubere Kleidung ihr Übriges, um sie wieder wie eine adrette junge Weinprinzessin aussehen zu lassen.

„Sieh an, da haben wir ja unsere wissbegierige Schnüffelnase", lästerte Kauffmann beim Anblick des Kriminalkommissars. Das unerwartete Auftauchen seiner Nichte schien auch die Grantigkeit des Bezirksinspektors wieder zurückgebracht zu haben. Vielleicht überspielte er aber damit auch bloß nur seine innere Unruhe, um alle anderen hier an diesem verlassenen Ort in falscher Sicherheit zu wiegen.

Ohne herumzufackeln, visierte Gerhard Kauffmann das zwar geöffnete, aber auf den ersten Blick unversehrte Vorhängeschloss der Fischerhütte an. Seltsamerweise war die Tür jedoch geschlossen. Offenbar konnte er sich keinen Reim darauf machen, denn er untersuchte beides eingehend, bevor er schließlich mit einem kräftigen Tritt die Tür eintrat. Sogleich verschwand Kauffmann im Dunkeln der Hütte. Peterson wollte ihm schon folgen, als ihm auf einmal ein penetranter Gestank aus dem Inneren des Holzbaus in die Nase kroch. Ganz konnte er den scheußlichen Geruch nicht zuordnen, aber es durfte wohl eine erbärmlich stinkende Mischung aus abgestandenem Urin und anderen Fäkalien sein, die die klare kalte Winterluft verpesteten. Er holte noch einmal tief Luft und folgte dann mit vor Mund und Nase gehaltener Hand dem Bezirksinspektor in die Fischerhütte. Drinnen hatte Kauffmann im matten Licht der Taschenlampe bereits begonnen, systematisch den einzigen Raum nach Spuren abzusuchen. Davon gab es hier zweifelsohne genug.

Der unebene Bretterboden war mit wild durcheinander gewürfelten Kleidungsstücken, allem Anschein nach ausschließlich solche von Frauen, nur so übersät. Einige Teller, auf denen verdorbene Essensreste klebten, und mehr als ein Dutzend halb oder ganz leere Glasflaschen kugelten dazwischen herum. Der hintere Teil des Zimmers wurde von einer vor Dreck nur so starrenden Matratze eingenommen, deren Federn an mehreren Stellen bereits durch den Stoff gedrungen waren. Bei genauerem Hinschauen hoben sich zahllose getrocknete blutrote Flecken ab. Zwei mottenzerfressene Decken mit zentimetergroßen Löchern bedeckten den Rest des provisorischen Bettlagers. Gleich daneben erkannte Peterson schließlich auch die Quelle des abscheulichen Gestanks. Offenbar hatte ein blauer Plastikeimer als Toilette gedient und war wohl nie wirklich entleert worden. Er wollte bereits gehen, als er in einer der hinteren Ecken im matten, wild hin und her zuckenden

Schein von Kauffmanns Taschenlampe einen mit der Wurzel ausgerissenen Backenzahn erspähte. Zweifelsohne war dies der Ort eines Verbrechens. Beim Gedanken daran, welche Qualen die hierin gefangen gehaltenen Mädchen wohl durchleben hatten müssen, schauderte selbst der erfahrene Ermittler. Den Rest musste nun die professionelle Spurensuche erledigen. Ihre Anwesenheit gefährdete nur die Integrität des Tatortes.

Wortlos und geschockt verließen Kauffmann und Peterson die Fischerhütte. Der Bezirksinspektor wusste bereits, dass das, was jetzt kommen würde, für ihn sogar noch viel bedrückender sein würde.

„Kindchen, kommst du mal her zu mir", rief er seiner Nichte zu, die seiner Aufforderung auch sofort folgte.

„Bist du hier drinnen gefangen gehalten worden?", fragte er emotionslos.

Eleonore nickte vorsichtig.

„Würde es dir etwas ausmachen, trotzdem noch einmal einen ganz kurzen Blick in die Hütte zu werfen?"

Kauffmann wollte auf irgendetwas hinaus, aber noch schien niemand der Anwesenden, Eleonore mit eingeschlossen, zu durchschauen, was es war. Widerwillig setzte das Mädchen zwei Schritte hinein in die Dunkelheit, bis ihre Gestalt nur mehr schemenhaft zu erkennen war.

Kaum war sie in der Hütte verschwunden, schlug Kauffmann ohne Vorwarnung die Tür heftig zu und ließ das metallene Vorhängeschloss einrasten. Panikartig hämmerte Eleonore sogleich mit den Fäusten gegen die solide Holztür.

„Lass mich sofort hier raus, Onkel!" Ihre Stimme drang nur äußerst gedämpft durch das dicke Eichenholz nach draußen.

„Bitte, bitte!“, wimmerte sie immer und immer wieder.

„Nun, Eleonore, zeig uns mal, wie du da herausgekommen bist!“, brüllte ihr der Bezirksinspektor von der anderen Seite der Tür zu.

Kauffmann erhielt keine Antwort darauf. In Wirklichkeit hatte er aber auch keine erwartet. Frustriert holte er aus seinem Gürtel ein Schweizermesser hervor und hantierte umständlich am Schloss herum. Als dieses nicht sofort aufsprang, nahm er eine nur wenige Meter entfernt im harten Boden steckende, krumm gebogene Eisenstange zu Hilfe. Aber selbst damit schaffte es Kauffmann nur unter Einsatz seiner ganzen Kraft, das Schloss mittels Hebelwirkung zu knacken. Wie Eleonore mit ihrer zarten Figur das Vorhängeschloss aufbrechen hätte können, und das womöglich auch noch ohne geeignetes Werkzeug, konnte er sich nicht einmal ansatzweise erklären. Tiefe Enttäuschung machte sich in ihm breit. Freilich war es nicht das erste Mal, dass er im Dienst belogen worden war. Was diese Situation hier jedoch aufs Deutlichste unterschied, war, dass seine eigene Nichte ihn hintergangen hatte. Weiß Gott, warum. Jedenfalls hatte er gesehen, was er wissen wollte.

Mit hängendem Kopf wandte er sich von der Hütte ab, während Eleonore die nunmehr unverschlossene Tür augenblicklich aufriss und wie eine Furie hinausstürmte. Dann ging alles sehr schnell – zu schnell für Kauffmann. Zunächst einmal spürte er nur einen Luftzug, gleich danach eine kaum merkliche Berührung, wie ein federleichtes Ziehen an seinem Gürtel, und keine zwei Sekunden später traute der Inspektor seinen altersbedingt weitsichtigen Augen nicht mehr, fuchtelte doch Eleonore mit etwas, dass wie eine geladene Pistole aussah, vor seiner

Nase herum. Erst in diesem Moment merkte Kauffmann, dass Eleonore ihm seine Walther PP Dienstwaffe entwendet hatte. Abwechselnd zielte sie damit auf ihn, den Kriminalinspektor aus Wien sowie auf diese unsägliche Journalistin.

„Es tut dir hier niemand etwas, Kindchen. Du bist bei mir vollkommen sicher." Kauffmanns Naivität war kaum mehr zu schlagen.

Anstatt die Waffe zu senken, machte seine kleine Nichte jedoch sogar noch einen Schritt weiter auf ihr auserkorenes Opfer, die rassige schwarzhaarige Journalistin, zu. Eleonore presste ihr die Mündung der Pistole auf den Hinterkopf, schob sie vor sich her und fasste ihr mit dem Arm roh unter den Busen, damit sie nicht gleich abhauen konnte.

„Los, beweg dich!", befahl sie in strengem Ton. „Raus auf das Eis."

Dem geschockten Kauffmann kam dies alles wie eine Szene aus einem bizarren Albtraum vor, einer von der Sorte, aus dem man lieber früher als später erwachte. Tatsächlich aber war es kein Traum, sondern die brutale Realität. Seine geliebte Nichte nötigte diese Journalisten, die seit Jahren ihre Nase in jeden Dreck steckte, als Schutzschild vor sich herhaltend, im Rückwärtsschritt auf das blanke Eis des Sees hinauszugehen.

Peterson erwachte als Erster aus dieser kollektiven Trance. Aus dem Schulterhalfter zog er seinen silbernen Smith & Wesson Colt hervor und versuchte Eleonore anzuvisieren, doch noch bevor er auch nur einen Warnschuss abgeben hätte können, hatte ihm Kauffmann die Waffe bereits entrissen.

„Es ist *meine* Nichte, Peterson, und ich werde dieses familiäre Problem selbst lösen."

Eine Diskussion würde Kauffmann nicht zulassen. Reden konnten sie später. Nun war es an der Zeit zu handeln, denn die beiden Frauen hatten die offene Eisfläche bereits erreicht. Was Eleonore dort draußen vorhatte, vermochte Peterson nicht einmal zu erahnen.

31. KAPITEL

Wie in einem schlechten Westernstreifen, bei dem sich die Protagonisten zum High Noon zusammenfinden und nur einer von ihnen den Ort der bleihältigen Konfrontation lebend verlassen würde, lag nun die finale Eskalation für alle Beteiligten greifbar in der leblosen Winterluft. Denn draußen auf dem Eis des Steppensees gab es bekanntermaßen weder eine sichere Deckung noch einen rationalen Fluchtweg. Immerhin spendete die hauchdünne frische Schneedecke zumindest das – wenngleich trügerische – Gefühl, auf der glatten Oberfläche einen gewissen Halt zu finden, verdeckte gleichzeitig aber auch die zahllosen tückischen Haarrisse in der dünnen Eisdecke.

Eleonores Flucht führte sie etwa hundert Meter hinaus auf den gefrorenen See, bis sie unvermittelt mit ihrer Geisel anhielt und sich ihren Verfolgern zuwandte, fast so, als hätte sie sich ganz genau diesen und keinen anderen Ort für die bevorstehende Konfrontation ausgesucht. Zwei ausgefressene pechschwarze Krähen ließen sich sogleich in der Nähe der jungen Frauen auf dem Eis nieder und begannen sinnlos mit ihren spitzen Schnäbeln darauf einzuhacken. Von der Verfolgergruppe erreichte der hechelnde Kauffmann als Erster die Stelle fernab dem Ufer. Trotz der Minusgrade tropfte ihm der Schweiß vom Kinn, und sein ruckweise ausgestoßener Atem hüllte den massigen Kopf mit der wuchtigen Dienstkappe in eine flüchtige Dunstwolke. Er war völlig am Ende mit seiner Kondition, aber immerhin hatte er es geschafft, bis auf gut zwei Dutzend Meter an seiner Nichte dranzubleiben, was angesichts seiner unsportlichen Figur durchaus bemerkenswert war.

„Komm, Kindchen, das bringt doch nichts. Leg die Waffe auf den Boden", redete der Inspektor mit schnaufender Stimme auf seine Nichte ein, während er – Petersons Colt schussbereit in den Händen haltend – wieder ein paar Schritte auf sie gut machte.

Auch Peterson und der Hilfsgendarm Berger erreichten endlich den Ort der bevorstehenden Auseinandersetzung. Je näher aber die Dreiergruppe der Verfolger ihrem Ziel kam, desto mehr ging Eleonore hinter der gut einen halben Kopf größeren Isabella in Deckung. Nichtsdestotrotz hielt sie ihrer Geisel weiterhin die Waffe an den Hinterkopf. In den sonst so feinen Gesichtszügen der Journalistin konnte Peterson nun einen Ausdruck erkennen, den er an ihr noch nicht einmal bei ihrem gemeinsamen nächtlichen Einbruch bei den Herzogs bemerkt hatte: Es war die blanke Todesangst.

Unterdessen wagte sich auch Kauffmann wieder einige Schritte vor, wobei das dünne Eis unter seinem beleibten Körper nur so krachte. Unweigerlich wurde er dadurch an das Ächzen seines Schreibtischstuhles erinnert. Dennoch, es fehlte nicht viel und er wäre in Schussreichweite.

„Einen Schritt weiter und ich jage der Journalistin eine Kugel in den Kopf", warnte Eleonore ihren Onkel. Ein bedrohlicher Unterton, der nur schwer einzuordnen war, schwang in ihrer Stimme mit. *Meinte sie ihre Drohung ernst oder bluffte sie nur?* Kauffmann hatte gedacht, das Mädchen gut zu kennen, aber im Moment traute er ihr schlichtweg alles zu.

Unbehelligt hob der Inspektor den silbernen Colt und zielte. „Du hast hier gar nichts zu befehlen, junges Fräulein. Ich warne dich zum letzten Mal. Lass die Pistole auf der Stelle fallen!“ Sein Tonfall war schroff und signalisierte Entschlossenheit. Dennoch folgte keine Reaktion auf der Gegenseite.

Das Gesicht puterrot angelaufen, holte der Bezirksinspektor zur nächsten Drohung aus. „Ich zähle jetzt bis drei. Wenn du bis dahin die Waffe nicht auf das Eis gelegt hast, werde ich auf dich schießen. Ich meine es ernst“, bekräftigte er seinen Standpunkt.

Mit zittriger Stimme begann er zu zählen. „Eins!“

Unendliche Stille hatte sich über dem See ausgebreitet. Nicht einmal die Krähen waren mehr zu hören. Das bevorstehende Unheil ahnend, waren sie, ohne auch nur einen einzigen Laut von sich zu geben, wie feige Diebe in der Nacht von diesem Unheil versprechenden Ort geflohen. Nun gehörte die Bühne allein den fünf Personen, die ihre Positionen am denkbar dünnen Eis wohlfein bezogen hatten.

„Zwei!“

Noch immer rührte sich niemand vom Fleck. Kauffmann hielt seine Waffe scheinbar seelenruhig in der Hand und visierte Eleonores blonden Schopf an, der hinter der als Geisel gehaltenen Journalistin gerade noch zu einem kleinen Teil hervorlugte. Ein Schuss aus einer Distanz von zwanzig Metern auf das Haupt einer Person war schon an sich nicht unbedingt einfach, aber wenn sich das Ziel hinter einer Geisel so perfekt versteckte, war ein Treffer mehr ein Glücksspiel als Können. Kauffmann war sich wohlbewusst, dass er unter Umständen auch die davorstehende Isabella Wagner tödlich treffen konnte. Dennoch gab es eine nicht zu vernachlässigende Chance, dass ein exakt gezielter Schuss die junge Geiselnehmerin selbst außer Gefecht setzen würde. Mehr denn je steckte Kauffmann nun in der Bredouille. Sein Pflichtbewusstsein als Gendarm befahl ihm, augenblicklich den Abzugshahn zu ziehen, er brachte es aber nicht übers Herz, auf seine geliebte Nichte zu schießen. Sein innerer Konflikt näherte sich unabwendbar dem Gipfel und führte ihn mehr und mehr in ein ausweglsoses Dilemma.

Die Spannung hatte den Höhepunkt erreicht. Das war selbst in dieser emotionslosen kalten Novemberluft am weiten Eis des Neusiedler Sees, auf dessen aalglatten Rücken in den nächsten Minuten das Schicksal der Anwesenden besiegelt werden würde, zu spüren.

Während Kauffmann, in seinem inneren Konflikt gefangen, gänzlich unfähig zum Handeln war, ergriff Kurt Berger unerwartet das Wort. In diesem Moment der absoluten Anspannung klang seine jugendlich piepsige Stimme jedoch so befremdlich, als ob sie von einem anderen Planeten käme.

„Fallen lassen! Sofort!“, brüllte Berger. Einen Moment lang wusste Kauffmann nicht so recht, an wen sein Hilfsgendarm dieses Kommando gerichtet hatte, bis er die auf ihn selbst gerichtete Waffe in Bergers Hand entdeckte. Ungläubig fragte er sich, woher der Hilfsgendarm überhaupt eine Schusswaffe hatte, durfte dieser doch gerade mal einen Schlagstock tragen, doch dann erkannte er die Luger 08-Pistole aus der Asservatenkammer.

„Berger, sind Sie jetzt komplett wahnsinnig geworden?“ Kauffmann hielt seinen silbernen Colt unbeirrt weiterhin auf die Geiselnehmerin gerichtet.

„Ich würde mich an Ihrer Stelle nicht lange spielen, Kauffmann!“, entgegnete der Hilfsgendarm zornig und gab einen Warnschuss ab. Das Projektil verfehlte Kauffmanns linkes Ohr so knapp, dass er einen kurzen Augenblick lang annahm, für den Rest seines Lebens taub zu sein, bis sich sein Gehörsinn dann, wenn auch reichlich zögerlich, wieder einfand.

„Runter damit! Hände über den Kopf oder ich ziele das nächste Mal genauer!“, warnte der Hilfsgendarm.

Kauffmann ließ den Colt fallen. Dem Aufprall der schweren Faustfeuerwaffe auf der gefrorenen Wasseroberfläche folgte ein scharfes Knacken.

„Auf die Knie!“, kam schon gleich das nächste Kommando.

Bedächtig sank der Bezirksinspektor auf das Eis. Was auch immer hier vorging, es sah definitiv nicht nach seinem Tag aus.

32. KAPITEL

Peterson hatte die bizarre Szene aus scheinbar sicherer Distanz beobachtet, fast so, als ob es ihn nichts angehen würde. Das änderte sich aber abrupt, als Berger die Mündung seiner Luger 08 auch auf ihn richtete.

„So und jetzt Sie, Peterson."

Der Kommissar überlegte rasch seine Alternativen. So wie Kauffmann, die Hände fest über dem Kopf gefaltet, völlig wehrlos auf dem Eis kauerte, konnte er auf keine Hilfe von ihm hoffen. Seine eigene Schusswaffe lag für ihn unerreichbar zu Kauffmanns Füßen und bis er bei Kurt Berger wäre, um ihn mit seinen blanken Händen zu überwältigen, hätte dieser längst auf ihn geschossen. Auf diese Entfernung konnte er ihn kaum verfehlen. Petersons einzige Chance bestand darin, Zeit zu gewinnen und den Hilfsgendarmen in ein Gespräch zu verwickeln, bis die verzwickte Situation sich vielleicht günstiger darstellte.

„Berger, überlegen Sie doch mal eine Sekunde lang. Wo soll das hinführen?"

„Das lassen Sie mal schön meine Sache sein!", erwiderte er in rüdem Ton.

„Das stimmt schon, aber warum wollen Sie sich so einen Ärger einhandeln?"

„Ärger? Was wissen Sie schon von Ärger?", polterte Kurt Berger los. „Dieser Drecksack da", er gab dem knienden Kauffmann mit der Stiefelspitze einen ordentlichen Tritt in die Rippen, worauf dieser vor Schmerzen aufstöhnte und sich am Eis krümmte, „hat mich jetzt zwei ganze Jahre lang schikaniert, mir das Leben zur Hölle gemacht und mich wie einen Vollidioten behandelt."

„Aber das ist doch kein Grund ...", wollte Peterson schon beschwichtigen, wurde aber jäh mitten im Wort unterbrochen.

„Sie sind jetzt erst einmal still! Mit Ihrer Besserwisserei und Ihrer angeblich so tollen Kriminalausbildung sind Sie doch auch nichts anderes als ein eingebildetes Arschloch! Sie haben doch nicht den geringsten Schimmer davon, was hier im Ort tatsächlich vor sich geht."

„Halt das Maul, Kurt! Willst du *alles* verraten?", schrie Eleonore dazwischen und fuchtelte wie von Sinnen mit der Waffe herum.

„Ach, führ dich doch nicht so auf, als seist du die Jungfrau Maria!", warf er ihr an den Kopf. „Du hast seit deiner Kindheit das Geheimnis um deine uneheliche Abstammung gehütet wie den eigenen Augapfel. Das wäre auch so weitergegangen, hätte dir nicht Marie-Christin noch einen Strich durch die Rechnung gemacht. Mein Gott, sie war deine Halbschwester und du hast sie umgebracht!"

Peterson fiel spontan Marlies Aigner ein, die um nichts in der Welt den wahren Vater ihrer Tochter Marie-Christin preisgeben hatte wollen. Schön langsam konnte er sich denken, warum.

Aber schon holte Kurt Berger zu nächsten Schlag aus. „Auch wenn ihr beide Halbschwestern gewesen seid, gab es zwischen dir und der niedlichen Marie-Christin doch zumindest einen ganz entscheidenden Unterschied: Während ihr zeugungsunfähiger Vater von allem wusste, ja sogar seine eigene Frau dazu ermutigt hatte, mit dem umtriebigen Dechanten ins Bett zu steigen, weil dieser niemals einen Anspruch auf das Kind erheben würde, hat dein Vater bis zum heutigen Tag nicht einmal den Schimmer einer Ahnung, dass seine Ehefrau ihn mit einem dreckigen Priester betrogen hat und sein einziges Kind das Produkt dieses misslungenen Seitensprungs ist."

Aus seinem Blickwinkel konnte Peterson den Gesichtsausdruck des Bezirksinspektors, der sich nach dem kräftigen Tritt seines Hilfsgendarmen noch immer vor Schmerzen auf der kalten Eisoberfläche krümmte, nicht erkennen. Dennoch war es ein Leichtes, sich auszumalen, dass er nicht gerade begeistert war, nun zu hören, dass seine geliebte Nichte in Wirklichkeit nicht einmal im Entferntesten mit ihm blutsverwandt war.

„Das alles wäre aber noch kein Grund für einen Mord gewesen. Die Idee dazu kam dir erst, als Marie-Christin ihren Sturschädel durchsetzen und die Welt verbessern wollte. Ja, sie war ein richtiger Gutmensch und beabsichtigte justament hier bei uns im Dorf mit dem großen Aufräumen anzufangen. Die Kleine hatte doch tatsächlich vor, anlässlich ihres groß inszenierten Auftritts mit dem Bürgermeister beim Martini-Loben gleich eine ganze Palette an dreckigen Geheimnissen zu lüften: Angefangen von der giftigen Weinpanscherei bei gut der Hälfte aller örtlichen Winzer, über die schmutzigen Avancen des Bürgermeisters bei dieser rotznasigen Rezeptionistin, nebenbei auch die kollektive Testamentsfälscherei beim Huberbauern und die streng geheim gehaltene Vergewaltigung von zwei blutjungen Klosterschülerinnen durch diesen pädophilen Gerichtsmediziner. Alles, bis eben hin zu den unzähligen Schandtaten des Dechanten, inklusive deiner und ihrer Abstammung von diesem Lustmolch, wollte sie öffentlich hinausposaunen. Selbstlos, wie sie nun einmal war, nahm sie sogar in Kauf, ihrem eigenen Ruf massiv zu schaden, wenn sie damit nur dem wilden Treiben hier im Ort ein

Ende bereiten konnte. Das Beste war aber, dass sie mit diesem ganzen Vorhaben gerade zu mir kam und sogar Kauffmann persönlich um Unterstützung ersuchen wollte. Sie war ja so was von naiv."

„Ja, und wenn du schon dabei bist, dann sag auch gleich, warum du dieses Flittchen bei mir verpetzt hast!", schrie Eleonore ihn an.

„Na und, ich hoffte, dich damit davor bewahren zu können, dass dich dein abartig strenger Vater hochkantig aus dem Elternhaus hinaus auf die Straße wirft, wenn er erfährt, dass *du* nicht seine Tochter bist. Er hätte zudem sofort dafür gesorgt, dass du von der Liste der Weinprinzessinnen gestrichen wirst. Was hättest du dann getan? Ha! Das wäre das Ende all deiner Träume gewesen! Deine sinnlose Schwärmerei davon, dass du wie einige deiner Vorgängerinnen die Chance ergreifen und als Weinprinzessin dann endlich diesem Kaff hier entfliehen könntest. Eine große Modelkarriere in Paris. Das nette Appartement am Boulevard Saint-Germain über den Dächern der Stadt. Dein Kunst- und Musikstudium an der Sorbonne. Und erst deine absurden Fantastereien mit der Hautevolee bei Jim Morrison, Yves Montand und Romy Schneider ein und aus zu gehen. Pah! All deine materialistischen Herzensträume wären ein für alle Mal mit einem Schlag beim Teufel gewesen, wenn dich Marie-Christin als unehelichen Bastard eines dekadenten Geistlichen entlarvt hätte." Kurz überlegte er und setzte dann fort, „und ja, natürlich hatte ich die Hoffnung, dich nach diesem kleinen Gefallen flachlegen zu können! Das ist aber kein Verbrechen, Mord hingegen schon", rechtfertigte sich Kurt Berger.

„Jetzt spiel nicht den Scheinheiligen. Erpressen wolltest du mich damit! Nachdem ich dir aber einen Weg aufgezeigt habe, wie *ich* Marie-Christin beseitigen und *du* endlich Kauffmann als Hindernis für deine Karriere aus dem Weg räumen könntest, warst du doch ganz scharf darauf, die um ihr Leben bettelnde Marie-Christin an den Kanaldeckel gebunden im See zu versenken." Eleonore stieß ein abartig hämisches Lachen aus, das so laut war, dass man es wohl noch am gegenüberliegen Seeufer hören konnte.

„Ich Trottel hab mich von dir leichtfertig um den Finger wickeln lassen, aber du hast sie alle von vorn bis hinten getäuscht. Angefangen mit deinem schwachköpfigen Freund Bobbie beim ach so zufälligen Auffinden der Wasserleiche, bis hin zu diesem dahergelaufenen Kriminalkommissar Peterson und dem alten Kauffmann selbst. Und freilich hast du auch deinen vermeintlichen Vater hinters Licht geführt. Ja, ein gewisses schauspielerisches Talent kann man dir tatsächlich nicht absprechen", spottete er. „Eines steht aber fest: Ich hab Marie-Christin nicht umgebracht! Erinnere dich doch nur mal, wer die Kleine aus abgrundtiefem Hass unbedingt mit der Lanze durchbohren wollte? Diese ganze Sauerei – der halbe See war total rot! Ich kann deinem Gedächtnis aber auf die Sprünge helfen: Du alleine hast sie damit ins Jenseits befördert!"

„So ein Unsinn! Als ich die Hellebarde benutzt habe, war die Schlampe doch höchstwahrscheinlich schon ertrunken. Außerdem war das die einzige Möglichkeit, um die Aufmerksamkeit der bescheuerten Dorfkiberer auf diesen halbstarken kleinkriminellen Willi Becker zu lenken! Mein Gott, dieser schräge Typ hat auf unsere Anweisung hin die spätere Mordwaffe aus dem Museum entwendet und wäre damit der perfekte Schuldige gewesen. Niemand wäre uns je auf die Schliche gekommen! Aber du warst ja dann nicht einmal dazu fähig, diesem Dodel aus dem Diebstahl der Hellebarde einen Strick zu drehen und ihm ein getürktes Geständnis für den Mord an Marie-Christin abzuknöpfen."

„Er war doch schon hinter Schloss und Riegel, was sollte es da noch ändern. Immerhin hatten wir genug Indizien gegen ihn. Tatsache ist nur, dass du die Nerven verloren hast." Einen kurzen Augenblick lang hielt der Hilfsgendarm bedeutungsvoll inne. „Sag mal, was hast du dir eigentlich dabei gedacht, die beiden anderen Mädchen auch noch umzubringen?"

„Du kapierst doch wohl gar nichts, oder? Auf wen glaubst du, wäre der Verdacht nach Willi Becker sonst wohl gefallen? Zumindest einer guten Handvoll Leute und freilich nicht zuletzt diesem redseligen Dechanten war wohlbekannt, dass Marie-Christin und ich Halbschwestern waren. Wenn dieses behütete Geheimnis an die breite Öffentlichkeit gedrungen wäre, mein Gott, ich wäre so was von verdächtig gewesen", fauchte das blonde Mädchen. „Was glaubst du, warum wir auch gleich die beiden anderen Weinprinzessinnen verschleppt, dann in der Fischerhütte über Wochen hinweg eingesperrt und durchgefüttert haben. Nur so zum Spaß? Ich hab schon geahnt, dass du beim Verhör mit Willi Becker völlig versagen würdest und mir zur Sicherheit von Beginn an eine Lebensversicherung aufgebaut. Einen Plan B, für den Fall, dass es nicht gelingt, diesem halbstarken Mod den Mord anzuhängen. Dazu wusste ich aufgrund der geheimen Liste des Winzerverbandes, dass ich die nächste Weinprinzessin sein würde, und hatte erwartete, dass mich die Ermittler nach einem weiteren Mord an einer Weinprinzessin über kurz oder lang als Köder einsetzen würden. Ja, es war schon ein Geniestreich von mir, das Mädchen gerade beim alten Bahnhof umzubringen und damit endgültig eine geografisch nachvollziehbare Spur zu dieser durchgeknallten

Magda Herzog zu legen, die gemeinsam mit ihrem übergeschnappten Mann wahrlich jeden Grund gehabt hatte, durch das medienwirksame Hinrichten heimischer Weinprinzessinnen die anderen Winzer zu schädigen. Problemlos hätten wir den beiden Herzogs die Morde anhängen können! Alles war perfekt von mir vorinszeniert, bis du hineingepfuscht hast."

Offenbar nicht perfekt genug, dachte Kommissar Peterson, sonst hätte die Spur schlussendlich nicht doch noch zu Eleonore geführt.

„Dein wahnwitziger Plan war alles andere als perfekt! Was war mit dem Bahnhof? Während du der in Panik fliehenden Dienstmagd blindlings mit der Schrotflinte hinterhergejagt bist und sie erst nach einer Ewigkeit erwischt hast – freilich nicht ohne dabei auch noch den depperten Knecht aufzuscheuchen – waren überall im alten Wehrmachtsbahnhof blonde Haare und Schuhabdrücke von dir! *Ich* war es, der dann alles abgefackelt hat, nur um d*eine* verfluchten Spuren zu verwischen", tobte Kurt Berger. Die Emotionen zwischen ihm und Eleonore schaukelten sich merklich immer höher auf.

„Ach komm schon, das bisschen Pyromane spielen ist nun wirklich keinen Orden wert. Außerdem konnte mir die fette Dienstmagd gar nicht entwischen. Immerhin bin ich lange genug mit Kauffmann auf der Jagd gewesen, dass ich zielgenau schießen kann, was man von dir nicht behaupten kann."

„Was soll das schon wieder heißen?"

„Na, wer hätte die beiden da", sie deutete mit dem Lauf ihrer Pistole auf Inspektor Kauffmann und Kommissar Peterson, „in jener Nacht bei den Herzogs über den Jordan befördern sollen? Wir würden alle jetzt nicht in dieser misslichen Lage hier draußen am Eis stehen und uns den Arsch abfrieren, wenn du sie einfach, wie geplant, sauber aus der Deckung heraus gleich vor dem Hof *ausgeschaltet* hättest. Aber nein, du Schwächling hast es ja nicht einmal übers Herz gebracht, das altersschwache Herzogehepaar vor dem Eintreffen der Ermittler zu erledigen. Auch das musste ich machen", beschwerte sie sich bitter.

„Da hast du deine Mordlust ja vorzüglich ausleben können, was? Dass du die beiden gebrechlichen Alten mit Chloroform betäubt und ihnen das Genick gebrochen hast, war aber im Hinblick darauf, dass sie dem Anschein nach an den Schüssen von Kauffmann und Peterson sterben sollten, nicht besonders intelligent."

Damit wurde Peterson endgültig bestätigt, dass Kauffmann und er nur mehr auf die präparierten Leichen von Magda und Siegfried Herzog geschossen hatten. Diese Sache war von Anfang an faul gewesen. Nach allem, was er jetzt gehört hatte, musste auch die Entführung von Eleonore von vorn bis hinten getürkt gewesen sein. Wohl würden sie die Fahrerin des Wagens mit einer Kugel im Kopf in einem der Weingärten rund um das Herzoganwesen finden können. Bevor er aber weiter darüber nachgrübeln konnte, ging der hochemotionale Streit zwischen Eleonore und Berger schon weiter.

„Ja, aber alles hätte noch gut ausgehen können, wenn du, Kurt, meine unmissverständlichen Anweisungen befolgt hättest und dieses verfluchte Vorhängeschloss an der Hütte heute Morgen – wie ausgemacht – aufgebrochen hättest. Kann ich dir denn nicht einmal diese einfachsten Hilfsdienste überlassen? Je mehr ich darüber nachdenke, desto bewusster wird mir, dass du mich absichtlich hast auffliegen lassen!"

„Und wenn es auch so wäre, du hast all diese Leute umgebracht, mir kann man bestenfalls ein wenig Beihilfe anlasten." Berger zielte jetzt mit seiner Schusswaffe nicht mehr auf den Bezirksinspektor oder Peterson, sondern unverhohlen direkt auf Eleonore.

Sie warf ihm einen verächtlichen Blick zu. „Ich hätte gleich wissen müssen, dass du ein elendiger Feigling bist, immerhin warst du ja auch ein Schlappschwanz im Bett!" Eleonore lachte spöttisch auf, nichtsdestotrotz war der unbändige Zorn in ihrer Stimme unüberhörbar. Peterson fragte sich inzwischen, ob er die Szene hier draußen in aller Abgeschiedenheit nun wirklich erlebte oder es nur ein schlechter Film war.

„Für dein Alter warst du dabei zudem reichlich kindisch", fügte sie an.

„Ich und kindisch? Ich werd dir zeigen, wer da kindisch ist!"

Die Zeit der bloß verbalen Drohungen war für den Hilfsgendarmen nun vorbei. Unvermittelt schoss Berger den beiden Frauen direkt vor die Schuhspitzen. Die Kugel durchschlug mühelos das Eis. Unzählige Eissplitter flogen durch die Luft. Dann verschwand das Projektil im trüben kalten Wasser. Aus blankem Entsetzen stieß die von Eleonore in der Schusslinie gehaltene Journalistin, die die letzten Minuten wie in Trance erlebt hatte, einen spitzen Schrei aus. Sogar Eleonore zuckte zurück, denn damit hatte sie nicht gerechnet. Sie war von der Entschlossenheit von Kurt Berger schlichtweg überrascht worden.

Dafür war ihre Geduld mit dem unfähigen Komplizen jetzt aber auch endgültig am Ende. Eiskalt zielte sie mit ruhiger Hand, die sie auf der Schulter der dahinwimmernden Isabella abstützte und gab einen einzelnen Schuss auf Kurt Berger ab.

Am Oberkörper getroffen sackte dieser zusammen. Der Hilfsgendarm war noch am Leben, aber soweit Peterson das aus der Distanz von einigen Metern beurteilen konnte, dürfte ihn die Kugel doch einigermaßen schwer verletzt haben. Sofort hustete dieser zähes Blut und Schleim. Knapp oberhalb der linken Brusttasche bildete sich auf der graublauen Uniform ein schnell größer werdender Fleck. Allmählich tropfte von dort mehr und mehr rotes Blut auf das blanke Eis und bildete eine in der Kälte dampfende Lacke.

Trotz der sich überschlagenden Ereignisse versuchte Peterson Ruhe zu bewahren. Jetzt, wo Berger ausgeschaltet war, musste er sich emotionslos auf Eleonore konzentrieren, die gleich nach Abgabe des Schusses auf ihren Komplizen den Pistolenlauf wieder an die Schläfe von Isabella presste. Die Journalistin stand ihrerseits sichtlich knapp davor, vor Angst in Ohnmacht zu fallen.

Aber auch der Bezirksinspektor hatte sich inzwischen gefangen und legte geistesgegenwärtig zu allererst seinem am Eis in einer Blutlache liegenden Hilfsgendarmen Handschellen an, was angesichts der schweren Verletzung wohl nicht unbedingt notwendig gewesen wäre. Unterdessen näherte sich Peterson vorsichtig den beiden Frauen.

„Ich schätze, das sieht jetzt nicht mehr so gut für dich aus, Eleonore“, sagte der Kommissar mit sanfter, aber dennoch entschlossener Stimme.

„Sei vernünftig und gib auf. Dann können wir alle endlich aus dieser Kälte verschwinden und uns ins Warme setzen“, lockte er sie.

Hatte sie die Waffe ein Stück gesenkt, oder bildete er sich das nur ein? Es war totenstill am See.

„Ich kann nicht, es ist zu spät.“

Der Kommissar meinte schon, einen Anflug von Vernunft in ihrer Stimme zu hören. Er wollte bereits weiter auf sie einreden, als er auf einmal unter seinen Füßen spürte, wie die Eisoberfläche merklich zu beben begann. In letzter Sekunde sprang er zur Seite und warf sich flach auf das Eis. Eleonore blieb jedoch völlig geschockt weiterhin wie angewurzelt auf dem gleichen Fleck stehen und klammerte sich panisch an Isabella. Ja, es sah fast so aus, als ob sie sich an ihr festhalten wollte, um nicht den Boden unter den Füssen zu verlieren. Doch es war bereits zu spät für sie beide.

Durch den Schuss von Berger geschwächt, bildete sich an der Eisoberfläche vom Einschussloch aus ein tödliches Spinnennetz an schnell breiter werdenden Rissen. Mit einem lauten Krachen brach das geschwächte Eis unter dem Gewicht der beiden Frauen ein. Beide schrien auf, als sie in das Wasser eintauchten und bis zum Kopf in den trüben Fluten versanken.

Für einen kurzen Augenblick schien die Zeit stillzustehen und trügerischer Frieden in die weite Eislandschaft eingekehrt zu sein. Dann aber kam Isabella als Erste gemeinsam mit einem Schwall braunen Seewassers, das in Form einer rasenden Welle über das Wasserloch hinaus auf das Eis schwappte, wieder an die Oberfläche und füllte ihre ausgebrannten Lungen mit frischer Luft. Schlammige pechschwarze Haare klebten ihr überall im Gesicht. Ihr sonst so sorgfältig aufgetragenes Make-up hatte sich vollkommen verwischt und der satte, rote Lippenstift auf ihren aufregend vollen Lippen, die Peterson immer so fasziniert hatten, war seitlich bis zur Wange und hinunter bis zum Kinn verschwommen. Peterson konnte nur unscharf die Konturen ihres Gesichtes erkennen, aber er vermochte den Ausdruck blanken Entsetzens in ihren aufgerissenen braunen Augen aufs Deutlichste zu erkennen, während sie aus Leibeskräften um Hilfe rief.

Ohne zu zögern, begann er vorsichtig zum frisch entstandenen Wasserloch zu robben. „Bleib ruhig, Isabella, du kannst einfach im seichten Wasser stehen. Ich bin in zehn Sekunden bei dir und hole dich."

„Nein, das werden Sie nicht!", fuhr ihm die gerade eben auch aus den braunen Fluten aufgestiegene Eleonore scharf ins Wort. Ihr Gesicht war zu einer zornerfüllten, über und über mit Schlamm bedeckten Fratze verzogen, aus der nur die blauen Augen hervorlugten. Niemand hätte sie bei diesem Anblick mehr für eine amtierende Weinprinzessin gehalten.

„Sie wird hier im Wasser mit mir sterben!", kündigte Eleonore vollmundig an. „Nur ein paar Meter von der Stelle, wo ich meine verdammte Halbschwester dem See überlassen habe!"

Panisch versuchte Isabella, ihrer Peinigerin durch einen beherzten Sprung aus dem Wasser auf das Eis zu entkommen. Doch jedes Mal, wenn sie den Rand der Sicherheit versprechenden Eisfläche mit ihrem Körpergewicht belastete, brach umgehend eine neue Scholle mit einem scharfen Knacken ab und vergrößerte damit nur ihr nasskaltes Gefängnis. Eleonore musste ihre Geisel nicht einmal fest halten, denn hieraus gab es ohne Rettung von außen ohnehin kein Entkommen.

„Komm doch endlich zur Vernunft, Eleonore! Das Seewasser hat hier nicht viel über null Grad. Vielleicht bleiben dir noch ein oder zwei Minuten, spätestens dann wird es sich anfühlen, als ob du am ganzen Leib von tausend glühenden Nadeln gestochen würdest. Nur wenig später wirst du einen letalen Kälteschock mit Herzstillstand erleiden. Das ist dann wahrlich kein angenehmer Tod. Willst du so sterben?" Peterson robbte wieder einige Zentimeter näher auf das Wasserloch zu. Es fehlte ihm vielleicht noch ein halber Meter, um die kalten Hände der um Hilfe bettelnden Journalistin fassen zu können.

Der Rettungsversuch entging Eleonore freilich nicht. Wie in Zeitlupe hob sie ihre Pistole aus dem Wasser und richtete sie auf den Kommissar.

„Ich werde das nicht zulassen!“, brüllte sie wutentbrannt.

In Erwartung des unweigerlich kommenden Schusses drückte sich Peterson flach auf das kalte Eis, um ein möglichst kleines Ziel abzugeben, wobei er sich jedoch keine Hoffnungen machte: Auf diese kurze Distanz war er unter normalen Umständen praktisch nicht zu verfehlen. Er hörte den Knall aus der Pistole und wartete mit einem klammen Gefühl in der Bauchgegend, ob er irgendwo am Körper einen brennenden Schmerz spüren würde. Aber außer, dass er in seiner durchnässten Kleidung bis auf die Knochen fror, war er völlig unversehrt.

Als er wieder aufblickte, sah er Eleonore, die schwere Faustfeuerwaffe mühevoll mit nur einer Hand haltend und am ganzen Körper vor Kälte wie Espenlaub zitternd. Bei diesem Anblick war es für Peterson kein Wunder, dass ihr Schuss daneben gegangen war. Nicht mehr lange und der See würde sich beide Frauen holen. Peterson fasste sich ein Herz und kroch hastig zum Rand des Wasserlochs.

Isabella heulte leise vor sich. Sie war mit ihren Kräften völlig am Ende. Ein letztes Mal fasste sie mit beiden Händen nach dem rettenden Eis und beinahe wäre sie wieder abgeglitten, wenn nicht im letzten Augenblick Peterson zielsicher ihre Handgelenke geschnappt hätte. Vorsichtig begann er ihren von der Kälte steif gefrorenen Leib Stück für Stück aus dem Wasser zu ziehen. Bei jeder Bewegung spürte er, wie die Eisplatte unter seinem Gewicht krachte. Schon fürchtete er, dass sie dieser Belastung nicht gewachsen sein und wieder wegbrechen würde. Doch wider Erwarten hielt das Eis. Als er es fast schon geschafft hatte, Isabella aus dem tödlich kalten Wasser zu ziehen, warf er noch einen Blick auf Eleonore.

Beinahe regungslos stand sie da im Eiswasser, nichtsdestotrotz mobilisierte auch sie ihre letzten Kräfte. Schleppend hob sie nun auch die andere Hand aus dem Wasser und legte sie stützend unter den Griff der Pistole. Augenblicklich beruhigte sich das Zittern des Laufes. Sie zielte auf Peterson. Aus dem Augenwinkel konnte er erkennen, wie sich ihr Mund zu einem breiten Lächeln formte und ihre makellos weißen Zähne offenbarte, die damit in eklatantem Widerspruch zu ihrem schlammigen Gesicht und den verdreckten Haaren standen. Ihr gesamtes Gebiss klapperte vor Kälte und in ihren Augen konnte er nur unbändigen Hass erkennen, der sie bis zum allerletzten Atemzug antrieb. Unaufhaltsam krümmte sich ihr Zeigefinger um den Abzug der Pistole. Peterson sah direkt in den Lauf. Nun konnte sie ihn tatsächlich nicht mehr verfehlen. Mit Isabella, die sich in Todesfurcht verzweifelt an ihn klammerte, konnte er auf die Schnelle auch nicht mehr ausweichen. Sein Herz schlug ihm bis zum Hals und pumpte pures Adrenalin durch seine Venen. Trotzdem begannen unter der Anspannung seine Sinne zu schwinden. Das Echo eines ohrenbetäubenden Knalls drang in sein Bewusstsein.

Verschwommen nahm er wahr, dass Eleonores Kopf, wie von einem festen Schlag von vorne getroffen, in den Nacken geworfen wurde, um sogleich prompt wieder nach vor zu schnellen. Auf ihren Lippen zeichnete sich noch immer ein breites Lächeln ab, es erschien nun aber als eine unnatürlich eingefrorene Momentaufnahme. Gleiches meinte Peterson in den blauen Augen zu erkennen, die ihn weiterhin groß anstarrten, dabei jedoch jeden Glanz verloren hatten. Eine inhaltslose Leere zeichnete sich in ihrem Blick ab. Die einzige deutlich sichtbare Veränderung an Eleonore lag an einer konkreten Stelle auf ihrer Stirn, wo zwischen ihren klebrigschlammigen Haaren ein hauchdünnes blutiges Rinnsal in das Eiswasser lief.

Verstört wandte sich Peterson zu dem in einiger Entfernung mit bitterernster Miene auf dem Eis knienden Kauffmann um, der den silbernen Smith & Wesson Magnum Colt noch in den Händen hielt. Aus der breiten Revolvermündung kräuselte sich weißer Rauch. Erst jetzt verstand der Kommissar, was vorgefallen war: Der Bezirksinspektor musste im letzten Moment auf seine vermeintliche Nichte geschossen und damit ihm und Isabella das Leben gerettet haben.

Doch noch stand Eleonore aufrecht im Wasser, wenngleich sich ihr Griff um die Pistole immer weiter lockerte, bis die Waffe ihr schließlich vollends entglitt und rasch im trüben Wasser versank. Als Nächstes gaben ihre Beine nach und der Oberkörper glitt wie in Zeitlupe aufrecht hinunter in den braunen See. Zuletzt konnte Peterson ihre langen blonden Haare sehen, die noch einige Momente auf der Oberfläche schwammen, bis auch sie in den schlammigen Fluten untergingen.

Isabella weckte ihn aus seiner Lethargie. Von oben bis unten völlig durchnässt, schlotterte sie am ganzen Leib. Fürsorglich legte ihr der Kommissar seine Jacke um die Schultern. Viel würde es nicht helfen, aber es war wenigstens etwas halbwegs Trockenes.

Als Peterson schon aufstehen wollte, glaubte er im Wasser unter dem Eis einen Schatten zu erkennen. Zunächst hielt er ihn nur für eine blanke Täuschung seines gestressten Verstandes, dann tat er ihn als Fisch, vielleicht als schlanken Wels ab, doch als er genauer hinsah, vermeinte er die Umrisse eines Körpers, Haare, Gesicht und Kleidung zu erkennen. Peterson fuhr vor Schreck zusammen, konnte aber nicht anders, als den letzten Rest des losen Neuschnees über dem Eis mit den bloßen Händen zur Seite zu kehren, um einen besseren Blick darauf erhaschen zu können. Und dann sah er sie schemenhaft durch das milchigtrübe Eis: Eleonore, die dicht unter der Oberfläche mit dem Gesicht nach oben trieb. Ihr Mund schien zu einem abstrus breiten Lächeln erstarrt zu sein. Aus den Mundwinkeln und der Nase stiegen Luftbläschen auf, die als kleine transparente Luftballone unter dem Eis hängen blieben. Aus der Kopfwunde floss noch immer ein wenig Blut, das sich nun aber rasch mit dem dunklen Wasser vereinte. Starrte sie ihn mit diesen entsetzlich weit aufgerissenen blauen Augen an? Genau konnte er es durch das milchige Eis nicht sehen. In diesem Moment hätte er aber dennoch schwören können, dass sie ihm vorwurfsvoll tief in seine Seele hineinblickte. Doch ihr Blick war leer, die Augen starr und leblos. *Eleonore war definitiv tot, oder?* Gebannt suchte der Kommissar nach einem Lebenszeichen, welcher Art auch immer. Sogleich meinte er auch eine kaum sichtbare Bewegung des linken Armes durch das Eis ausmachen zu können. Einen Herzschlag lang glaubte er auch, ein Zucken um ihre Lippen zu bemerken. Er wartete schon förmlich darauf, dass sie auf einmal ihren Mund weit öffnen und hilflos nach Luft schnappen würde. Sekunden vergingen, aber außer einem sanften Auf- und Abwiegen der sich schemenhaft abzeichnenden Gliedmaßen im Einklang mit den rhythmischen Bewegungen des Seewassers, konnte Peterson unter der dünnen Eisschicht keine Reaktion mehr ausmachen. Plötzlich erfasste eine heftige Unterwasserströmung den toten Frauenkörper. Wie ein Windstoß warf die Strömung ihre langen honigblonden Haare zu einem im trüben Wasser strahlenden Fächer auf. Ein letztes Aufbäumen ihrer sterbenden Schönheit, bevor ihr regungsloser Körper im nächsten Moment phlegmatisch, wie von einer unsichtbaren eisernen Hand in die Tiefe gezogen, nach unten auf den schlammigen Grund des Sees zu sinken begann. Schon bald waren von ihrem Leib nur mehr verschwommene Konturen unter dem Eis zu erahnen und selbst diese wurden nach und nach vom unbarmherzigen Wasser geschluckt. Als Allerletztes meinte Peterson noch ihre leuchtend blauen, ihn vorwurfsvoll anstarrenden Augen sehen zu können, bis auch sie von der Finsternis eingenommen wurden. Auch wenn er Eleonore niemals wieder sehen würde, wusste er jetzt schon, dass ihn dieses gespenstische Bild des im trüben Wasser versinkenden blonden Mädchens bis an sein Lebensende in den tiefsten Albträumen verfolgen würde.

EPILOG

Regungslos starrte Kauffmann auf die Weiten der winterlichen Seelandschaft hinaus. Die vergangenen Tage und Nächte waren eine Hochschaubahn der Gefühle gewesen. Selbst für ein Raubein wie ihn war es nur schwer zu verkraften, dass das Mädchen, das er von Geburt an für seine Nichte gehalten und abgöttisch geliebt hatte, für den Tod von zumindest sechs unschuldigen Menschen verantwortlich war. Er fühlte sich im Stich gelassen. Betrogen und ausgelaugt von den Lügen und Halbwahrheiten. Illusionslos, was das verabscheuungswürdige und heimliche Getue seiner Mitbürger im Dorf betraf. Allein die Hoffnung, dass diese schrecklichen Ereignisse wie ein reinigendes Wintergewitter über den See abgezogen wären, hatte ihm in den vergangenen Stunden Auftrieb gegeben.

Hinter sich hörte er ein anhaltendes Fahrzeug und das Zuschlagen der Autotür. Er vernahm, wie der harte Schnee unter den Schuhen knirschte, als eine Person zielstrebig auf ihn zuging. Er musste sich nicht umdrehen, um zu erraten, wer ihm hier den letzten Anstandsbesuch vor seiner Abreise abstattete.

Kommissar Peterson stellte sich neben ihn und sah ebenfalls auf den weiten Steppensee hinaus. Lange Zeit sagte keiner der beiden Männer etwas. Vor ihnen spiegelte die vereiste Wasseroberfläche emotionslos den wolkenlos blauen Himmel wieder. In der Ferne, weit draußen auf dem See, vergnügte sich eine Gruppe weißer Schwäne.

„Ist es nicht wunderschön hier?“ Es war mehr eine Feststellung, als eine Frage des Wiener Kommissars.

„Ich kann mir trotz allem, was sich hier ereignet hat, keinen anderen Ort vorstellen, an dem ich lieber leben wollte“, erwiderte Kauffmann ernst.

„Hat man Eleonore bereits gefunden?“, erkundigte sich der Kriminalist, sichtlich bemüht, dem trauernden Bezirksinspektor jegliche Emotionen in seiner Stimme vorzuenthalten.

Kauffmann fasste in seine Jackentasche und klopfte aus einem zerknautschten Päckchen eine filterlose Zigarette heraus. Aus dem Benzinfeuerzeug schoss eine helle Flamme und setzte die Spitze des Glimmstängels in Brand. Kräftig inhalierte er den blauen Dunst und blies ihn erst Sekunden später als unscheinbaren weißen Rauch wieder in die kalte Seeluft hinaus.

Dann wandte er sich an Peterson. „Wollen Sie das denn wirklich wissen?“ Wenngleich der Kommissar nicht antwortete, fuhr Kauffmann in behäbigem Tonfall fort. „Ich kann Sie beruhigen. Wir haben ihre Leiche noch nicht gefunden.“

Zittrig nahm er einen weiteren Zug aus der filterlosen Zigarette.

„Wissen Sie Peterson, der See wird selbst bestimmen, wann er ihren toten Körper freigibt. Irgendwann im Frühjahr wird sie einem ahnungslosen Fischer ins Netz gehen oder sie wird einfach ans Ufer gespült werden.“

Er pausierte kurz. „Wissen Sie, es ist immer der See, der für die Menschen hier die Entscheidungen trifft.“

Peterson blickte mit sorgenvollem Blick auf die Eisfläche hinaus.

„Wenn Sie wollen, kann ich Sie ja anrufen, wenn es soweit ist. Ihre private Telefonnummer habe ich nun ohnehin im Büro.“

Fast unmerklich nickte Peterson, insgeheim hoffte er aber, mit der ganzen Sache nie mehr etwas zu tun zu haben.

„Ich würde mich freuen, wenn Sie uns wieder besuchen. Dieses Mal aber rein privat, bitte“, fügte Kauffmann dazu.

Peterson dachte umgehend an Isabella. Noch war er sich nicht sicher, ob er in Hinkunft tatsächlich einen intensiveren Kontakt zu ihr haben wollte.

„Nun, vielleicht ergibt sich ja tatsächlich die Gelegenheit dazu.“

Der Kommissar setzte seine verspiegelte Pilotensonnenbrille auf und warf einen letzten Blick auf die Weiten des Sees hinaus.

Kauffmann hörte, wie sich die Schritte des Kommissars entfernten. Wenig später ließ ein jammernder Anlasser den röhrenden Vierzylindermotor zum Leben erwachen. Das Autoradio wurde auf volle Lautstärke gestellt. Keith Richard und Mick Taylor zupften ihre elektrischen Gitarren zu einem wahren Crescendo, an dessen allgewaltigen Höhepunkt Mick Jagger und die übrigen Bandmitglieder der Rolling Stones einstimmten. *Gimme Shelter* schallte lautstark und unüberhörbar über die Seelandschaft hinweg, bis das infernalische Aufheulen des beschleunigenden Alfas die Oberhand über die Musik gewann.

Allmählich wurde aber auch das Motorengeräusch des sich entfernenden Sportwagens leiser, bis es schließlich komplett verstummt war. Ruhe senkte sich über das zu Eis erstarrte Gewässer. Eine trügerische Grabesstille, die solange währen würde, bis die schlammige Bestie beschloss, wieder zu ihrem unheilvollen Leben zu erwachen.

Ronnie Bresich wurde 1975 in Kittsee geboren. Er lebt im Burgenland sowie in Wien und ist Autor zahlreicher juristischer Fachpublikationen.